Dieses Buch ist für meine Familie, meine Freunde und all die Helfer, die mir [illegible]
Zeit während der Entstehung dieses Buches zur Seite gestanden haben, als mein
Hund verschwund[illegible]

Kapitel 1

Mika

Adrenalin schoss mir durch den Körper, während ich immer tiefer tauchte. Mit kräftigen Arm- und Beinzügen führte ich meine Schüler zu den Korallenriffen, die ich aufgrund des stürmischen Wetters erst seit wenigen Wochen wieder ansteuern konnte. Sie lagen verborgen bei einer Insel nahe dem Hafen.

Als wir unser Ziel erreichten, drehte ich mich herum und zählte die Anwesenden nach Vollzähligkeit durch. Kurz linste ich zu meinem besten Freund Joe, mit dem ich die Tauch- und Schwimmschule leitete. Er nickte mir zu und hob die Hand, Zeigefinger und Daumen aneinandergedrückt. Alles war in Ordnung.

Während die Tauchschüler die Korallen betrachteten, achtete ich auf die Umgebung. Unter Wasser war alles friedlich und still. Doch oberhalb konnte sich der Wellengang jederzeit verändern. Wetterumbrüche von meiner Position aus zu erkennen, war nicht einfach, doch wenn man wusste, worauf zu achten war, durchaus machbar. Beispielsweise behielt ich unser Boot im Auge. Wenn es sich zu stark bewegen oder es plötzlich dunkler werden würde, würde das auf eine Veränderung der Wasserlage hindeuten. Zu hohe Wellen beim Auftauchen waren nie eine gute Idee. Vor Haien hingegen fürchtete ich mich nicht, da sie äußerst selten so nah an der Insel gesichtet wurden.

Nach zehn Minuten schwamm ich zu den anderen und zeigte nach oben, womit ich ihnen bedeutete, dass wir zum Boot zurückkehren mussten. Jetzt kam der schwierigere Teil. Kontrolliertes Auftauchen, sodass nicht zu viel Druck im Innenohr entstand. Doch das waren keine Anfänger. Ich vertraute darauf, dass sie das, was ich ihnen vor dem Ausflug eingebläut hatte, beherzigten.

Langsam tauchten wir wieder auf. Alle miteinander und ohne jemanden zu verlieren. Während Joe aufs Boot kletterte und von dort aus den ersten Teilnehmern hochhalf, blieb ich im Wasser.

»Das war der absolute Hammer!« Ginger, die einzige weibliche Taucherin am heutigen Tag, saß bereits an Deck und beugte sich leicht über den Rand. Ihre Augen strahlten. »Wie fandest du es?«, fragte sie Brad, ihren Freund, der sich in dem Moment aus dem Wasser hievte, aber nicht antwortete, da er durch die Sauerstoffflasche atmete.

Joe warf mir einen amüsierten Blick zu, während er die Gasflaschen entgegennahm und sorgfältig verstaute. Insgeheim war ich erleichtert, dass der Tag langsam ein Ende nahm. Für heute hatte ich die Schnauze voll. Ich wollte nach Hause, um mich vor den Fernseher zu setzen und den Abend mit einem kühlen Bier ausklingen zu lassen. Denn für diese Jahreszeit was es schon verdammt heiß. Ungewöhnlich heiß sogar, selbst für Süd-Australien. Hinzu kam, dass ich seit zwei Monaten keinen einzigen Tag freigehabt hatte. Die vergangenen Wochen waren von täglichen Reisetouren, Unterrichtseinheiten und Tauchgängen im Freien bestimmt gewesen.

Dafür sah es finanziell top aus. Prinzipiell könnte ich von meinen Ersparnissen ein Jahr lang leben, zumindest wenn ich sparsam wäre. Nicht arbeiten, Sonne tanken, surfen und Zeit allein genießen. Bei dem Gedanken musste ich grinsen.

»Das war es für heute«, murmelte Joe. Er wirkte ebenfalls erleichtert.

Nachdem alle endlich an Bord waren, kletterte auch ich an Deck und gab Joe die Gasflasche, bevor ich mir die Flossen von den Füßen zog. Einengend, aber erträglich. Die Erinnerung an den Tag, als ich sie zum ersten Mal im Kindesalter angehabt hatte, war fest in meinem Hinterkopf verankert.

Damals hatten mich ständig Krämpfe in den Waden geplagt. Unerträglich und absolut beschissen.

»Wann ist die nächste Tour?«, erkundigte sich Erich, ein älterer Mann aus Deutschland, der vor geraumer Zeit an die Küste Australiens gezogen war.

»Morgen wieder«, antwortete ich nachdenklich.

Er stieß ein Seufzen aus. »Machst du auch mal frei?«

Ich tat kurz so, als ob ich überlegen würde. »Aktuell nicht.«

Sein Gesicht hellte sich auf und er wackelte mit den Augenbrauen. »Hast du denn Platz für einen alten Mann wie mich?«

»Für dich immer.« Freundschaftlich schlug ich ihm gegen die Schulter. »Bald bist du dein ganzes Geld an mich los.«

»Da, wo es herkommt, ist noch viel mehr«, bemerkte Erich lachend.

Ich schüttelte den Kopf, bevor ich mich daran machte, meine Schüler nach ihrem Wohlergehen zu fragen. Allen schien es gut zu gehen. Sie unterhielten sich, tranken aus ihren Wasserflaschen und tauschten ihre Eindrücke aus, während sie auf den für sie vorgesehenen Sitzflächen hockten. Statt mich dazuzusetzen, schlenderte ich zum Bootshäuschen und machte es mir am Steuer des Motorbootes bequem. Routiniert startete ich den Motor, um uns zurück an die Küste zu bringen. Ich wollte nach Hause. Sofort.

»Alles okay?« Joe trat durch die Tür und ging neben mir in die Hocke.

»Ja«, antwortete ich grummelnd. Als mein bester Freund mich weiterhin anstarrte, stieß ich mit einem Seufzen die Luft aus. »Die Riffe habe ich mit Laura gefunden«, gestand ich leise.

Augenblicklich verfinsterte sich Joes Gesichtsausdruck. »Laura ist eine Bitch, die du schnellstmöglich vergessen solltest. Das ist schon zwei Jahre her, Mann.« Aufmunternd legte er mir eine Hand auf die Schulter. »Du bräuchtest langsam wieder Urlaub.«

Ich lächelte matt. »Stimmt, nur habe ich dafür keine Zeit.«

»Dann musst du sie dir eben nehmen.« Joe sah mich ungerührt an, woraufhin ich lediglich mit den Schultern zuckte.

Die nächste halbe Stunde versorgte er unsere Kunden mit Sandwiches und Wasser, während ich dafür sorgte, dass wir heil am Hafen ankamen.

Vor drei Jahren hatten Joe und ich nach einer durchzechten Nacht spontan die Schwimm- und Tauchschule eröffnet. Als ich die Folgen für mein künftiges Leben realisiert hatte, war es für einen Rückzug zu spät gewesen. Obwohl ich mit meinem damaligen Job ausgelastet gewesen war, hatten wir es gepackt. Gemeinsam. Als Team. Seither boten wir Ausflüge, Trainingseinheiten für Neueinsteiger sowie Fortgeschrittene an. Der Start war holprig verlaufen. Kaum bis gar keine Kunden, schlechtes Wetter und Stolpersteine durch die Behörden. Doch nun lagen alle Schwierigkeiten hinter uns. Mittlerweile unterstützten uns sogar zwei Vollzeitkräfte.

Nachdem wir die Gäste abgesetzt, uns umgezogen und die Tauchschule für den heutigen Tag geschlossen hatten, atmete ich auf. Erleichtert ging ich zum Auto.

»Ach, Mika?«, erklang es betont unschuldig hinter mir. Joe. Während ich mich umdrehte, wusste ich bereits, dass er etwas vorhatte.

»Nein.«

»Was? Warum denn? Ich habe noch gar nichts gesagt.«

»Das brauchst du auch nicht«, entgegnete ich eine Spur genervt.

Schmollend verschränkte Joe die Arme vor der Brust und starrte mich an. Belustigt lehnte ich mich mit der Hüfte gegen das Auto. »Dein Tonfall verrät dich. Was hast du jetzt schon wieder vor?«

Joes Grinsen wurde breiter. »Wie wäre es, wenn wir endlich nach einer gefühlten Ewigkeit zusammen ausgehen? Und bevor du Nein sagst, dieses Mal ist es eine Party auf Sunstone Beach. Ohne Drogen, versprochen«, versicherte er mir schnell.

Allein die Erinnerung an die letzte Fete vor drei Monaten brachte mich zum Lachen. »Was denn? Keine rosa Elefanten mehr für dich?«

Verstimmt stieß Joe ein Schnauben aus und vollführte zugleich eine wegwerfende Handbewegung. Ich sah zu der Narbe an seinem Arm. Mittlerweile war sie heller geworden und nicht mehr auf den ersten Blick zu erkennen. Dafür sorgten die durch die Sonne gebleichten Härchen. Außerdem würden die Frauen ohnehin mehr auf die breiten Muskeln oder den Sixpack achten, den er bei dem heißen australischen Wetter zu gern zur Schau stellte.

»Woher sollte ich wissen, dass die Drinks voller Drogen waren?« Joe verzog das Gesicht zu einer für ihn typischen Unschuldsmiene. Mit den braunen Rehaugen könnte man ihm glatt alles abkaufen. Zu dumm, dass ich ihn in- und auswendig kannte.

»Vielleicht, weil die Party *Frei schweben, frei lieben, frei leben* hieß und im Verborgenen stattfand? Im Strandabschnitt, wo die Drogendealer seit Jahren ihr Unwesen treiben?«, stellte ich belustigt fest.

Joe zog eine Grimasse. »Kann schon sein.«

»Immerhin hast du einen neuen Freund gefunden«, erinnerte ich ihn lachend und wusste, dass ich ihn damit unter der Gürtellinie traf. In diesem Fall sogar wörtlich gemeint.

Prompt wurde Joes Gesicht purpurrot. »Das war ein einziges Mal«, antwortete er protestierend.

Allein die Erinnerung hätte ihn zur Vernunft bringen sollen, bloß war das bei ihm vergebens. Joe lernte nicht aus Fehlern.

Schmunzelnd zog ich eine Augenbraue hoch. Das Positive an diesem Abend war gewesen, dass mein bester Freund mich nach seiner unfreiwilligen homosexuellen Erfahrung für einige Zeit in Ruhe gelassen hatte, was seine ständigen Partypläne anging. »Nach der letzten Sache wirst du bestimmt Verständnis dafür haben, dass ich dir nicht so ganz vertrauen kann. Am Ende hast du wieder deinen Spaß und ich darf dafür sorgen, dass du nach Hause kommst, ohne dass du dich von oben bis unten vollkotzt.«

»Das ist bisher nur einmal passiert«, protestierte Joe.

»Viermal.«

»Ist doch fast wie einmal.« Er verzog das Gesicht zu einer Fratze. »Glaub mir. Dieses Mal ist es wirklich nichts Schlimmes«, versicherte er. »Eine Cocktailbar, Musik, Strand und leicht bekleidete Frauen. Stell dich nicht so an.«

Sehnsüchtig sah ich zu meinem Auto, ehe ich mich meinem Schicksal ergab und nickte. »Was soll schon schiefgehen?«, fragte mein bester Freund mit einem breiten Grinsen auf dem Gesicht.

Vermutlich alles.

***

Mit einem Bier in der Hand stand ich leicht genervt an der Bar und blickte zu Joe. Dieser lag mit zwei blonden Busenwundern im Arm auf dem Sand und erzählte ihnen Geschichten von Haibegegnungen, die nie stattgefunden hatten. Ich warf einen Blick auf meine Armbanduhr. Wir waren seit fast zwei Stunden auf dieser dämlichen Party und bisher war tatsächlich nichts Ungewöhnliches passiert. Was eigentlich gut war, aber auch verdammt öde.

Gelangweilt wartete ich darauf, dass die Frauen merkten, was er vorhatte und ihn entweder fallen ließen oder auf einen One-Night-Stand eingingen. Das würde dann so viel bedeuten wie: Er hatte Spaß und ich durfte zusehen, wie ich nach Hause kam, weil wir mit seinem Wagen hier waren. Insgeheim wünschte ich mir, dass er endlich die Richtige fand. Eine feste Partnerin und keine Sexgespielin, wie er es seit Längerem hielt.

»Und was hast du danach gemacht?«, fragte eine der blonden Frauen mit vor Angst geweiteten Augen. Ehrfürchtig strich sie ihm über die Brust. Die andere neigte den Kopf und glitt mit den Zehen Joes Füße entlang, während sie mit den Fingern durch sein halblanges, braunes Haar strich.

Na klasse. Offensichtlich war mindestens eine von beiden ebenfalls nur auf eine nette Nacht aus. Als er anfing über die Narbe an seinem Arm zu reden, die er sich beim Tauchen zugezogen hatte, wandte ich mich ab und stützte mich mit den Unterarmen auf den Tresen, den Blick aufs Meer gerichtet.

»Hat Joe es geschafft, dich zu überreden mitzukommen? Du solltest lernen Nein zu sagen.« Carl, der Barmann, linste belustigt zu mir, während er die Gläser polierte. Ich fragte mich, wo er auf einmal herkam. Vorhin war ich von jemand anderem bedient worden.

»Du hier?« Es war seltsam, ihn hier draußen zu sehen. Üblicherweise war er in einem der größeren Clubs angestellt und mischte dort teuer verkaufte Cocktails. Ihm jetzt mit Shirt und Bermudashorts zu begegnen irritierte mich. Sonst trug er Hemd und schwarze Jeans.

»Jep. Die Kollegin ist gerade zusammengebrochen, da musste ich einspringen.« Begeistert wirkte er nicht darüber. Dann sah er an mir vorbei. »Immerhin einer von euch beiden hat Spaß«, meinte Carl. Ich folgte seinem Blick. Nur noch eine Frau lag bei Joe. Vielmehr auf ihm. Ich verzog das Gesicht und wandte mich wieder ab.

»Die sollten sich ein Zimmer nehmen«, stellte ich mürrisch fest und nahm einen Schluck vom Bier.

»Ruf mich, wenn du Nachschub brauchst.« Carl nickte in Richtung Bierflasche, ehe er sich abwandte und seinen Kollegen beim Zapfen zur Hand ging.

Nachdenklich beobachtete ich die Menge. Unter Mondlicht, der Strand von Dutzenden Fackeln beleuchtet, tanzten und lachten die Menschen beim Klang von zu lauter Musik. The Black Eyed Peas. Als hätten sie meine Gedanken erraten, wurde die Lautstärke genau in diesem Moment aufgedreht. Angespannt verzog ich das Gesicht. Es fiel mir zunehmend schwerer, meine eigenen Gedanken zu hören, weshalb ich mein Bier austrank und in Richtung Meer floh. Doch selbst hier blieb ich nicht ungestört. Die ersten Nachtschwimmer liefen mir entgegen. Nackt und besoffen.

Ihre Eltern waren bestimmt furchtbar stolz auf sie.

Bekümmert sah ich der Gruppe hinterher, als sie zu den Umkleiden am Strand lief. Anfang zwanzig, maximal. Mit meinen sechsundzwanzig Jahren gehörte ich nicht zum alten Eisen, aber manchmal fühlte ich mich so. Unter all den Wilden und Partywütigen war ich fehl am Platz. Ich war noch nie der Typ gewesen, der sich in die Meute warf und unter zu viel Alkohol bei jedem dämlichen Song mitgrölte. Ich hatte viel lieber meine Ruhe.

Gedankenverloren sah ich erneut aufs Meer hinaus, betrachtete den großen, hell scheinenden Mond. Im Hintergrund kreischten Frauen, was heutzutage ein Lachen darstellen sollte. Schrill, schmerzhaft und die friedliche Ruhe des Gewässers störend. Nichts, das mich anzog oder gar verlockte. Angewidert verzog ich das Gesicht. Am liebsten wäre ich nach Hause gegangen. Doch ich blieb. Dieser Moment des Friedens gehörte mir und ich brauchte ihn. Gleichgültig, ob der Lärm der Musik dröhnend in meinen Schädel drang oder nicht.

Plötzlich vernahm ich vage einen Schrei. Irritiert sah ich zurück, jedoch schien sich niemand verletzt zu haben. Zumindest konnte ich von meiner Position aus keinen Tumult ausmachen. Kopfschüttelnd wandte ich mich ab und sah erneut über das Meer.

Genau dann erkannte ich etwas im Schein des Mondes. Trübe, kaum erkennbar. Etwas, das die Umrisse eines Armes hatte, dann eines Kopfes, der kurzzeitig über Wasser auftauchte, nur um wieder unter dem sanften Wellengang zu verschwinden.

»Was zum ...?« Fluchend rannte ich, ohne zu zögern, los. Platschend trat ich ins Wasser, bis ich nach wenigen Metern kopfüber untertauchte. Sofort zog ich die Arme hoch und kraulte so schnell ich konnte in die Richtung, in der ich die Umrisse gesehen hatte.

Mein Körper schüttete Adrenalin aus und trieb mich zur Eile an, bis ich endlich an der Stelle ankam. Hektisch sah ich über den Meeresspiegel, doch ich erkannte nichts. »Hallo?« Ein ungutes Gefühl breitete sich in mir aus. »Ist hier jemand?« Niemand antwortete. Ich suchte jede Himmelsrichtung ab, schwamm einige Runden und behielt die Umgebung im Auge. Vergebens. Tief atmete ich ein und konzentriert wieder aus. Mein Herzschlag beruhigte sich langsam. Fast hätte ich aufgelacht wegen meiner eigenen Dummheit. Ich gehörte definitiv ins Bett, wenn ich mir bereits Dinge einbildete.

Verärgert wollte ich schon zur Rückkehr ansetzen, als ich mit einem Mal etwas hörte. Ich wirbelte im Wasser herum. Sofort tauchte ich in die Richtung, aus der ich die Geräusche vernommen hatte. Seltsames Platschen und ein leises Gurgeln, das eindeutig menschlicher Natur gewesen war.

Ich beeilte mich vorwärts zu kommen und widerstand zugleich dem Drang, die Augen zu öffnen. Das Salzwasser würde nur ein Brennen in ihnen verursachen. In der Finsternis hätte ich unter Wasser ohnehin nichts sehen können.

Nach einigen Zügen war ich gezwungen wieder Luft zu holen. Keuchend blickte ich mich um, suchte nach einem Hinweis, ehe ich erneut untertauchte. Dieses Mal blieb ich so lange, bis meine Lunge zu brennen anfing. Aber ich gab nicht auf, sondern schwamm immer weiter, bis es sich anfühlte, als würde ich kurz vorm Platzen stehen. In dem Moment, in dem ich auftauchen wollte, berührte ich etwas. Stoff. Weich umfloss er meinen Handrücken, bevor er verschwand.

Sofort fuhr ich herum und griff ins Wasser, bis ich etwas zu fassen bekam. Hart und doch nachgiebig. Ein Arm. Ohne darüber nachzudenken, umschloss ich das Handgelenk und jagte an die Wasseroberfläche. Keuchend und würgend schoss ich mit dem Kopf an die frische Luft. Kaum dass ich einen Atemzug getätigt hatte, setzte ich alles daran, den fremden Körper nach oben zu bekommen. Mit beiden Händen griff ich unter die Achseln der Person und zerrte sie hoch.

Endlich! Erleichtert atmete ich auf, als ich den Kopf einer Frau erkannte. Sie war bewusstlos. Sofort verschwand das Gefühl der Euphorie. »Scheiße!« Mich selbst verfluchend schwamm ich so schnell ich konnte mit der Fremden im Arm zurück zum Strand. Erste Partygänger bemerkten mich und kamen gaffend näher, statt zu helfen. Im Hintergrund dröhnte *Tacata* von Tacabro, unter deren Rhythmus sich die Menschen zuckend bewegten. Etwas, das sich heutzutage tanzen schimpfte.

»Ruft einen Notarzt«, schnauzte ich die Glotzer an, während ich ihren Körper ans Ufer zerrte. Dort angekommen drehte ich sie auf den Rücken, reckte ihr Kinn hoch und überprüfte, ob sie atmete. Sie tat es, jedoch äußerst unregelmäßig. Angespannt verharrte ich, dann kam, was kommen musste. Atemstillstand.

Fluchend beugte ich mich über sie und hielt ihr die Nase zu, bevor ich ihren Mund öffnete. Ihren Kopf drückte ich ihr weiterhin in den Nacken, um die Luftwege freizuhalten. Dann drückte ich meine Lippen auf ihre und begann mit der Mund-zu-Mund-Beatmung. Ich wiederholte den Vorgang zweimal, ehe ich zur Herzdruckmassage wechselte, im gleichbleibenden Rhythmus. Lange brauchte ich nicht zu warten, denn nach nur wenigen Augenblicken bäumte sich die Frau auf, drehte sich zur Seite und spuckte Wasser. Tröpfchenweise kam Salzwasser aus Nase und Rachen. Ein leises Wimmern erklang und Mitleid überkam mich. Ich wusste, wie es sich anfühlte, das salzige Nass einzuatmen. Schmerzhafte Prozedur.

»O Gott, ich sterbe«, stieß sie mit einem Stöhnen aus.

»Das wird schon wieder«, versicherte ich sanft.

Sofort hob sie den Kopf. Dunkle Strähnen klebten an ihrer blassen Haut. Ihr Körper zitterte. Besorgt runzelte ich die Stirn, setzte mich neben sie und zog sie unaufgefordert in den Arm.

»Was soll das?«, fragte sie krächzend, wehrte sich jedoch nicht.

»Du bist unterkühlt. Verdammt, wie lange bist du im Wasser gewesen?«

»Keine Ahnung«, murmelte sie kraftlos. Erinnerungen kamen in mir hoch. An damals, als ich dabei geholfen hatte, einige Jugendliche aus dem Wasser zu ziehen, mehr tot als lebendig.

»Weißt du nicht, dass man nicht schwimmen gehen soll, wenn man betrunken ist?« Ich konnte meine Verärgerung nicht verbergen. So etwas passierte, wenn die Partys am Meer stattfanden. Mittlerweile wusste ich nicht mehr, wie viele feiernde Teenager und Erwachsene hier im Gewässer aufgrund von Nachlässigkeit ertrunken waren. Vermutlich wollte ich es gar nicht wissen.

»Ich habe nichts getrunken«, protestierte die Fremde grimmig.

»Und was ist dann passiert? Von einer Welle wirst du schlecht überrumpelt worden sein«, entgegnete ich finster. Dafür war das Gewässer zu ruhig. Zwar gab es vereinzelt etwas höheren Wellengang, jedoch war das keiner, der einem nüchternen Erwachsenen gefährlich werden könnte.

Sie schwieg und starrte ihre Hände an. »Ich …«

»Ja?« Warum war ich überhaupt so wütend? Ich betrachtete die Frau, die die Beine anzog und sich mit deutlichem Widerstreben gegen mich lehnte. Mindestens genauso verstimmt, wie ich es war, sah sie drein. Schweigend fixierte sie den nassen Sand vor unseren Füßen, sodass ich Zweifel daran hegte, heute noch eine Antwort zu bekommen.

Erst jetzt fiel mir auf, wie klein und zierlich sie war. Sitzend überragte ich sie fast um einen Kopf. Ich wusste, dass ich groß war, doch neben ihr fühlte ich mich wie ein Riese.

»Ich hatte einen Krampf in der Wade«, murmelte sie.

Verwundert blinzelte ich. »Wie bitte?«

»Das werde ich nicht wiederholen«, antwortete sie murrend.

Überrascht musterte ich sie. Sie sah auf und begegnete meinem Blick mit einem Ausdruck in den dunkelbraunen Augen, der Erleichterung widerspiegelte.

»Wegen einem Krampf?«, wiederholte ich eine Spur ungläubig. Als sie sich abwandte, hätte ich mir am liebsten die Hand gegen die Stirn geschlagen. Ich wusste zu gut, dass das schnell passieren konnte und die wenigsten unerfahrenen Schwimmer wussten, wie sie damit umzugehen hatten.

»Ja. Er kam ziemlich unerwartet«, murmelte sie mit kratziger Stimme. Ich schätzte, dass das die nächsten Tage nicht anders sein würde.

»Das nächste Mal solltest du dich am besten auf den Rücken legen und warten, bis der Krampf vorbei ist. Falls du es schaffst, kannst du mit beiden Händen den Fuß umfassen und die Zehenspitzen zu dir ziehen. Tut etwas weh, aber es hilft.«

»Soll das jetzt eine Lehrstunde sein?« Sie biss sich auf die Unterlippe.

»Nein, es ist ein gut gemeinter Rat.« Ich runzelte die Stirn. Als mir bewusst wurde, dass es vielleicht nicht der richtige Zeitpunkt war, um ihr eine Predigt zu halten, hätte ich mir am liebsten erneut mit der Hand ins Gesicht geschlagen.

»Danke für deine Rettung«, brummte sie und sah zu mir. Ihr schien die Situation unangenehm zu sein.

»Gern. Ich bin Rettungsschwimmer, das ist mein Job.« Ich schenkte ihr ein Lächeln, das sie nicht erwiderte. Sie sah unwohl drein. »Wieso gehst du mitten in der Nacht allein ins Wasser?«, fragte ich versöhnlich, während ich von irgendwoher eine Sirene hörte. Zu meiner Verwunderung hatte einer von den betrunkenen Hohlköpfen meine Worte wirklich verstanden und den Notarzt gerufen.

»Keine Ahnung«, gestand sie seufzend und sah aufs Meer hinaus. »Ich brauchte einen kühlen Kopf, aber so kühl, dass ich fast draufgehe, dann doch nicht.« Sie verzog die Miene und fasste sich an die Kehle.

»Vielleicht solltest du vorerst weniger reden«, schlug ich vor und erntete augenblicklich einen bösen Blick. Gelassen zuckte ich mit der Schulter. »War lediglich ein Vorschlag.«

Kurz zögerte ich, ehe ich ein wenig von ihr abrückte, jedoch nicht, ohne sie weiterhin zu stützen. »Ich heiße Mika«, stellte ich mich vor.

Sie lächelte, wobei sich ein Grübchen auf ihrer Wange abzeichnete. »Norah.«

Mir blieb keine Zeit, um etwas zu sagen, denn da rannten bereits zwei Sanitäter auf uns zu. »Alles in Ordnung?«

»Geht schon«, versicherte Norah, doch der Mann schien bei ihrem Anblick anderer Meinung zu sein. Er hockte sich neben uns, stützte sie und bedeutete mir, dass ich sie loslassen konnte. Widerstrebend leistete ich seiner stummen Aufforderung Folge.

»Wir bringen Sie ins Krankenhaus.«

Der andere Mann legte ihr eine Rettungsdecke über die Schultern und zu zweit halfen sie ihr hoch. »Moment, meine Sachen!« Kaum dass sie stand, fingen ihre Beine zu zittern an, sodass die Männer sie von beiden Seiten stützen mussten. »Eine rote Badetasche mit schwarzen Blumen drauf.« Flehend sah sie zu mir.

Sofort verstand ich, was sie meinte, und nickte. »Ich bringe sie ins Krankenhaus«, versicherte ich.

»Danke«, flüsterte sie. Erschöpfung zeichnete sich auf ihrem Gesicht ab. Sie konnte kaum noch die Augen offen halten, blinzelte immer wieder hektisch, während ihr die Lider zufielen.

»Dein voller Name?«, fragte ich schnell.

Ein Lächeln huschte über ihr Gesicht. »Flanagan. Norah Flanagan«, sagte sie und sah mir ein letztes Mal in die Augen, bevor sie zum Krankenwagen geführt wurde.

Besorgt sah ich ihr nach, ehe ich mich den Partywütigen zuwandte. Vereinzelt starrten sie zum Krankenwagen. Manche standen in einer Gruppe zusammen und tuschelten, andere wiederum lagen oder saßen mit ihren Getränken im Sand und beobachten das Geschehen. Kaum dass der Wagen weg war und die Sirene nicht länger zu hören war, wurde die Feier fortgesetzt, als wäre nie etwas gewesen.

Idioten.

Solange sie dem Resultat von dummen Verhalten beiwohnten, waren sie aufmerksam und überdachten ihr Handeln. Doch kaum, dass es vorbei war, vergaßen sie alles und machten weiter wie bisher. Frei nach dem Motto, aus dem Auge aus dem Sinn. Die Leichtfertigkeit, mit der sie mit ihrem Leben umgingen, vollgedröhnt mit Alkohol und benebelt vom Beat der Musik, verärgerte mich. Die Rechnung erhielten sie am nächsten Tag. Selbst das würde sie nicht stoppen. Niemals. Erst wenn es zu spät war.

Seufzend setzte ich mich in Bewegung und suchte nach der Tasche, die Norah beschrieben hatte. Ich verfluchte mich selbst dafür, dass ich mein Handy ständig im Auto liegen ließ. Reine Gewohnheitssache, schließlich war ich ständig im oder auf dem Wasser. Immer wieder dachte ich an ihre Augen, an das süße Lächeln und die Zerbrechlichkeit in ihrem Blick. Zeitweise war es sogar egal, dass mir die Hose und das Shirt widerlich am Körper klebten. Ein Leben zu retten war es wert.

Es dauerte eine geschlagene Stunde, bis ich die Tasche durch Zufall abseits des Geschehens am Strand neben einem Paar Flipflops fand. Neugierig öffnete ich sie und angelte mir den Geldbeutel heraus, um zu überprüfen, ob es tatsächlich ihre Tasche war. Angestrengt versuchte ich den Namen und die Adresse auf dem Führerschein zu erkennen, was im Halbdunkel ein kleiner Kampf war. Vage entzifferte ich den Namen Norah. Erleichtert legte ich alles wieder zurück. Geistesgegenwärtig stopfte ich die Flipflops ebenfalls hinein, von denen ich ausging, dass sie von Norah waren, und schlenderte in Richtung Party, um nach Joe zu suchen. Ich wollte nach Hause und entweder kam er mit oder blieb hier.

Für meinen Teil hatte ich genug Action für heute gehabt.

Kapitel 2

Norah

»Ist wirklich alles in Ordnung mit dir?«

»Mir geht es gut, Mom. *Wirklich*«, versicherte ich zum dritten Mal. Die Stimme meiner Mutter hallte laut durch den Hörer. Dabei hatte ich das Smartphone meiner Schwester leise gestellt und hielt es etwas weiter vom Ohr weg. »Mom, wirklich. Du brauchst dir keine Sorgen um mich zu machen.«

»Lüg mich nicht an, du klingst schrecklich«, entgegnete sie protestierend. Es glich einem Wunder, dass sich ihre Stimme nicht überschlug wie vor einem Jahr, als ich ihr verkündet hatte, dass ich auf unbestimmte Dauer zu meiner Schwester Piper ziehen würde.

»Das liegt am Salzwasser. Die Ärzte meinen, ein paar Tassen Tee, etwas Ruhe und ich bin wieder wie neu«, erklärte ich so beruhigend ich konnte. Dabei warf ich Piper einen finsteren Blick zu, die mich jedoch gekonnt ignorierte und sich auf die Straße konzentrierte, während sie uns nach Hause fuhr. Leicht genervt sah ich zum blauen Himmel. Die Mittagssonne schien unbarmherzig auf uns herab. Die Klimaanlage des Autos hatte zu kämpfen, schaffte es aber, den Innenraum angenehm kühl zu halten. Draußen flirrte unterdessen die Luft vor Hitze.

»Soll ich zu euch kommen?«, fragte unsere Mutter überdeutlich besorgt. »Du warst noch nie über Nacht im Krankenhaus.«

»Nein, schon okay. Piper kümmert sich um mich«, protestierte ich sofort und lächelte gequält, dankbar dafür, dass meine Mutter mir nicht gegenüberstand.

»Bist du dir absolut sicher? Du weißt, dass ich sofort komme, wenn du das möchtest«, versicherte sie. »Das macht mir keine Umstände.«

»Ach Mom.« Gewissensbisse nagten an mir. Ich hätte besser aufpassen müssen, dann hätte sie keinen Grund dazu, sich den Kopf wegen mir zu zerbrechen. »Du brauchst nicht extra von Amerika nach Australien zu fliegen.«

»Wenn es dir um die Kosten geht, brauchst du dir keine Gedanken zu machen. Das weißt du hoffentlich.«

»Natürlich, Mom.« Als Architektin verdiente unsere Mutter sehr gutes Geld, genauso wie unser Vater, der als Regionalleiter einer Bank tätig war. »Ich muss jetzt auflegen, okay?«

»Hab dich lieb, meine Süße. Und sei Piper nicht böse, weil sie mich angerufen hat, ja? Wir sehen uns in drei Monaten bei deinen Qualifikationstänzen.«

»Mom ...« Weiter kam ich nicht, da unterbrach sie mich entschieden.

»Keine Widerrede. Dein Vater und ich haben uns bereits Urlaub genommen. Wir kommen und basta!«

Ich lächelte. Gleichgültig, wie oft ich ihr sagte, dass sie nicht kommen musste, sie bestand darauf. Ihre bedingungslose Unterstützung war keinesfalls selbstverständlich. Viele Familien waren intolerant, was künstlerische Berufe anging. Rons Eltern beispielsweise hielten nichts von seinen Karrierewünschen als Tänzer.

»Hab dich auch lieb, Mom.«

»Natürlich hast du das, ich bin deine Mutter«, sagte sie und kicherte, bevor sie nach einem letzten Laut, der nach einem Kuss klang, auflegte.

Noch immer lächelnd betrachtete ich die an uns vorbeirauschende Landschaft und senkte die Hand, in der ich das Handy hielt.

»Ich habe es nur gut gemeint, schließlich habe ich die Verantwortung für dich, solange du in Australien lebst«, erklärte Piper sofort, noch bevor ich mich ihr zuwenden konnte.

»Hättest du ihr nicht erst heute Abend Bescheid geben können? Wenn ich schon schlafe und sie mich nicht anrufen kann? Meine Stimme klingt verdammt scheiße.« Ich schüttelte den Kopf und befestigte das Smartphone in der Halterung neben dem Radio.

»Wenn du weniger reden würdest, wäre sie nicht mehr so scheiße«, entgegnete Piper trocken.

Verärgert sah ich zu ihr, ehe ich mich abwandte und erneut aus dem Beifahrerfenster starrte, die Stirn gegen das kühle Glas gelehnt. Kapitulierend stieß ich die unbewusst angehaltene Luft aus. Sie hatte ja recht, das wusste ich, was dennoch nicht bedeutete, dass es mir gefiel.

»Hey, Kleines.« Aufmunternd griff Piper nach meiner Hand und drückte sie. »Sie kriegt sich wieder ein. So ist sie nun mal. Eine waschechte Glucke«, versicherte sie mir. »Weißt du noch, als ich der Liebe wegen hierhergezogen bin?«

»Sie ist ausgerastet.« Ich erinnerte mich nur zu gut daran, wie unseren Eltern bei Pipers Verkündung, ihre Ausbildung zur Köchin in Australien absolvieren zu wollen, alles aus dem Gesicht gefallen war.

»O ja, das ist sie«, stimmte Piper zu. »Aber sie hat sich nur Sorgen um mich gemacht. So wie ich mir welche um dich mache.«

Als der Druck um meine Hand stärker wurde, sah ich fragend zu ihr. »Ist was?«

»Nein«, antwortete sie prompt und ließ mich los.

»Ich kenne dich. Das ist dein Ich-bin-die-große-Schwester-und-muss-Norah-beschützen-Gesichtsausdruck.«

Sämtliche Alarmglocken ertönten in meinem Inneren. Insbesondere, als sich Piper auf die Unterlippe biss und sich nervös abwandte. »Na ja …«

»Piper!«

Ertappt fuhr sie zusammen. »Das gestern Nacht«, begann sie zögerlich. Sie schielte zu mir, ehe sie sich wieder auf den Verkehr konzentrierte. »Tick nicht aus. Vergiss nicht, ich bin am Steuer und muss dafür Sorge tragen, dass wir heil zu Hause ankommen. Wenn du mich also angreifst, könnte das schwerwiegende Konsequenzen haben.«

Perplex sah ich sie an. »O-kay.« Auffordernd nickte ich ihr zu und wartete darauf, dass sie mir endlich ihr seltsames Verhalten erklärte. Doch je länger sie schwieg, desto mehr befürchtete ich, dass es mir nicht gefallen würde, was sie zu sagen hatte.

Mit den verstreichenden Sekunden wurde Piper zunehmend nervöser. Sie tippte mit den Fingern gegen das Lenkrad und leckte sich über die Oberlippe. Das tat sie immer, wenn sie unsicher wurde.

»Nun ja, du hast viel erlebt und ich könnte verstehen, wenn du glauben würdest, dass alles ausweglos ist«, stammelte sie.

»Du denkst bestimmt, dass ich mir das Leben nehmen wollte«, scherzte ich. Als sie nichts darauf erwiderte, verging mir das Lachen. »Okay, das war ein Witz. Sag mir, dass ich falschliege und du mir so was nicht wirklich zutraust.« Doch sie widersprach mir nicht. Entsetzt starrte ich sie an. Ein flaues Gefühl breitete sich in meiner Magengegend aus und verursachte Übelkeit. »Nein.« Entschieden schüttelte ich den Kopf. »Das ist dumm.«

»Ist es das?« Besorgt sah Piper zu mir. Der Ausdruck in ihrem Blick schmerzte. Darin erkannte ich ehrliche Sorge, aber noch etwas anderes. Unsicherheit. »Seit du klein bist, tanzt du. Es ist dein großer Traum, Norah. Du sprichst seit Jahren von nichts anderem mehr.« Sie lächelte milde. »Die Sache mit Ron vorgestern war heftig. Versteh mich nicht falsch, ich kann nicht nachvollziehen, warum sich jemand das Leben nehmen will, aber ich kann es versuchen. Du musst mit mir reden, damit ich dir helfen kann.«

Ich starrte aus dem Fenster und betrachtete die süßen, kleinen Einfamilienhäuser, die am Straßenrand in regelmäßigem Abstand zueinander dastanden. Ein Neubaugebiet, in dem fast alles gleich aussah. Kaum Individualität. »Nur, weil Ron mich im Stich gelassen hat, werde ich mich nicht gleich umbringen«, murmelte ich. Es betrübte mich, dass Piper so von mir dachte. Zugleich verstand ich sie. Alles deutete darauf hin. Ich, die nicht gut schwimmen konnte, fuhr mitten in der Nacht allein ans Meer, ohne jemandem Bescheid zu geben.

»Menschen haben sich wegen weit weniger schlimmen Dingen umgebracht. Glaub nicht, dass ich dich für labil halte, denn das tue ich nicht. In ausweglos erscheinenden Situationen neigen Menschen dazu, kurzzeitig durchzudrehen und Dummheiten zu begehen, im Glauben, das Richtige zu tun.«

»Das habe ich nicht. Wirklich nicht.«

»Warum bist du dann dort gewesen?« Pipers Stimme zerschnitt die Luft. Erschrocken hielt ich die Luft an und wandte mich ihr zu. Sie war lauter geworden, unterschwellig aggressiver. Erst jetzt sah ich, dass sie das Lenkrad derartig stark umklammert hielt, dass sich die Fingerknöchel weiß unter der Haut abzeichneten.

»Piper«, hauchte ich. Am liebsten würde ich sie umarmen, nur ging das während der Fahrt nicht. Also beugte ich mich vor und legte meine Hand auf ihre. »Ich brauchte einen kühlen Kopf. Nach der Sache mit Ron benötigte ich Abstand zu allem und bin etwas rumgefahren, bis ich am Strand angekommen bin. Da habe ich das Auto stehen gelassen und bin etwas spazieren gegangen, bis ich diese Party gesehen habe. Mir war nicht nach Gesellschaft, aber wieder zurück wollte ich nicht, also bin ich ins Wasser. Keine Ahnung warum, es hat sich in dem Moment richtig angefühlt. Es war so kalt und erfrischend.« Frustriert stieß ich die Luft aus und lehnte mich in die weichen Polster des Sitzes zurück. »Fast so, als würde das Salzwasser sämtliche Unreinheiten von mir abwaschen. Auch meine Probleme. Als ich zurück ans Ufer wollte, bekam ich einen Krampf im Bein.«

Verwunderung zeichnete sich auf Pipers Gesicht ab. Einige Sekunden sagte sie nichts, ehe sie zu mir schielte. »Du hast wieder Krämpfe? Nimmst du die Magnesiumtabletten nicht mehr?«

»Doch schon, aber nicht mehr die starken. Eigentlich ging es mir mit den schwächeren ganz gut. Beim Tanzen hatte ich keine Probleme mehr. Anscheinend habe ich mich geirrt.«

Piper nickte und presste die Lippen fest aufeinander. Mehr sagte ich nicht zu der Situation, sie genauso wenig. Entsprechend schweigsam zogen die nächsten Minuten an uns vorbei, bis wir zu Hause ankamen. Ein kleines Mietshaus auf einem Hügel von Sunset Bay, mit Garten, Balkonen und kleiner Terrasse.

Es fiel mir noch immer schwer zu glauben, dass wir tatsächlich hier waren, um bei Madame Loria zu trainieren. Ron und ich waren schon lange vor Australien Tanzpartner gewesen. Ich konnte mich kaum an eine Zeit ohne ihn erinnern. Wann genau wir zum ersten Mal zusammen getanzt hatten, wusste ich gar nicht mehr, wir konnten jedoch nicht älter als sieben oder acht Jahre alt gewesen sein.

Während Ron eine Wohnung von seinen Eltern finanziert bekam, hatte Piper mich großzügig bei sich aufgenommen und mir ihr Arbeitszimmer überlassen. Ihr alter Schreibtisch stand noch immer an Ort und Stelle direkt vor dem großen Fenster. Obwohl mir die Schlafcouch gereicht hätte, hatte sie diese in den Keller verbannt und mir ein großes Bett gekauft. Anfänglich war es seltsam gewesen, wieder mit Piper unter einem Dach zu wohnen, aber das hatte sich schnell eingependelt. Vor allem, weil sich ihre ach so große Liebe aus dem Staub gemacht hatte, kaum dass sie wegen ihm hierhergekommen war. Vollidiot.

Stillschweigend folgte ich Piper ins Haus und floh direkt auf mein Zimmer, während sie im Badezimmer verschwand. Oben angekommen wusste ich nichts mit mir anzufangen. Ich wollte meine Nachrichten checken, doch das ging nicht, da mein Handy in der Tasche lag, die ich am Strand zurückgelassen hatte. Verflucht. Erst jetzt wurde mir bewusst, dass dieser Kerl nicht aufgetaucht war. Entweder hatte er meine Sachen nicht gefunden, gar nicht danach gesucht oder beschlossen sie mir nicht zurückzugeben. War ja klar.

»Scheiße!« Ich warf mich rücklings aufs Bett, schloss die Augen und rieb mir übers Gesicht. Angestrengt versuchte ich mich an seinen Namen zu erinnern. Irgendetwas mit M.

Mike? Monty? Mogli? Nein, Letzteres war vom *Dschungelbuch*.

»Fuck. Fuck, fuck, fuck.« Ich sah zur Seite und betrachtete das Foto von Ron und mir. Er trug einen schwarzen Anzug und ich ein enges, rotes Kleid. Wir strahlten um die Wette und lachten in die Kamera. Das Bild war an dem Abend entstanden, an dem wir die Aufnahme bei Madame Loria gefeiert hatten. Damals, als er mich nicht wegen einer anderen hatte sitzen lassen. Als ich nicht partnerlos gewesen war und vor dem Nichts gestanden hatte. Männer waren solche Arschlöcher. Alle miteinander.

Stöhnend drehte ich mich auf den Bauch und vergrub das Gesicht im Kissen. Ich wollte das Bild nicht sehen. Nichts wollte ich sehen. Weder den weißen, flauschigen Teppich in der Mitte des Zimmers, noch die fliederfarbenen Vorhänge oder den großzügigen Kleiderschrank, in dem noch ein paar Sachen von Piper hingen.

Ich dachte wieder an mein Handy und ärgerte mich über mich selbst. Nicht dass es jemanden gäbe, dem ich schreiben müsste. Dennoch war mein halbes Leben auf diesem verdammten Ding. Zumindest das alte, in dem ich soziale Kontakte gepflegt hatte. Hier kannte ich nur Ron und Piper. Meine Freunde aus Los Angeles hatte ich bereits nach wenigen Monaten aus den Augen verloren. Obwohl ich versucht hatte den Kontakt aufrechtzuerhalten, war es zunehmend schwieriger geworden, bis gänzliche Funkstille eingetreten war. Anfänglich hatte es mich stärker belastet, als ich vor mir selbst gewillt gewesen war zuzugeben. Doch jetzt, wo ich nur noch Piper hatte, würde ich meinen Bekanntenkreis schnellstmöglich ausweiten und mich, anders als bisher, unter Leute wagen müssen. Leichter gesagt als getan. Ich mied größere Menschenmassen. Mir behagte der enge Kontakt zu anderen nicht. Insbesondere, da mir Misstrauen leichter fiel als Vertrauen.

Mir blieb jedoch keine andere Wahl, schließlich brauchte ich einen neuen Tanzpartner, bevor ich aus der Schule von Madame Loria rausflog. Und das nur, weil eine dahergelaufene Tänzerin Ron schöne Augen gemacht hatte, nachdem ihr eigener Partner nach einem Unfall nicht mehr hatte tanzen können. Rein zufällig hatte sie genau in dem Augenblick Gefallen an Ron gefunden. Natürlich. Vorher hatte sie ihn keines Blickes gewürdigt und jetzt? Große Liebe? Schon klar. Bei diesem Gedanken stöhnte ich erneut auf und kniff die Augen zusammen. Im verzweifelten Versuch, mich aus diesem Albtraum zu befreien, kniff ich mir in den Arm. Beinahe hätte ich aufgrund meiner eigenen Dummheit gelacht, wäre da nicht der dicke Kloß im Hals, der drohte, mir Tränen in die Augen zu treiben.

Das Klingeln an der Haustür lenkte mich kurzzeitig von meinen frustrierenden Gedanken ab. Kurz sah ich auf, ehe ich grummelnd wieder die Augen schloss. Sollte doch Piper öffnen, ich war nicht in der Stimmung für einen ihrer Besuche. So wenig Freunde, wie ich hatte, so viele hatte sie. Was im Umkehrschluss bedeutete, dass ich niemanden hatte und sie eine halbe Armee.

Ich hörte Schritte, eine sich öffnende Tür und Stimmen. Obwohl ich es nicht wollte, spitzte ich die Ohren und versuchte herauszufinden, wer von ihren Freundinnen dieses Mal unangekündigt auftauchte, um Piper mit irgendwelchem Klatsch und Tratsch zu versorgen.

»Norah? Kommst du bitte?«

Irritiert runzelte ich die Stirn und setzte mich widerstrebend auf. »Ja?« Ich schlich die Treppe runter und linste um die Ecke. Das Erste, was ich bemerkte, war eine schwarze Jeans und ein muskulöser Arm, der etwas hielt, das verdächtig nach meiner Strandtasche aussah.

Verwundert kam ich am Treppenabsatz an und sah zum Fremden in unserem Hausflur, dessen Augen direkt in meine Seele zu blicken schienen. Hellblau und strahlend. Passend dazu die blonde Mähne mit zarten Wellen, die ihm das Aussehen von einem typischen Surferboy verlieh. Gestern war mir das gar nicht aufgefallen. Natürlich war mir da bereits klar gewesen, dass er attraktiv war, aber jetzt bei Tageslicht und ohne Todespanik sah ich ein klein wenig klarer. Okay, ich musste wirklich verdammt nah vor dem Ertrinken gewesen sein, dass mir erst jetzt bewusst wurde, wie extrem heiß dieser Kerl war. Wenn ich an den vergangenen Abend zurückdachte und berücksichtigte, wo wir lebten, wäre es gar nicht so verwunderlich, dass er einer der Surfer vom Strand war. Die sahen fast alle so aus wie er. Gebräunt, gut gebaut und heiß.

»Hi«, nuschelte ich und erschrak, als meine Stimme erstaunlich piepsig klang.

»Hi.« Grinsend neigte er den Kopf und musterte mich.

Piper lehnte an der Tür zur Küche, während sie sich mit dem Finger eine Haarsträhne aufwickelte. Verspielt und liebreizend. Obwohl sie mein drei Jahre älteres Ebenbild war, sah sie süßer aus als ich, mit ihren gigantischen braunen Augen und den ebenso braunen Korkenzieherlocken. Wie eine Märchenfigur.

»Du musst der Retter meiner kleinen Schwester sein«, stellte sie fest, ein Schnurren in der Stimme. Sie war wieder in Hochform. »Wie können wir uns bei dir erkenntlich zeigen?« Sie kam ihm unbemerkt näher, die Hände locker in ihre schmale Hüfte gestemmt.

Peinlich.

»Schon gut. Ich habe das gern getan.« Er lächelte ihr kurz zu, bevor er sich wieder mit neugieriger Miene mir zuwandte. Dabei schien er nicht zu bemerken, wie sich Piper eine Haarsträhne betont beiläufig hinters Ohr schob und ihm dabei noch näher kam.

Ich liebte Piper. Sie war wie eine beste Freundin für mich. Vermutlich die einzige neben Ron, die ich noch hatte. Doch seit die Beziehung zu ihrem australischen Freund in die Brüche gegangen war, versuchte sie krampfhaft einen neuen Partner zu finden. Insgeheim vermutete ich, dass sie Torschlusspanik hatte und das Ganze nur, weil ihre Freundinnen entweder bereits verheiratet waren oder kurz vor der Eheschließung standen. Dabei musste angemerkt werden, dass Piper die Jüngste unter ihren Freundinnen war, was dennoch nicht bedeutete, dass sofort jeder einen Ring an den Finger gesteckt bekommen musste, schließlich waren sie alle noch immer jung, aber auf mich hörte niemand.

Gruppenzwang der modernen Art.

»Die gehört dir.« Mein Retter deutete auf die Tasche. »Hoffe ich zumindest. Ansonsten habe ich sie einer anderen Frau geklaut«, fügte er mit einem schelmischen Grinsen hinzu.

»Ich tippe mal darauf, dass es die richtige ist«, sagte ich mit einem Schmunzeln auf den Lippen.

»Wie kommst du darauf?«, fragte er mit einem betont verwunderten Ausdruck auf dem Gesicht.

»Du wirst wohl meinen Führerschein gefunden haben, auf dem meine Adresse steht, ansonsten wärst du nicht hier«, entgegnete ich belustigt.

»Ach? Vielleicht bin ich ja auch ein kranker Stalker, der nur darauf gewartet hat, einen Vorwand zu finden, um dich anzusprechen?«, fragte er provokant.

»Nun, wenn du wirklich so einer bist, wirst du dir sicher sein können, dass die hier«, ich deutete auf die Tasche, »meine ist, denn dann würdest du ganz genau wissen, welche Dinge mir gehören und welche nicht.«

Erst sah er verwundert aus, dann lachte er so herzhaft, dass ich mit einstimmte, obwohl mein Hals noch immer brannte und kratzte.

»Sieht so aus«, raunte er, nachdem er sich wieder beruhigt hatte.

Ein Kribbeln breitete sich in meinem Körper aus, während ich den letzten Abstand überbrückte und auf den Fremden zuging. »Danke«, murmelte ich und nahm ihm die Tasche aus der Hand.

»Gern.« Für einen Moment hielt er den Riemen länger fest als unbedingt notwendig, ehe er losließ und sich seinerseits gegen die Wand lehnte, statt zu gehen. Piper hatte er, seit ich unten war, nur noch wenige Male angesehen. Stattdessen hielt er seinen Blick auf mich gerichtet. Prüfend. Skeptisch und aufmerksam, wie mir schien.

»Geht es dir besser?«, fragte er leise, mit einem überraschend ernsten Ton.

»Ein wenig. Der Hals brennt noch etwas, aber das wird schon. Immerhin klinge ich nicht mehr so krächzend.«

»Das hätte ich gern gehört.«

»Nein, hättest du nicht. Ich klang bestimmt scheußlich.«

»Das kann ich mir bei dir nicht vorstellen«, murmelte er.

Peinlich berührt sah ich zu Boden und betrachtete die hellen Fliesen, während sich unangenehmes Schweigen zwischen uns ausbreitete. Selbst Piper sagte nichts, was ungewöhnlich für sie war.

Unruhig trat ich von einem Bein aufs andere, bis mein Retter das Wort ergriff: »Ich habe über den gestrigen Vorfall nachgedacht.«

Misstrauisch hob ich den Blick. »Aha? Hast du das?«

Als hätte er mein Unbehagen bemerkt, schenkte er mir ein Lächeln. Ehrlich und offen. Zumindest wirkte es so. Ein klein wenig anziehend, mit dem winzigen Grübchen auf der Wange. Ich verwarf den Gedanken schnell wieder und konzentrierte mich auf das Gespräch.

»Du bist keine gute Schwimmerin.«

»Wie bitte?« Verärgert runzelte ich die Stirn. Weg waren die Sympathiepunkte. Nur weil er mich aus dem Wasser gefischt hatte, hieß das nicht, dass er über mich urteilen durfte. Auch wenn ich widerstrebend zugeben musste, dass er nicht ganz falsch lag. Also rang ich meinen ersten Impuls, mich abzuschotten, nieder. Wenn ich weiterhin Fremden gegenüber verschlossen blieb, würde ich nie neue Bekanntschaften machen oder gar Freundschaften schließen können.

»Versteh mich nicht falsch, aber jemand, der gut schwimmen kann, weiß, dass man bei einem Krampf Ruhe bewahren muss. Du bist panisch geworden, habe ich recht?«

Unangenehm berührt presste ich die Lippen aufeinander. Insbesondere, als die Erinnerungen in mir hochkamen. Daran, wie sich die Muskulatur in meinem Bein dermaßen verkrampft hatte, dass ich die Kontrolle über mich selbst verloren hatte. Wie ich Wasser eingeatmet hatte und immer panischer geworden war, bis mich eine winzige Welle getroffen und runtergezogen hatte.

Mein Schweigen schien er als Zustimmung zu werten. »Wie wäre es mit Unterricht?« Als ich ihn perplex anstarrte, stellte er sich aufrechter hin. »Natürlich kostenfrei. Ich möchte lediglich verhindern, dass das noch einmal passiert.«

»Ich kann auch nicht so gut schwimmen«, mischte sich Piper ein und sah zwischen mir und dem jungen Mann hin und her. In ihrer Miene spiegelte sich eine Mischung aus beleidigt sein und Neugierde wider. Eine Spur Hoffnung lag in ihrem Blick, während sie zu dem Schwimmer sah.

Mitleid überkam mich, als ich die Verzweiflung erkannte, mit der sie versuchte an den Mann zu kommen. Es wunderte mich nicht, dass sie bisher immer enttäuscht worden war. Nicht dass ich es ihr nicht gönnen würde, im Gegenteil, doch so verbissen, wie sie an die Sache heranging, konnte es zu keinem Erfolg führen.

»Vielleicht könntest du mir auch ein paar Stunden Unterricht geben?«, fragte Piper und klimperte mit den Wimpern. Bei den meisten würde es wohl so aussehen, als ob ihnen etwas ins Auge gefallen wäre, mich eingeschlossen. Piper hingegen schaffte es, dabei liebreizend rüberzukommen.

»Nun ...« Der Fremde blinzelte und sah irritiert zu Piper. Als hätte er vergessen, dass sie noch da war. »Ich ...« Er fuhr sich durchs Haar und zerzauste es auf eine Art, die ihn verwegener aussehen ließ. Wie ein Fisch an Land zappelte er, während er offensichtlich darüber nachdachte, wie er höflich ablehnen konnte.

»Du bist doch in der Schwimmschulmannschaft gewesen? Wenn ich mich recht erinnere, warst du eine verdammt gute Schwimmerin, Piper.« Ich biss mir auf die Zunge, als sie mich verärgert ansah.

Warum ich das gesagt hatte, konnte ich mir selbst nicht erklären, aber aus irgendeinem Grund hatte ich ihm helfen wollen. Zudem widerstrebte es mir, dass Piper dazwischenfunkte. Das passierte ständig.

»Das ist schon etwas her«, entgegnete sie gepresst. Als sie mich skeptisch ansah, weiteten sich plötzlich ihre Augen und ein seltsames Grinsen breitete sich von einem Ohr zum anderen auf ihrem Gesicht aus. Sie zwinkerte mir verschwörerisch zu, ehe sie ein »Ich muss kochen, bleib doch zum Essen«, flötete und verschwand. Das war plötzlich. Selbst für mich und dabei kannte ich meine große Schwester in- und auswendig.

Überfordert sah ich ihr nach, bevor ich mich unserem Besuch zuwandte, der mich neugierig musterte.

»Was war das?«, fragte er amüsiert.

»Das war das Phänomen Piper. Sie wechselt ihre Launen innerhalb von Sekunden. Frag mich nicht.« Ich schnitt eine Grimasse.

Wieder zogen sich die Sekunden quälend lang wie Kaugummi. Dieses Mal war ich es, die das Schweigen brach. »Ähm ... willst du denn zum Essen bleiben? Piper ist eine verdammt gute Köchin. Ihr gehört das *Happyness* am Strand.«

»Das Fischrestaurant?« Erkenntnis trat auf seine Miene.

Zaghaft nickte ich. »Jap. Mittlerweile kocht sie nicht mehr so oft selbst, sondern hat Angestellte, aber ich glaube, dass sie es insgeheim vermisst, wieder in der Küche zu stehen. Deswegen tobt sie sich ständig zu Hause aus und ich muss dann immer irgendwelche komischen neuen Kreationen probieren. Eigentlich mag ich keinen Fisch, aber Piper macht ihn echt gut.«

Als der Fremde lachte, überkam mich eine Gänsehaut. Es war ein tiefes, dröhnendes Lachen. Passend zu seiner volltönigen Stimme. Irgendetwas stimmte nicht mit mir. Erst realisierte ich am Vorabend nicht, wie fantastisch er aussah, und jetzt schaltete ich erst verspätet, wie groß er tatsächlich war. Mindestens einen Kopf größer als Ron. Ich schätzte ihn auf weit über einen Meter achtzig. Am liebsten hätte ich mir verärgert selbst eine Ohrfeige gegeben. Sonst stand ich nicht derart auf dem Schlauch.

»Gern.«

Ich nickte. »Okay.«

Als er mich so seltsam grinsend ansah, zog ich fragend eine Augenbraue hoch.

»Lässt du mich auch rein?«, fragte er belustigt. Bislang stand er noch immer zwischen Tür und Angel.

»Natürlich!« Hitze stieg mir ins Gesicht, während ich zur Seite trat. Zaghaft deutete ich auf eine Tür rechts von uns. »Da ist das Wohnzimmer«, murmelte ich. »Da kannst du warten, bis das Essen fertig ist.«

Nachdem er den Flur verlassen hatte, schloss ich die Haustür und lehnte mich für einen Augenblick dagegen. Was tat ich hier nur? Über mich selbst den Kopf schüttelnd, folgte ich dem Kerl ins Wohnzimmer, wo er sich aufs Sofa gesetzt hatte und mit einem abwesenden Blick aus dem Fenster sah. »Darf ich dir etwas anbieten?«, fragte ich höflich. Ganz die Gastgeberin.

»Nein danke, Norah.« Er wandte sich mir zu und schenkte mir ein sanftes Lächeln, das sich in seinen Augen widerspiegelte.

Als er meinen Namen sagte, fuhr ich zusammen. Einerseits war es befremdlich schön, wie er ihn aussprach, andererseits kam mir der Gedanke, dass ich seinen vergessen hatte. Als hätte er meine Bedrängnis bemerkt, wurde sein Grinsen breiter.

»Mika«, half er mir auf die Sprünge.

Dankbar setzte ich mich ihm gegenüber in den Sessel. Als mir bewusst wurde, dass ich noch immer meine Strandtasche umklammerte, legte ich sie beiläufig auf den Boden. »Entschuldige bitte. Das war gestern ein wenig zu viel.«

»Kein Problem.« Er sah mich neugierig an. »Das war eine ziemlich stressige Situation. Da kann man so was schon mal vergessen. Also?«

»Also was?« Verwirrt musterte ich ihn an.

»Schwimmunterricht?«, erinnerte er mich mit einem spöttischen Unterton.

»Ich weiß ja nicht.« Mir war nicht danach. »Eigentlich habe ich anderes zu tun.« Zeitgleich war der Gedanke, ihn noch mal zu sehen, anregend. Vielleicht könnte ich für einige Momente vergessen, welche Probleme mir im Nacken saßen. Andererseits sollte ich jede Minute nutzen, um mir einen neuen Tanzpartner zu suchen. Sonst konnte ich mir die aktuelle Saison abschminken.

»Es ist kostenlos, das verspreche ich dir. Ich leite die örtliche Tauch- und Schwimmschule. Du wärst bei mir in guten Händen. Außerdem würde ich dich gern wiedersehen«, gab er erstaunlich offen zu, was mich nicht nur überraschte, sondern auch ein wenig erschreckte.

»Warum?«, fragte ich verdattert.

»Weil vor knapp vier Jahren ein kleines Mädchen vor meinen Augen gestorben ist und ich das nicht noch einmal miterleben möchte«, erklärte er. »Wenn es mir möglich ist, jemandem zu helfen, dann tue ich das.«

»Das meinte ich nicht, bloß ... scheiße, das tut mir leid.«

»Mir auch.« Er lächelte traurig. Es war ein Lächeln, das ausdrückte, dass die Welt weiterging und man sich mit dem Tod arrangieren musste. Allmählich verstand ich, was er mir versuchte zu sagen. Schreckliche Dinge geschahen tagtäglich, doch wir konnten etwas dagegen unternehmen. Und sei es nur mit einer Kleinigkeit, wie einer Fremden Schwimmunterricht zu geben.

»Bietest du jedem, den du aus dem Meer fischst, gratis Schwimmstunden an?« Ich konnte mir nicht vorstellen, dass mein bombastisches Auftreten beim Ertrinken ihn begeistert und dazu bewogen hatte, mich näher kennenzulernen.

»Nein, mache ich nicht«, antwortete er ehrlich.

»Und warum machst du dann bei mir eine Ausnahme?«

»Weil du interessant bist«, sagte er unvermittelt.

»Wie kommst du jetzt darauf?« Irritiert runzelte ich die Stirn.

Sein Grinsen wurde breiter, frecher ... anziehender. »Du wolltest wissen, warum ich dir Gratisstunden anbiete. Schlicht und ergreifend, keine Ahnung. Ich würde dich gern wiedersehen und dafür solltest du lebendig bleiben.«

Mit aufgerissenen Augen und leicht geöffnetem Mund starrte ich ihn sprachlos an. Die Sache mit Ron musste mich mehr benebelt haben als geahnt. Oder mir waren ein paar Synapsen im Hirn abhandengekommen, als ich fast ertrunken war. Bislang hatte es kein Mann geschafft, mich derart aus dem Konzept zu bringen wie Mika. Dabei kannte ich ihn keine vierundzwanzig Stunden.

»Das verstehe ich, um ehrlich zu sein, nicht.«

»Brauchst du auch nicht, ich tue es ja auch nicht«, gab er offen zu und lachte herzhaft.

»Essen ist in zehn Minuten fertig«, erklang Pipers Stimme. Plötzlich tauchte sie in der Tür auf. »Ich hoffe, du magst Fisch?«, fragte sie an Mika gewandt.

Ich unterdrückte ein Stöhnen und verzog das Gesicht, was er zu bemerken schien, denn ein Wangenmuskel zuckte verräterisch. Dennoch schaffte er es, erstaunlich ernst zu Piper zu sehen. »Selbstverständlich. Ich liebe Fisch.«

Mit strahlenden Augen verschwand sie wieder in der Küche. Als Mika zu mir linste, konnte ich mir ein Lachen nur mühsam verkneifen. »Du magst keinen Fisch, habe ich recht?«

Er grinste breit. »Nicht wirklich. Ich esse ihn außerordentlich selten.«

Er wurde mir immer sympathischer.

Kapitel 3

Mika

Das Essen war einerseits spannend gewesen, andererseits ziemlich ereignislos. Im Grunde war es ein friedliches Essen gemeinsam mit zwei Schwestern gewesen, die sich liebten und zeitgleich auf die Palme brachten.

Mir war nicht entgangen, dass sich Piper anfänglich an mich rangemacht hatte, bis sie von einem Moment auf den anderen den Gedanken verfolgt hatte, ihre kleine Schwester an den Mann zu bringen.

Sämtliche Andeutungen, provokante Blicke und bedeutungsschwangere Kopfbewegungen in meine Richtung hatten mir geschmeichelt, Norah hingegen in eine peinliche Situation gebracht. Doch kaum, dass wir uns hingesetzt und einen Bissen vom Fisch in Weißweinsoße probiert hatten, war ich wegen eines Anrufs gezwungen gewesen, in die Tauchschule zu fahren. Es hatte sich lediglich als ein Fehlalarm herausgestellt.

Beim Gedanken an Pipers Gesichtsausdruck, als ich Hals über Kopf aufgebrochen war, musste ich grinsen. Die Hektik, mit der sie eine Dose mit meinem kaum angerührten Essen gefüllt hatte, war liebreizend gewesen. Dadurch, dass sie dabei immer wieder zu der stur auf den Tisch starrenden Norah gesehen hatte, ahnte ich, dass es lediglich ein Vorwand gewesen war, damit ich irgendwann den geliehenen Behälter zurückgeben und Norah dadurch erneut über den Weg laufen musste.

Ich streckte mich und gähnte, ehe ich einen Schluck Kaffee nahm. Die Tageszeitung lag unberührt auf dem Esstisch, während ich aus dem Fenster zum Meer sah. Wiederholt glitten meine Gedanken zu Norah und ich ertappte mich dabei, wie ich mir eine weitere Begegnung erhoffte. Vielleicht würde sie wirklich in die Schwimmschule kommen. Dann könnten wir uns in Ruhe unterhalten, fernab der wachsamen Blicke ihrer Schwester mitsamt ihren äußerst interessanten Fragen, wie *»Norah, wann war deine letzte Beziehung?«* und *»Norah, willst du dir von Mika nicht das Tauchen beibringen lassen? Vielleicht kann er dir ja gleich noch andere Dinge zeigen. Du weißt schon welche.«*

Allein die Erinnerung, wie Norah rot um die Nase geworden war, brachte mich zum Grinsen. Niedlich. Irgendwie mochte ich es, auch wenn es mir nicht behagte, der Grund für ihre Verlegenheit gewesen zu sein. Doch etwas war an ihr. Etwas, das in mir den Drang weckte, sie beschützen zu wollen. Vermutlich, weil Norah etwas von meiner kleinen Schwester Cassy hatte, die vor einigen Monaten zurück nach Los Angeles gezogen war. Im Nachhinein war ich wirklich froh, dass ich nicht ins Krankenhaus gefahren war, sondern direkt zu Norah.

Das laute Klingeln meines Handys schreckte mich aus meinen Gedanken. Mit einem Seufzen auf den Lippen streckte ich mich nach dem ätzenden Teil und starrte auf das Display. Mit einem Knurren drückte ich den Anrufer weg. Dafür hatte ich an einem so schönen, sonnigen Tag keinen Nerv.

Bevor der allwöchentliche Telefonterror starten konnte, schaltete ich das Gerät aus und griff nach dem zweiten Smartphone, das ich mir vor einigen Monaten besorgt hatte und das ich für alle geschäftlichen Angelegenheiten der Tauchschule nutzte.

Immerhin hatte ich auf diese Weise Ruhe vor gewissen Leuten, von denen ich nichts mehr wissen wollte. Zumindest so lange, bis herauskam, dass das hier meine Nummer war und nicht die von Joe.

Nach einer kurzen Katzenwäsche verließ ich meine Wohnung und trat direkt auf den kühlen Sand vor der Eingangstür. Ich lebte nicht direkt am Meer, sondern auf einem kleinen Hügel mit direktem Blick auf das Gewässer, doch mit der Zeit hatte ich mir meinen eigenen Sand zum Haus gebracht. Sei es durch meine verdreckten Klamotten oder die klebenden Körner an meinem Surfbrett. Manchmal war es auch der Wind, der den Weg vor meinem Zuhause golden pflasterte, bis ein Privatstrand entstanden war.

Summend ging ich den steinernen Weg runter, bis ich den wahren Strand erreicht hatte, und joggte mehr schlecht als recht vor, bis meine nackten Füße von warmem Salzwasser umgeben waren. Jetzt, wo der Boden zumindest etwas härter war und ich nicht mehr in den Dünen einzusinken drohte, lief ich nach rechts weiter, den Sonnenaufgang genießend. Frischer Wind wehte mir durchs Haar und kitzelte meine Nase, während ich nach meinem besten Freund Joe Ausschau hielt. Lange musste ich nicht suchen, bis ich eine Gestalt in knallpinker Badeshorts auf mich zukommen sah.

Ein Stöhnen unterdrückend drosselte ich das Tempo und ging Joe entgegen. »Was hast du dir jetzt schon wieder gekauft?«

»Was meinst du?« Joe runzelte die Stirn, ehe er sein typisches Sonnyboy-Grinsen aufsetzte.

»Du weißt genau, was ich meine, Flamingo.« Ich zog eine Augenbraue hoch, woraufhin Joes Grinsen noch breiter wurde.

»Steht mir, findest du nicht?« Als müsste er seine Worte unterstreichen, drehte er sich mit einem grazilen Hüftschwung um sich selbst und wackelte dabei mit dem Hintern.

Lachend schüttelte ich den Kopf. »Du Quatschkopf.«

Joe stimmte in mein Lachen ein und legte mir den Arm um die Schulter. »Gib zu, du stehst drauf.«

Ein leises Räuspern ließ mich herumfahren. Das Grinsen blieb mir im Hals stecken, als ich das braune Haar sah, das im Sonnenschein rötlich funkelte. Mit ihr hatte ich nicht gerechnet.

»Guten Morgen.« Norah sah von mir zu Joe, ehe ihr Blick zu seiner Badehose glitt. »Störe ich?«

»Nein«, stieß ich aus.

»Ja«, flötete Joe.

Peinlich berührt drückte ich meinen besten Freund weg und warf ihm einen warnenden Blick zu. Er hingegen dachte nicht einmal daran, sich normal zu benehmen. Vermutlich kannte er das Wort nicht einmal.

»Wie findest du meine Badeshorts?«, fragte er Norah mit einem herausfordernden Funkeln in den Augen.

»Ähm …« Hilfesuchend schaute sie zu mir. »Hübsch?«

»Ha! Siehst du?« Triumphierend reckte Joe das Kinn und stemmte die Fäuste in die Hüften. »Und du nörgelst ständig an mir rum. Solltest du dir langsam mal abgewöhnen, Mika. Das könnte meine Gefühle verletzen, weißt du?« Joe zog einen Schmollmund, ehe er sich Norah zuwandte. »Wer bist du überhaupt?« Neugierig musterte er sie von oben bis unten, bevor er zu mir sah und eine Augenbraue hochzog.

Ich ignorierte seinen Blick. Stattdessen linste ich zu Norah, die mit offenem Haar und dem weißen, knielangen Strandkleid mit roten Blumen darauf umwerfend aussah.

»Norah«, stellte sie sich zaghaft vor, jeden Buchstaben lang gezogen, als könnte sie sich nicht entscheiden, ob sie ihm ihren Namen wirklich anvertrauen sollte.

»Joe«, erwiderte der Paradiesvogel und hielt ihr die Hand hin, die Norah zu meiner Überraschung sofort ergriff. »Freut mich.«

»Mich auch.« Sie lächelte und schien sich ein wenig zu entspannen. Dann sah sie zu mir. »Was für ein Zufall, dass wir uns hier begegnen.«

»Ich wohne in der Nähe«, erklärte ich und zuckte mit den Schultern, in der Hoffnung, locker und gelassen rüberzukommen. Die Art, wie sie mich musterte, skeptisch und fast schon belustigt, zeigte, dass es mir nicht sonderlich gelungen war. »Was treibt dich hierher?«

Norah verzog die Lippen zu einem erzwungen aussehenden Lächeln. »Piper hat mich mit ins Restaurant geschleppt. Als sie mal nicht hingesehen hat, bin ich geflohen, um ein wenig spazieren zu gehen. Nach allem, was in letzter Zeit los gewesen ist, brauche ich etwas Raum zum Denken.« Bedeutungsvoll sah sie mich an und ich verstand.

»Piper hat versucht dir neue Leute vorzustellen, habe ich recht?«, riet ich.

»Volltreffer.« Als sie das Gesicht verzog, grinste ich breit.

»Hat sie dich wieder geärgert?«

»Das ist wohl noch untertrieben, findest du nicht?« Als sie lachte, stimmte ich mit ein. Es fühlte sich vertraut an. Enger, als mit den meisten anderen Bekanntschaften, die ich hatte.

»Ähem.« Joe räusperte sich etwas übertrieben. »Könntet ihr zwei Hübschen mich bitte aufklären?«

Ich zögerte, doch Norah nahm mir die Entscheidung ab. »Mika hat mich aus dem Meer gefischt und war so nett, mir gestern meine Sachen nach Hause zu bringen, die ich am Strand hab liegen lassen.«

Sofort hellte sich Joes Blick auf. »Ach, du warst das?«

Sie nickte und senkte den Blick in Richtung Boden. »Jep.«

»Was ja nicht so schlimm ist«, mischte ich mich ein, als ich sah, dass Joe bereits sein Verkäuferlächeln aufsetzte. »Ich habe ihr bereits angeboten, dass ich ihr ein paar Schwimmstunden geben kann.«

Neugierde lag in Joes Mimik, dennoch sagte er nichts. Immerhin etwas Taktgefühl schien noch in seinem Schädel zu sein.

»Wann hättest du denn Zeit?« Norah trat von einem Bein auf das andere. Ihr schien das Gesprächsthema nicht zu gefallen, was aber wohl an Joe zu liegen schien, zu dem sie immer wieder schielte.

»Müsste ich in meinem Terminkalender prüfen«, gestand ich und rieb mir über den Nacken. »Wenn du willst, kann ich dir später schreiben. Ich muss ohnehin zur Tauchschule, dann kann ich direkt nachsehen.«

»Oder ich komme jetzt mit, wenn es dir nichts ausmacht.« Norah biss sich auf die Unterlippe, was irgendwie süß aussah, auch wenn ich ihr gern sagen würde, dass sie keinen Grund hatte, bei mir unsicher zu sein. Nur wusste ich, dass Worte allein nichts brachten. Es dauerte, bis man Vertrauen zu anderen Menschen aufgebaut hatte. Ich selbst war da nicht anders. In der Regel brauchte ich ewig, um mich jemandem zu öffnen, aber bei ihr brauchte ich keine Jahre, Monate, Wochen oder Tage. Sie war ein Mensch, bei dem es Sekunden dauerte, bis der Funke übergesprungen war. Sie beschützen. Das wollte ich. Sie bei der Hand nehmen und durch den Weg führen, der vor ihr lag, denn ich erkannte es in ihrem Blick. Eine Traurigkeit, die sie nicht zu verbergen imstande war. Zaghaftigkeit und Scheu. Doch dies alles überspielte eines. Das, was ich sah, wenn ich in den Spiegel blickte. Einsamkeit.

»In Wahrheit willst du mir nur nicht deine Nummer nennen«, sagte ich grinsend.

»Ertappt«, antwortete sie und kicherte. Es klang etwas gelöster, auch wenn sie noch immer zu Joe sah. Als könnte sie ihn nicht einschätzen. »Also? Darf ich mitkommen?«

»Natürlich.« Ich warf Joe einen Blick zu und bedeutete ihm unauffällig, dass er verschwinden sollte. »Musst du nicht zur Arbeit?«

»Nope, meine erste Stunde fängt erst am Mittag an. Habe ich dir doch erzählt.« Ein leiser Vorwurf schwang in seiner Stimme mit. »Du hörst mir nie zu«, beschwerte er sich und linste zu Norah. »Schrecklich!«

Sie wirkte noch überforderter und musterte wieder Joes Badehose. Sie brauchte nichts sagen, ich konnte mir denken, was für einen Eindruck Joe bei ihr hinterließ. Das schien sie jedoch nicht zu stören. Es beschäftigte sie eindeutig etwas anderes, denn die Art, wie sie von Joe zu mir sah, wirkte, als wäre sie mit den Gedanken woanders.

»Da war doch noch etwas anderes, das du erledigen wolltest«, murmelte ich beschwörend.

»Nope.« Joe sah endlich zu mir und stockte, ehe er ein dümmliches Grinsen aufsetzte. »Ach, das meintest du. Ja, klar. Das sollte ich wohl ganz dringend erledigen. Die Ladys warten schon auf mich. Bis später dann. War nett, Norah.« Frech zwinkerte er ihr zu, ehe er seinen Weg fortsetzte und in die Richtung weiterlief, aus der ich gekommen war.

»Ladys?«, wiederholte Norah ungläubig.

Als ich die Mischung aus Schreck und Entsetzen in ihrem Mienenspiel erkannte, konnte ich nicht anders, als dermaßen stark zu lachen, dass ich Bauchkrämpfe bekam. Tränen stiegen mir in die Augen, die ich breit grinsend wegblinzelte. »Er ist nicht schwul, falls du das gedacht hast.« Ich bedeutete ihr mir zu folgen.

»Nicht? Aber ... aber die pinke Badeshorts und die Art, wie er mit den Hüften gewackelt hat …« Sie öffnete den Mund, klappte ihn jedoch wieder zu und schüttelte den Kopf, während sie neben mir herging. Erst jetzt fiel mir auf, dass sie ihre Sandalen in den Händen hielt.

»Er ist ein Paradiesvogel, immer gut gelaunt und für Scherze zu haben, aber nein. Schwul ist er auf gar keinen Fall. Seine lockere Art kommt gut bei den Frauen an. Irgendwie schafft er es, jede um den Finger zu wickeln.« Ich warf Norah einen warnenden Blick zu. »Pass bei ihm auf. Joe sieht nicht so aus, aber er hat so einigen Frauen das Herz gebrochen.«

»Das wird bei mir nicht passieren.« Sie winkte ab und schenkte mir ein strahlendes Lächeln, das ihre Augen zum Funkeln brachte.

»Nun, das haben viele vor dir auch gesagt, nur um am Ende weinend vor meiner Tür zu stehen, weil Joe sich bei mir verschanzt hat.« Die Erinnerung an Joes letzte Bekanntschaft saß mir noch immer in den Knochen. Was wohl daran lag, dass sie beinahe meine Tür eingetreten hatte, weil sie wegen Joe ihren Mann verlassen hatte, in der Hoffnung, in ihm ihre wahre Liebe gefunden zu haben.

Schweigend passierten wir leere Liegestühle, die zu noch geschlossenen Hotelanlagen gehörten. Möwen kreischten über unseren Köpfen, auf der Jagd nach wehrlosen Kindern, denen sie das Eis oder das Brötchen aus der Hand klauen konnten. Diese Tiere wurden immer gerissener, wenn es ums Futter ging.

Hin und wieder begegneten wir vereinzelten Menschen, die sich um diese Zeit aus dem Bett gequält hatten und die kurze Zeit allein am Strand ausnutzten. Bald schon würden die ersten Touristen das Frühstücksbuffet verlassen, um den Strand zu belagern. Dutzende von Kindern würden schreiend herumlaufen und die trägen Katzen verscheuchen, die sich auf dem Steg ausgestreckt hatten.

»Was zieht dich nach Sunset Bay?«, fragte ich schließlich und durchbrach die Stille zwischen uns.

Norah sah nachdenklich zu einem älteren Pärchen, das händchenhaltend an uns vorbeiging. »Meine Schwester wohnt hier«, murmelte sie.

»Das weiß ich schon.« Ich schüttelte den Kopf. »Vielmehr frage ich mich, was du wirklich hier suchst. Du scheinst nicht von hier zu kommen, sonst wären wir uns längst irgendwo über den Weg gelaufen.«

Doch sie sagte nichts. Fast glaubte ich, keine Antwort mehr zu erhalten.

»Ich bin Tänzerin«, erklärte sie zögerlich, als müsste sie jedes Wort erst mit der Zunge ertasten.

Sofort hellte sich meine Miene auf. »Ah, tanzt du für Madame Loria?«

Verwundert wandte sich Norah mir zu. Die offenkundige Neugierde war ihr bis in die Nasenspitze anzusehen. »Woher kennst du Madame Loria?«

»Jeder kennt sie. Sie ist eine der besten Tänzerinnen weltweit und eine mindestens genauso gute Lehrerin. Du musst ziemlich gut sein, wenn sie dich aufgenommen hat.«

Norah nickte und starrte wieder zu Boden. Mich beschlich das leise Gefühl, in ein Fettnäpfchen getreten zu sein, von dem ich nicht geahnt hatte, dass es da gewesen war. »Norah?« Ich stupste sie mit dem Ellenbogen an.

»Ist es das?«, fragte sie und deutete nach vorn.

Erst wusste ich nicht, was sie meinte, bis ich ihrem Blick folgte und zu einem weißen Bungalow sah, etwas abseits vom Meer. Ein Schild verkündete mit großen Buchstaben *Sunset Bay Tauchschule*. »Da wären wir.«

»Das ist ja größer als gedacht«, stellte sie fest.

Ich beobachtete sie, während wir dem Gebäude näher kamen. »Das ist es«, stimmte ich leise zu und wusste nicht, was ich von dem abrupten Themenwechsel halten sollte.

»Wie viele Schüler habt ihr?«

»Das ist immer unterschiedlich. Je nachdem, wie viele Lehrer zeitgleich da sind und wie groß der Andrang ist.«

»Und ihr unterrichtet nur tauchen?«, fragte sie weiter, als versuchte sie zu vermeiden, dass das Thema zurück auf Madame Loria und ihre Tanzschule fiel.

Misstrauisch runzelte ich die Stirn. »Nein, auch schwimmen und surfen«, murmelte ich. »Hör mal, Norah …«

»Wie viel kostet denn so ein Kurs?«, fragte sie verbissen weiter, den Blick stur geradeaus gerichtet. Ihr Kiefer war angespannt. Als würde sie die Zähne fest aufeinanderbeißen.

»Unterschiedlich«, murmelte ich, ehe ich stehen blieb. »Hör mal, wir müssen über nichts reden, das du nicht willst. Wir kennen uns nicht, also kannst du beruhigt sein. Ich werde nicht nachbohren, okay?« Ich schenkte ihr ein hoffentlich aufmunterndes Lächeln, aber sie schwieg, die Miene weiterhin verschlossen. Als sie keine Anstalten machte, auf meine Worte zu reagieren, sah ich zur Tauchschule. »Ich hätte eine Idee.«

»Die da wäre?« Missmutig verschränkte sie die Arme vor der Brust und musterte mich skeptisch, während sie neben mir stehen blieb.

»Hast du heute Abend spontan Zeit?«

»Wozu?« Sie kniff die Augen leicht zusammen und trat einen Schritt zurück.

Seltsamerweise traf es mich stärker als gedacht, als sie vor mir zurückwich.

»Es ist eine Überraschung. Keine Sorge, sie wird dir gefallen.« Hoffnungsvoll lächelte ich sie an. »Komm schon. Vertrau mir.«

»Wie du bereits sagtest, wir sind Fremde.«

»Und deswegen kannst du mir nicht vertrauen?«

»So ist es.« Sie reckte das Kinn und sah mich ernst an.

Langsam trat ich näher und grinste innerlich, als sie sich verkrampfte, aber nicht zurückwich. Sie war stärker, als sie aussah. Zumindest, was ihren Willen und ihren Trotz anging. »Norah.« So ernst ich konnte, sah ich ihr in die Augen. »Dir wird nichts passieren. Ich möchte dir ein paar Leute vorstellen. Wenn es dich beruhigt, kannst du gern mit Piper kommen. Zieht Schwimmsachen an.«

Ein Funkeln stahl sich in ihren Blick, den ich nicht so recht zu deuten wusste. Obwohl sie noch immer misstrauisch dreinsah, erkannte ich allmählich einen ersten Anflug von Neugierde. »Ich weiß ja nicht«, murmelte sie.

»Sunset Bay ist eine Kleinstadt. Frag, wen du willst, nahezu jeder kennt mich und wird dir sagen, was für ein netter Kerl ich bin, dem du vertrauen kannst.«

»Ganz schön viel Selbstlob in nur einem Satz, findest du nicht auch?« Belustigt zog sie eine Augenbraue hoch.

Verdattert starrte ich sie an, ehe ich auflachte. »Kann man so sagen.« Grinsend neigte ich den Kopf. »Also?« Ich trat einen Schritt zurück, um ihr nicht das Gefühl zu vermitteln, dass ich bedrohlich war. Doch als ich sah, wie sie von einem Bein aufs andere trat und offensichtlich mit sich selbst rang, fixierte ich sie herausfordernd. »Oder hast du Schiss?«

Sofort trat ein trotziger Ausdruck auf ihre Miene. »Nein!«

»Was ist es dann?«

Sie knirschte mit den Zähnen, ehe sie eine Spur zu energisch nickte. »Fein. Ich komme.«

»Du wirst es nicht bereuen«, versicherte ich. Dennoch sah Norah nicht überzeugt aus.

»Lass mich das mal selbst beurteilen«, murmelte sie, als ihr Handy klingelte. Eine eingegangene Nachricht.

Als sie das Smartphone aus einer Tasche an ihrem Kleid zog, verengten sich ihre Augen. So gern ich sie gefragt hätte, wer ihr geschrieben hatte oder wieso sich ihre Miene zunehmend verdüsterte, je länger sie den Text durchlas; ich tat es nicht. Schlicht, weil es mich nichts anging.

»Ich muss los.«

»Norah ...« Sie hob den Blick und ich schwieg.

»Ja?«

Kurz glaubte ich einen hoffnungsvollen Ton in ihrer Stimme vernommen zu haben, doch ich war mir nicht sicher. Wenn ich sie mir genauer ansah, befürchtete ich, dass ich mir das bloß eingebildet hatte. Sie wirkte abwesend. Wie sie dastand, aufs Meer hinausblickend, die Arme um sich geschlungen. Ein Bild wie aus einem Film. Goldene Sonnenstrahlen, die ihre Haut küssten. Zarter Wind, der ihr Haar zurückwehte und um ihren Körper gleiten ließ. Ich schüttelte den Kopf. Das Leben war nicht so, auch wenn es manchmal den Anschein machte. Nichts war so perfekt, wie es dargestellt wurde. Niemals so einfach. So klar.

»Komm heute Abend. Wir treffen uns in der Tauchschule.« So wie sie mich ansah, beschlich mich das Gefühl, einen riesigen Fehler zu begehen. »Nicht für das, was du denkst. Ich treffe mich mit ein paar Schülern gegen neunzehn Uhr. Falls du magst, kannst du dich uns bei ein paar Tauchübungen anschließen.«

»Sollte es nicht eine Überraschung sein?«, fragte sie leise.

»Das ist es noch immer.« Doch ich hatte das Gefühl, ihr etwas die Angst zu nehmen, wenn ich zumindest einen Teil des Abendprogrammes aufdeckte.

Sie sah wieder hinaus aufs Meer, antwortete mir aber nicht. Allmählich beschlich mich der Verdacht, dass sie nie antworten würde, bis sie ein leises »Ja« murmelte.

Skeptisch runzelte ich die Stirn. »Du weißt, dass du nicht zusagen musst? Ich zwinge dich zu nichts.«

Erst jetzt schien ich ihre ungeteilte Aufmerksamkeit zu bekommen. Endlich wandte sich Norah mir zu und schenkte mir sogar ein Lächeln, das tatsächlich ihre Augen erreichte.

»Tut mir leid.« Sie schüttelte den Kopf und wirkte mit einem Mal konzentrierter. Als wäre sie nun erst wieder richtig da. »Danke für das Angebot, Mika. Ich freue mich darauf und fühle mich nicht gedrängt«, versicherte sie und nickte mit ernster Miene, als würde sie versuchen ihre Meinung zu bekräftigen.

Noch immer wollte ich dem Ganzen nicht trauen. Obwohl sie mich direkt ansah und wesentlich teilnahmsvoller wirkte, ahnte ich, dass sie aufgewühlt war. Doch ich beschloss, es hinzunehmen, schließlich war sie erwachsen. Mehr als ihr etwas anzubieten konnte ich nicht tun. Es stand mir nicht zu, weiter nachzubohren. »Sollte etwas sein, dann schreib mir«, bot ich ihr sicherheitshalber an.

»Wenn du mir deine Nummer gibst, mache ich das gern.« Sie klimperte betont übertrieben mit den Wimpern, ehe sie zu lachen anfing.

Verdutzt starrte ich sie an, bevor sich meine Lippen wie von allein zu einem schiefen Grinsen verzogen. »Soll das ein Anmachspruch sein?«, fragte ich betont gelassen.

»Vielleicht?« Sie deutete auf das Handy in ihrer Hand. »Schieß los.«

Neugierig beobachtete ich sie, während ich ihr meine Nummer diktierte.

»Danke.« Sie fuhr sich mit den Fingern durch das lange, lockige Haar, das mich an das rotbräunliche Fell eines Fuchses erinnerte. »Falls ich doch nicht kann, werde ich mich bei dir melden. Versprochen. Ansonsten sehen wir uns heute Abend.«

»Neunzehn Uhr«, erinnerte ich sie.

»Neunzehn Uhr«, bestätigte Norah und zwinkerte mir zu.

»Und was ist mit dem Schwimmunterricht? Wir wollten einen Termin vereinbaren. Oder bist du nur wegen mir mitgekommen?« Ich grinste frech und genoss es, wie rosa ihre Wangen wurden.

»Ich muss leider los. Wir besprechen das einfach heute Abend, okay? Ansonsten schreiben wir die Tage.« Sie linste auf ihr Handy. Vage konnte ich erkennen, dass eine Push-Benachrichtigung eine weitere Nachricht ankündigte. Dieses Mal hatte ich keinen Signalton gehört.

»Bis später.« Ich hob die Hand zum Abschied.

Norah schenkte mir ein letztes, etwas zittriges Lächeln, ehe sie sich abwandte und auf einen Steg zumarschierte, der in Richtung der Parkplätze führte.

Während ich mir innerlich die Haare raufte, im unendlichen Strudel der Angst, etwas falsch gemacht zu haben, sah ich ihr nach. Womöglich hätte ich sie nicht einladen sollen, aber es war ihre freie Entscheidung. Sollte sie Ruhe brauchen, würde sie nicht kommen. Wollte sie hingegen Ablenkung von dem, was sie derartig aufwühlte, würde sie kommen. Denn etwas sagte mir, dass da noch mehr war als ihr Beinahe-Tod durch Ertrinken.

Kapitel 4

Norah

Der Tag war wie in Trance an mir vorbeigezogen und das, obwohl ich nicht sonderlich viel gemacht hatte. Nach dem Gespräch mit Mika war ich kopflos durch die Gegend gefahren. Wo genau ich hingefahren war, konnte ich nicht mehr sagen. Vage konnte ich mich daran erinnern, dass ich in die Innenstadt gefahren war, vorbei an einigen Eiscafés und Restaurants, Boutiquen und Bäckereien. Schließlich war ich nach einer gefühlten Ewigkeit zu Hause angekommen und hatte mich mit einem Buch auf die Couch geworfen, wo ich dieselbe Seite immer und immer wieder gelesen hatte, bis ich es aufgegeben hatte. Nicht einen einzigen Satz hatte ich in meinen Kopf bekommen.

Selbst das Brot, das ich mir mittags geschmiert hatte, hatte nach Nichts geschmeckt. Eine eklige, breiige Pampe mit käsigem Beigeschmack und Butter.

Verzweifelt hatte ich ohne Unterlass die Nachricht gelesen, die ich am Strand erhalten hatte. Die Worte, die mein Leben in Fetzen rissen. Der mir bevorstehende Weg hatte gerade erst begonnen und endete bereits jetzt in einer Sackgasse.

Zitternd trat ich auf den Balkon, den ich von meinem Zimmer aus erreichte, und lehnte mich gegen das Geländer. Tränen liefen mir über die Wange. Verschwommen erkannte ich in der Ferne das Meer. Hinter hochgewachsenen

Palmen und Häusern rauschte das wilde Gewässer, Wellenschlag um Wellenschlag. Wenn ich tief einatmete, glaubte ich das Salz riechen und auf der Zunge schmecken zu können.

Das plötzlich einsetzende Klingeln meines Smartphones riss mich aus der Starre. Verwundert zog ich es aus der versteckten Tasche im Kleid und starrte auf das Display, bevor ich dranging. »Hallo, Piper.«

»Hey, Schwesterherz. Alles klar bei dir? Ich wollte fragen, ob ich etwas zu essen mitbringen soll?«

Ein Kloß bildete sich in meinem Hals. Obwohl ich den Mund öffnete, drang kein Wort aus meiner Kehle. Ich kniff die Augen zusammen. Verzweifelt biss ich mir auf die Zunge, bis ich Blut schmeckte und erschrocken den Kiefer wieder entspannte.

»Norah? Hörst du mich? Ist alles in Ordnung?« Die Sorge in der Stimme meiner Schwester erstickte mich.

»Ja«, krächzte ich.

»Was ist passiert?« Piper klang alarmiert.

»Es geht mir gut. Wir können reden, wenn du zu Hause bist«, stieß ich so fröhlich wie möglich aus. Dabei war mir bewusst, dass meine Stimme zitterte und krächzend klang.

Das Schweigen am anderen Ende der Leitung bewies, dass mir der Versuch, halbwegs normal zu klingen, misslungen war. »Norah, was ist passiert?«

Sofort verzog ich den Mund. Der Kloß in meinem Hals drohte mich zu ersticken. »Lass uns gleich darüber reden«, fiepte ich und legte auf.

Augenblicklich brach ich von Neuem in Tränen aus, die meinen Körper erzittern ließen. Trauer, Schmerz und Hoffnungslosigkeit prallten in voller Stärke gegen mich und zwangen mich in die Knie. Mit der einen Hand hielt ich das Geländer umklammert, mit dem anderen das Handy, während ich schluchzend das Gesicht gegen die Knie drückte und mit dem Hintern auf dem Boden landete.

Mühsam starrte ich auf das Display. Wegen der Tränen musste ich mir das Handy direkt vor die Nase halten, um die E-Mail ein weiteres Mal durchlesen zu können.

Sehr geehrte Frau Norah Flanagan,
mit Bedauern haben wir von Herrn Ronald Corse erfahren, dass Sie nicht länger den Kriterien unserer Schule für Tanz und Gesang entsprechen.
Sollten Sie nicht binnen sieben Tagen einen neuen Tanzpartner anmelden, der sämtlichen Voraussetzungen unserer Schule entspricht, sehen wir uns gezwungen, den mit Ihnen geschlossenen Ausbildungsvertrag zu kündigen.

Hochachtungsvoll
Schule für Tanz und Gesang
Madame Loria
i.A.
Frau Simone Getters

Als Piper durch mein Zimmer auf den Balkon stürmte, hatte ich mich wieder halbwegs beruhigt. Mühsam lächelte ich ihr zu, wobei mein Gesicht etwas spannte. Die getrockneten Tränen kribbelten unangenehm.

»O mein Gott, Norah, was ist passiert?« Piper ließ sich auf die Knie fallen und riss mich an ihre Brust. Sofort fingen meine Augen von Neuem zu brennen an, obwohl ich mir sicher gewesen war, mich leer geweint zu haben.

»Die Tanzschule«, hauchte ich. Statt noch ein Wort zu sagen, entsperrte ich das Handy und hielt es ihr hin.

Irritiert griff Piper danach und starrte die Nachricht an, las sie, sah zu mir, studierte sie erneut. »Das verstehe ich nicht«, gestand sie zögerlich. »Ich dachte, dass du mit Ron reden wolltest. Vor allem, du hast doch alles unterschrieben? Können sie dir wirklich so leicht alles kündigen?« Als sie sich mir zuwandte, wurde sie eine Nuance blasser. »Ach Norah. Das tut mir schrecklich leid. Ich dachte, dass sich das Ganze wieder legen würde, schließlich seid ihr die besten Freunde, seit ihr Babys wart.« Sie setzte sich neben mich, legte mir den Arm um die Schulter und zog mich in eine feste Umarmung.

Dankbar lehnte ich mich gegen sie und schloss die Augen. Schwer stieß ich die Luft aus und versuchte mich unter Kontrolle zu bekommen. Das Zittern, das meinen Körper von Neuem befallen hatte, das salzige Nass, das schon wieder mein Gesicht tränkte, die Stimme, die mir abhandengekommen war.

»Was ist passiert?«, murmelte Piper schließlich. Ich wusste nicht, wie lange wir bereits auf dem Boden saßen, doch das war auch nicht wichtig. Es war nur von Bedeutung, dass sie für mich da war und dafür war ich ihr unglaublich dankbar.

»Er ist jetzt mit Cora zusammen«, erklärte ich. »Vermutlich hat sie ihn dazu gedrängt, Madame Loria mitzuteilen, dass wir keine Tanzpartner mehr sind.« Denn eigentlich hatten wir vereinbart, dass er noch warten würde, bis er der Tanzschule den Partnerwechsel meldete, damit ich genug Zeit hatte, um mir einen Tanzpartner zu suchen. So viel zum Fair Play.

Sofort runzelte Piper die Stirn. »Diese unhöfliche Zimtzicke, die mit euch im Flugzeug war und Ron angerempelt hat, weil er ihr *im Weg* stand? Ernsthaft?«

Ich lächelte schwach über Pipers Offenheit in Bezug auf das, was sie von ihren Mitmenschen hielt. »Genau die.«

»So eine arrogante Pute? Das ist unter Rons Würde! Es wundert mich, dass er sie nach ihrem unmöglichen Verhalten überhaupt will. Okay, sie hat zwei echt große Argumente, aber seit wann ist Ron so sehr auf Brüste fixiert?«

»Piper!« Ich starrte meine Schwester fassungslos an und spürte, wie mein Gesicht heiß wurde.

Piper schnaubte. »Was denn? Ist doch so! Außerdem ...« Sie verstummte plötzlich.

»Außerdem was?« Als Piper stur geradeaus starrte, stupste ich sie mit dem Finger in die Seite, sodass sie zusammenzuckte. Sie war kitzelig. Überall. »Piper?«

Sie verzog das Gesicht zu einer Grimasse, als sie zu mir sah. Verwundert zog ich eine Augenbraue hoch. »Na ja, ich habe immer gedacht, dass Ron ...« Sie zögerte.

»Dass er und ich ein Paar werden?«, fragte ich ungläubig, woraufhin Piper herzhaft zu lachen anfing.

»Quatsch, daran habe ich noch nie gedacht.«

»Du machst mich wirklich neugierig.« Ich richtete mich auf und wischte mir über die mittlerweile trockenen Wangen.

Piper beobachtete mich belustigt. »Na, wie sage ich das jetzt nett? Ich dachte immer, dass Ron schwul ist«, erklärte sie geradeheraus.

Mir fiel beinahe die Kinnlade runter. »Schwul?«, wiederholte ich ungläubig. »Wie kommst du denn darauf?«

»Er kann fast genauso gut die Hüften schwingen wie du und braucht obendrein doppelt so lang im Badezimmer«, stellte Piper trocken fest und sah mich dabei direkt an. »Außerdem hat er ein unfassbar gutes Modegefühl und trägt Schals.«

»Viele Männer tragen Schals«, protestierte ich irritiert.

»Na, aber nicht so wie er. Er sucht sie passend zu seinen zwölf Millionen Paar Schuhen aus.« Piper grinste keck. »Vielleicht ist Cora ja nur sein Alibi?«

Ich verzog das Gesicht. »Na, dann hätte er lieber mich dafür genommen. Nein, er ist definitiv hetero. Glaube ich zumindest. Etwas anderes hätte er mir erzählt.« Nein, Ron hätte es mir erzählt, wenn er auf Jungs stehen würde. Da war ich mir ziemlich sicher. Wir hatten keine Geheimnisse voreinander gehabt. Obwohl. Wenn ich es mir so überlegte, hatte er mir auch nichts von Cora gesagt. Zweifelnd runzelte ich die Stirn und legte den Kopf in den Nacken, um zum hellblau strahlenden Himmel hochzusehen.

»Sollen wir jetzt was essen? Dabei können wir uns überlegen, wie wir dir innerhalb von sieben Tagen einen Partner besorgen können.«

»Na gut.« Widerstrebend ließ ich mir von Piper aufhelfen, nachdem diese bereits aufgesprungen war. »Was gibt's denn?«, fragte ich wenig begeistert. Piper erwiderte nichts, sondern schlenderte ins Haus. Kopfschüttelnd folgte ich ihr nach unten in die Küche, wo ich verwundert stehen blieb. »Fertigpizza?«, erkundigte ich mich überrascht.

»Mal was anderes.« Piper zwinkerte mir zu, während sie die Spinat- und die Salamipizza aus ihren Kartons befreite.

»Was ist mit deiner ständigen Predigt, dass Fast Food zu sehr auf die Hüften geht und ungesund ist?«, fragte ich grinsend und lehnte mich gegen die

Küchenanrichte. Ich betrachtete die runden Griffe auf dem hellen Holz. Die Küchenzeile war im Landhausstil gehalten, ebenso der weiß lackierte Holztisch mit den dazu passenden Stühlen in der Mitte des Raumes.

»Ich habe mir Sorgen um dich gemacht und wollte schnellstmöglich zu dir. Harte Zeiten erfordern noch härtere Maßnahmen.« Sie schob die Fertigprodukte in den Ofen, schaltete diesen an und drehte sich dann mir zu. »Also.«

»Also«, wiederholte ich.

Piper starrte mich skeptisch an. Das Grün ihrer Augen wirkte heller als gewöhnlich. Die Sorge war ihr anzusehen. »Leider kenne ich keine Tänzer«, gestand sie zerknirscht. »Aber ich kann mich umhören.«

»Es darf nicht irgendein Tänzer sein«, murmelte ich und seufzte. »Mein Tanzpartner muss ein bestimmtes Level erreicht haben. Er muss mindestens örtlicher Kreismeister sein und innerhalb der letzten fünf Jahre mindestens einmal die Top zehn während der Landesmeisterschaft erreicht haben. Außerdem muss er Latein tanzen und zumindest eine Grundausbildung in Standard haben.«

»Puh, nett.« Piper verzog das Gesicht. »Das macht die Sache nicht gerade leichter.«

»Nein, macht es nicht.« Verzweifelt vergrub ich das Gesicht hinter den Händen. »Das war es wohl mit der Karriere. Madame Loria führt eine der besten Tanzschulen, die es gibt. Noch einmal bekomme ich so eine Chance nicht. Wir haben den Platz auch nur bekommen, weil unser Tanzlehrer Madame Loria von früher kennt und sie ihm einen Gefallen schuldig gewesen ist.«

»Das ist dann noch mieser.« Piper atmete tief ein. »Wir finden eine Lösung! Außerdem geht die Welt nicht unter, solltest du wirklich nicht mehr da hinkönnen. So melodramatisch kenne ich dich gar nicht, Schwesterchen.«

Ich ließ die Hände sinken und schüttelte den Kopf. »Deinen Optimismus in allen Ehren. Aber das ist wie die Nadel im Heuhaufen zu finden und ich bin nicht melodramatisch, das ist mein Ernst! Ich habe so hart dafür trainiert, nur um mir jetzt wegen irgendeiner Kuh den Tanzpartner ausspannen zu lassen.«

Piper schüttelte energisch den Kopf, trat auf mich zu und legte mir die Hände auf die Schultern. »Selbst ein blindes Huhn findet mal ein Korn. Du musst nur daran glauben, dass du dieses Tierchen bist, das auch mal Glück im Leben hat.«

Ich verzog das Gesicht. »Langsam befürchte ich, dass ich schon genug zufällige Volltreffer für dieses Jahr hatte, meinst du nicht?«

Piper schüttelte grinsend den Kopf. »Nein«, erklärte sie schlicht und ließ die Hände sinken. »Du bist meine kleine Schwester. Ich gebe dir einfach etwas von meinem Glück ab und dann hat es sich.«

Gespielt genervt verdrehte ich die Augen. »Das ist nicht möglich.«

»Doch, klar.« Sie beugte sich vor und drückte mir einen Kuss auf die Nase. »So, weitergegeben.« Sie zwinkerte und wandte sich dem Ofen zu, um nach den Pizzen zu schauen.

»Ich bin keine fünf mehr«, maulte ich.

»Fühlst du dich denn besser?«

Ich horchte in mich hinein und musste widerstrebend zugeben, dass mir ihr Herumalbern durchaus gutgetan hatte. Als ich nicht antwortete, grinste Piper mir triumphierend zu. »Siehst du?«

»Du bist kindisch«, brummte ich.

»Na und? Dafür habe ich Spaß am Leben. Solltest du auch mal versuchen. Der Weg vor uns muss nicht immer ein Kampf sein, sondern sollte genau das werden, was dir im Blut liegt: ein Tanz.«

Überrascht wiederholte ich den Satz in meinem Kopf. So seltsam und durchgedreht er klang, Piper hatte recht. Seit ich denken konnte, arbeitete ich verbissen an meinem Ziel. Daran, meiner Familie, meinen Freunden und mir selbst gerecht zu werden. An meinen Zensuren und tänzerischen Erfolgen. Immer weiter trieb ich mich an, um besser zu werden. Vor lauter Verbissenheit war der Spaß komplett zurückgeblieben.

»Essen ist fertig«, durchbrach Pipers Stimme meine sich drehenden Gedanken. Benommen sah ich auf, ehe ich das Besteck rausholte. Während Piper die Pizzen auf Teller beförderte, fasste ich einen Entschluss.

»Piper?«

»Mhm?« Meine Schwester bedeutete mir ihr ins Esszimmer zu folgen.

Artig dackelte ich hinterher und setzte mich ihr gegenüber an den Tisch. »Ich muss heute Abend noch mal weg.«

Neugierig sah Piper mich an. »Wohin geht es?«

Ich lächelte unsicher. »In die Tauchschule.«

***

Viertel nach sieben.

Einen wüsten Fluch unterdrückend rannte ich vom Parkplatz zum Steg. Passanten beobachteten mich mit offenkundiger Neugierde, während ich auf das hell gestrichene Gebäude der Tauch- und Schwimmschule zusteuerte.

Ohne groß abzubremsen, warf ich mich gegen die Tür, drückte zeitgleich die Klinke runter und stürmte hinein. Schweiß rann mir die Schläfen hinab. Ich hielt krampfhaft den Rucksack umklammert, in dem meine Sachen waren. Am Empfang sah mir ein junger Mann entgegen. Grüne Augen, die denen meiner Schwester ähnelten, aber dunkler waren. Joe.

»Hi«, grüßte er mich verwundert und linste zur Uhr an der Wand.

»Hallo«, nuschelte ich keuchend und drückte unauffällig die Hand gegen meine pochenden Rippen.

»Kann ich dir helfen?« Er schien mich nicht wiederzuerkennen und ich bekam zu wenig Luft, um ihn aufzuklären, wer ich war.

Joe legte das Klemmbrett weg, das er gehalten hatte, und trat um die Theke herum auf mich zu. Das Erste, das mir aus der Nähe auffiel, war die große Narbe an seinem rechten Arm, die vom Ellenbogen bis zum Handgelenk ging. Die war mir am Morgen gar nicht aufgefallen. Irgendetwas stimmte nicht mit mir. Sonst war ich nicht so unachtsam. Dabei weigerte ich mich daran zu denken, dass das an Mikas Anwesenheit liegen könnte. Ich sah kurz zu dem feinen, langen, weißen Strich auf der sonnengebräunten Haut. Als hätte ihn etwas Scharfes einmal der Länge nach aufgeschnitten.

»Ich suche Mika.« Tief atmete ich ein und wieder aus, in der Hoffnung, zu Atem zu kommen, damit meine Stimme nicht mehr so gepresst klang.

»Mika?«, wiederholte Joe verwundert und fuhr sich durch das Haar. »Der ist hinten im Tauchbereich.« Er musterte mich, bis sein Blick an meinem Haar kleben blieb. Langsam hellte sich seine Miene auf. »Warte mal, du bist doch Norah? Die von heute Morgen?«

Peinlich berührt trat ich von einem Bein aufs andere. »Jap.« Nervös sah ich nach rechts, wo ein Gang nach hinten führte. Von dort hörte ich plötzlich Stimmen, dann Lachen.

»Ah, super. Mika war schon enttäuscht, weil er dachte, dass du nicht kommst.« Joe grinste mich breit an. »Wir haben uns zwar heute Morgen bereits gesehen, aber noch mal von vorne.« Er räusperte sich, bevor er mir mit einem verschmitzten Grinsen die Hand hinhielt. »Ich bin Joe, sein Geschäftspartner.«

Zaghaft ergriff ich seine Hand, wobei mir der Rucksack aus den Händen glitt und zu Boden fiel. »Freut mich«, murmelte ich und griff schnell nach dem Gurt, den ich mir über die Schulter warf.

Leise lachend nickte Joe zum Gang. »Da lang. Mika wird sich freuen. Ich komme gleich nach.«

»Vielen Dank«, stotterte ich und huschte in die Richtung, in die er gewiesen hatte. Woher diese Unsicherheit kam, konnte ich mir nicht erklären. Dieses Gefühl der Aufregung, die Nervosität, die mir bislang fremd gewesen war. Sonst war ich auch nicht gerade die Draufgängerin, die auf alles und jeden zugehen konnte, ohne sich mindestens einmal zu verhaspeln. Dennoch hatte ich immer eine gewisse Ruhe gehabt, die mir zwar etwas Kühles und Abweisendes verlieh, aber mich nicht zu dem werden ließ, was ich gerade war. Ein unsicheres Häschen, das am liebsten davonhoppeln würde.

Seit der E-Mail verspürte ich eine innere Unruhe und zweifelte an meinem Lebensweg, doch darüber wollte ich gerade nicht nachdenken. Denn genau dafür war ich hier. Für Ablenkung. Nach der Begegnung mit Mika brauchte ich die definitiv. Seit ich ihn am Morgen gesehen hatte, bekam ich seine strahlend blauen Augen nicht mehr aus dem Kopf. Wie ein dummer Teenager, der sich in den nächstbesten dahergelaufenen, gut aussehenden Kerl verknallte. Bah!

Langsam passierte ich den weißen Gang, an dem links und rechts Fotos von Mika und Joe hingen, Auszeichnungen für irgendwelche besonderen Leistungen und weitere Fotografien von größeren Gruppen, gekleidet in Taucheranzüge. Den Stimmen folgend bog ich am Ende des Ganges nach links ab und betrat kurz darauf eine große Halle mit einem gigantischen Schwimmbecken in der Mitte. Verwundert blieb ich stehen und sah zu den Menschen, die allesamt mit Flossen und Schnorcheln bewaffnet am Beckenrand standen und sich unterhielten. Zehn fremde Personen, von Mika keine Spur.

»Das hat sie wirklich gesagt«, sagte eine Frau lachend. Sie hatte langes, blondes Haar, das geflochten fast bis zu ihrem Hintern ging.

»Schon klar«, stieß ein Mann grinsend aus.

Das Gespräch ging munter weiter, während ich hin- und hergerissen im Gang stand und nicht wusste, was ich machen sollte.

»Du bist gekommen!«

Erschrocken stieß ich ein Jauchzen aus und fuhr herum. Mit rasendem Herzschlag presste ich mir die Hand auf die Brust und sah zu Mika, der beschwichtigend die Hände hob.

»Entschuldige, ich wollte dich nicht erschrecken.« Er grinste breit. Seine blauen Augen strahlten wie der Ozean, während ihm das blonde Haar nass am Kopf klebte. Doch das war es nicht, was mir den Atem raubte und mich plötzlich stumm werden ließ. Es war sein Körper.

Nur in schwarzen Badeshorts gekleidet stand er vor mir, sodass ich einen perfekten Blick auf seinen trainierten Oberkörper hatte. Fein zeichnete sich seine Muskulatur ab. Fast, als wollte er mir imponieren, spannte sich sein Bauch an, wodurch die Muskeln noch deutlicher hervortraten. Ich hatte nie Wert auf etwas wie ein Sixpack gelegt, aber Himmel. Mika konnte sich sehen lassen.

»Ähm«, ich räusperte mich und zwang mich wieder in sein Gesicht zu sehen.

Mika grinste verschmitzt, die Augen erstrahlten in einem diebischen Glanz, was mich noch unsicherer werden ließ. Ertappt biss ich mir auf die Unterlippe und spürte, wie mir die Hitze ins Gesicht stieg.

»Falls du dich umziehen willst, da hinten sind die Umkleiden.« Er deutete zur Seite.

Doch ich schüttelte den Kopf. »Das ist nicht nötig.« Ohne Umschweife wandte ich mich ab und ging zu den gigantischen Fenstern mit den Sitznischen aus Stein, wo ich meinen Rucksack ablegte. Schnell glitt ich aus meinem Kleid. Die Schuhe folgten unmittelbar darauf, bevor ich mich schwungvoll umdrehte und plötzlich mit Mika zusammenstieß.

»Sachte«, rief er lachend und hielt mich etwas umständlich an den Schultern fest, damit ich nicht umfiel.

»Entschuldige«, murmelte ich, bis mir auffiel, dass er einen Schnorchel und den Gummizug einer Schwimmbrille in der Hand hielt.

Sofort reichte er mir beides. »Das wirst du brauchen. Flossen bringe ich dir sofort.« Ohne einen Blick für meinen Baywatch-tauglichen, feuerroten Bikini übrigzuhaben, wandte er sich ab und schlenderte auf die andere Seite der Halle, wo ein großer Metallkäfig voller Flossen stand.

Ich kam nicht umhin einen Funken Enttäuschung zu verspüren, denn auch wenn ich nicht eitel oder eingebildet war, konnte ich von mir behaupten, einen schönen und trainierten Körper zu haben. Nur war Mika als Schwimm- und Tauchlehrer einen derartigen Anblick gewohnt. Kaum merklich schüttelte ich den Kopf, verdrängte diese Gedanken und konzentrierte mich stattdessen auf Mika. Dieser hatte den Käfig geöffnet und suchte ein Paar Flossen raus. Er besah sich die Rückseite, bevor er die Gummiteile wieder zurückschob und ein anderes Paar rausfischte. Anscheinend waren sie nicht nach Größe sortiert. Auskennen tat ich mich mit den Teilen zumindest nicht.

»Die hier dürften passen«, rief er mir wenig später zu und hielt ein dunkelblaues Paar in die Luft.

Ich zögerte, ehe ich ihm entgegenkam. Aus dem Augenwinkel bemerkte ich, dass die anderen uns beobachteten. Sie unterhielten sich nicht länger, sondern sahen mir schweigend dabei zu, wie ich die Flossen in Empfang nahm und sie skeptisch inspizierte.

»Bist du schon mal mit welchen geschwommen?«, fragte Mika.

»Nein«, gab ich ehrlich zu und sah hoch in seine ozeanblauen Augen.

»Dann ändern wir das heute. Darf ich daraus schließen, dass du auch noch nie Unterwasserhockey gespielt hast?«

Mir fiel alles aus dem Gesicht. »Wir machen was?«

Lachend wandte sich Mika ab, ohne auf mich einzugehen, und bedeutete den anderen, dass sie ins Wasser durften. Erst beim näheren Hinsehen fiel mir auf, dass alle bereits nass waren. »Die Duschen sind da.« Mika deutete hinter mich an eine der Wände, wo drei einzelne Kabinen standen.

Überfordert tapste ich mit Schnorchel, Taucherbrille und Flossen bewaffnet zurück und öffnete eine der Türen. In meinem Rücken hörte ich, wie die Gespräche wieder aufgenommen wurden. Jemand lachte und mein Magen zog sich bei der Vorstellung zusammen, dass ich der Grund der heiteren Stimmung sein könnte. Hektisch drückte ich gegen den Knopf und stieß ein leises Jauchzen aus, als eiskaltes Wasser aus dem Hahn in einem kräftigen Strahl auf mich runterschoss. Zitternd und vor Kälte erstarrt verharrte ich, insgeheim stolz, weil ich nicht zurückgeschreckt war, bis ich von oben bis unten durchnässt war. Nachdem die Leitung von selbst wieder zugegangen war, ging ich zitternd zurück in Richtung des Beckens.

Mittlerweile waren alle im Wasser und schwammen einige Runden. Nur Mika saß noch auf dem Beckenrand und beobachtete die anderen. Als ich näher kam, drehte er sich um und erstarrte bei meinem Anblick. »Was ist los?«

»Es war sehr ... erfrischend.« Ich zwang mich zu einem Lächeln, was mir wegen der aufeinanderklappernden Zähne verdammt schwerfiel.

»Fuck. Du hast die mittlere Kabine genommen, oder?« Mika verzog entschuldigend das Gesicht. »Das habe ich total vergessen. Da ist ein Defekt, sodass das Wasser nicht aufgewärmt wird, bevor es rauskommt. Komm, setz dich zu mir.«

Bibbernd kam ich seiner Aufforderung nach und ließ mich auf dem Beckenrand nieder. Kaum dass ich meine Füße eintauchte, spürte ich die angenehme Temperatur des Wassers. Lauwarm wäre übertrieben, dennoch gab es einen deutlichen Unterschied zu eben.

»Du musst die Flossen anziehen, als wären es Schuhe«, erklärte er und hob sein Bein aus dem Wasser, um mir seine gigantischen Flossen zu zeigen. Im Gegensatz zu meinen waren das riesige Teile.

»Okay.« Ich griff nach dem Gummi, zog es auseinander und schlüpfte mit dem Fuß hinein. Sofort schloss sich das elastische Material um meine Haut und drückte meine Zehen leicht zusammen. Es folgte die zweite Flosse. Dann griff ich nach der Taucherbrille und dem Schnorchel. Beides besah ich mir skeptisch.

»Warte, ich helfe dir.« Seine Finger strichen über meine und hinterließen ein angenehmes Kribbeln, als er mir die Gegenstände aus der Hand nahm und den Schnorchel fachmännisch mit der speziellen Halterung an der Taucherbrille befestigte. »Hier.« Er half mir beim Überziehen der Brille, bevor er mit wenigen Handgriffen den Gummizug enger stellte. »Okay so oder ist es zu fest?«

Ich sah zu Mika und nickte leicht. Es war seltsam, nicht länger durch die Nase atmen zu können. Da ich mich mit offenem Mund ziemlich dämlich fühlte, wandte ich mich ab und ließ mich langsam ins Becken gleiten. Aufgeregt betrachtete ich meine Beinverlängerungen und schlug damit einmal auf die Wasseroberfläche. Dabei unterschätzte ich die neu gewonnene Kraft und stieg etwas mit dem Oberkörper über den Wasserspiegel, bevor ich wieder runtersackte. Wie von selbst legte sich ein Grinsen auf meine Lippen. Am Rande bemerkte ich, wie Mika mich dabei beobachtete, und unterdrückte den Drang, wie ein kleines Kind mit den Flossen das Wasser aufzuwirbeln und andere nass zu spritzen.

»Die anderen kennen die Regel, daher noch mal schnell für dich.« Mika folgte mir und tauchte kurzzeitig unter, ehe er wieder hochschoss und sich das blonde Haar zurückstrich, das ihm jetzt an der Kopfhaut klebte. Das strahlende Grinsen auf seinen Zügen ließ mein Herz schneller schlagen.

»Eigentlich besteht eine Mannschaft aus zehn Spielern, von denen sechs unter Wasser sind, aber so viele sind wir nicht. Entsprechend werden wir eine vereinfachte, kleinere Runde spielen«, erklärte Mika und deutete zu den zehn anderen, die sich Bahn für Bahn einschwammen. »Wenn einer auftaucht, wird er sofort von einem anderen Teammitglied ersetzt, damit immer genügend Spieler da sind.«

»Wie erkenne ich, mit wem ich in einem Team bin?«, fragte ich aufgeregt. Vorfreude breitete sich in meiner Brust aus. Ein Gefühl, das ich schon lange nicht mehr außerhalb des Tanzens verspürt hatte.

»Eigentlich anhand der Farben der Kappen und Schläger. Die Sache mit den Schlägern bleibt, Kappen haben wir derzeit keine. Stattdessen habe ich darauf geachtet, dass alle aus dem entsprechenden Team dieselbe Flossenfarbe haben.«

Sofort sah ich zu seinen und biss mir auf die Innenseite meiner Wange, um nicht breit zu grinsen. Er hatte genau wie ich dunkelblaue Flossen. Ein Blick zu den anderen genügte. Einige von ihnen hatten gelbe.

»Wie tief ist das Wasser?« Ich linste nach unten und streckte unwillkürlich die Beine. Dennoch konnte ich den Boden nicht spüren.

»Wir sind gerade an der flachsten Stelle. Hier sind es ungefähr zwei Meter zehn, wenn du weiter nach hinten schwimmst, sind es etwas mehr als fünf Meter Tiefe«, erklärte Mika. Er klang stolz. Das konnte er auch sein. Diese Halle war unglaublich.

»Bist du dir sicher, dass das eine so gute Idee ist?«, fragte ich zögerlich.

»Wie meinst du das?« Neugierig musterte er mich.

»Na, ich kann zwar schwimmen, bin aber jetzt nicht so die Beste. Dann gleich mit Flossen und tauchen anzufangen, scheint mir nicht gerade ideal zu sein«, gab ich offen zu.

Er betrachtete mich eine Weile, ehe er kaum merklich nickte. »Das stimmt, aber du bist nicht allein. Das alles sind erfahrene Schwimmer. Joe ist da und ich auch. Wir werden auf dich aufpassen. Außerdem ist es ja nicht so, als würden wir gleich mit dir richtig tauchen wollen. Hier ist es nicht allzu tief und dank der Flossen wirst du es leichter haben. Das Schlimmste, das dir passieren kann, ist ein Krampf im Bein.«

»Mika, fang«, unterbrach ihn plötzlich eine Stimme.

Fast hätte mir jemand was gegen den Kopf geworfen. Gerade noch rechtzeitig schnellte Mika vor und griff mit beiden Händen nach dem Ding und tauchte dann urplötzlich unter, da er mit Schwung vorgesprungen war. Als er wieder auftauchte, stellte sich das schwarze Ding in seinen Händen als Puck heraus.

»Spinnst du?« Verärgerung zeichnete sich auf Mikas Miene ab. Er schüttelte den Kopf, wobei zahlreiche Wassertropfen zur Seite spritzten.

»Sorry, war ein Versehen.«

Als ich über die Schulter sah, erkannte ich die blonde Frau von vorhin. Unter ihr hatte sich eine Pfütze gebildet, während ihr Make-up ein wenig verlaufen war. Sie lächelte mir viel zu lieb zu und klimperte mit den Wimpern. Dieser Blick von ihr genügte. Sie konnte mich nicht leiden.

Ohne ihr weiter Aufmerksamkeit zu schenken, denn genau das war es, was sie wollte, sah ich zu Mika und dem Puck. »Darf ich?« Noch immer starrte er finster zu der Frau. Unterdessen reichte er mir wortlos das schwarze Teil. Erstaunt wog ich ihn in den Händen. »Wow.«

»Knapp über ein Kilo«, erklärte Mika zähneknirschend.

Obwohl ich es nicht wollte, warf ich der Frau, die Hintern wackelnd zum Beckenrand ging, was mit den Flossen an den Füßen bei Weitem nicht so elegant aussah, wie sie es beabsichtigt haben musste, immer wieder einen Blick zu.

»Und den hat sie mir fast gegen den Kopf geworfen?«, fragte ich perplex. Als Mika nicht antwortete, wurde mir flau im Magen.

»Das war bestimmt keine Absicht«, murmelte er. Als ich zu ihm aufsah, wusste ich, dass er dasselbe dachte wie ich.

»Gibt es noch etwas zu beachten?«, fragte ich, um seine Aufmerksamkeit wieder auf das Geschehen zu lenken und um die anderen nicht länger warten zu lassen. Sonst würde Barbie bestimmt etwas finden, das sie mir an den Kopf werfen konnte. Einen Anker oder so.

»Immer auf das Tor zielen und Spaß haben«, antwortete er fast schon mechanisch. Als hätte er eine Tonbandaufnahme ohne Emotionen runtergespult.

»Mika?«

»Mhm?«

»Was ist los?«

Sofort sah er zu mir und der verärgerte Ausdruck in seinen Augen verschwand. »Nichts.« Als ich ihn weiterhin anstarrte, stieß er die Luft aus.

»Lynn hat ein leichtes Aggressionsproblem. Eigentlich dachte ich, dass sie es seit ihrer letzten Therapie im Griff hat, doch anscheinend habe ich mich geirrt.«

»Wart ihr mal ein Paar?«, fragte ich zögernd.

Mika starrte mich mit offenkundiger Verwunderung an, ehe er laut zu lachen anfing. »Was? Sie und ich? Nein, auf keinen Fall. Sie ist mit dem Hünen da hinten zusammen, der Kerl mit den schwarzen Haaren.«

Ich folgte seinem Blick und sah, wie Lynn zu dem erwähnten Mann schwamm. Er sagte etwas, woraufhin sie übertrieben gackernd zu lachen anfing.

»Warum hat sie dann ein Problem mit mir? Ich kenne sie nicht«, fragte ich verwirrt, auch wenn ich zugeben musste, dass ich ein klein wenig erleichtert war. Weshalb genau, konnte ich nicht sagen. Gut, vielmehr wollte ich es mir nicht eingestehen, denn wenn ich ganz ehrlich zu mir war, fand ich Mika sehr charmant. Er sah nicht nur gut aus, sondern hatte ein einnehmendes Lachen und eine Art, mit der er mir das Gefühl vermittelte, etwas Besonderes zu sein. Na klasse, jetzt klang ich schon wie einer dieser dummen Teenager, die sofort nach nur einem Blick an die große Liebe glaubten und sich Hals über Kopf in ein neues Abenteuer stürzten.

Verärgert über mich selbst reichte ich Mika den Puck und stieß mich vom Rand ab. »Fangen wir an?«

Grinsend schloss er zu mir auf. »Nicht so stürmisch. Willst du dich nicht erst einmal einschwimmen?«

»Wir haben beide gemerkt, dass ich keine sonderlich gute Schwimmerin bin. Also kann ich es auch gleich sein lassen.« Skeptisch sah ich zu den anderen rüber, während Mikas tiefes Lachen ein prickelndes Kribbeln in meinem Bauch auslöste. Flatternde Gefühle breiteten sich in mir aus, die mich überforderten, weshalb ich mich entschloss sie zu ignorieren.

»Habt ihr schon angefangen?«, erklang vom Gang her Joes Stimme.

»Können wir ohne dich doch gar nicht«, entgegnete ein rothaariger Mann, der kaum älter als ich sein konnte, grinsend.

Lachend trat Joe an den Rand. Neugierig sah ich zu den blauen und gelben

Schlägern in seiner Hand. Er hatte noch etwas anderes mitgebracht. Ein Netz, in dem sich etwas befand, das ich nicht genau erkennen konnte.

Während die anderen zu ihm schwammen, um sich ihre Ausrüstung abzuholen, trat ich unschlüssig auf der Stelle und sah an mir hinab. Es war ein ungewohntes Gefühl, Flossen an den Füßen zu haben, aber es fühlte sich befremdlich schön an. Ein klein wenig wie Arielle die Meerjungfrau. Probeweise drückte ich meine Schenkel fest gegeneinander und bewegte sie synchron, als hätte ich einen Fischschwanz. Als ich dabei ein Stück aus dem Wasser schoss, konnte ich mir das Grinsen nicht länger verkneifen.

»Norah?« Mika bedeutete mir zu ihm zu kommen. Ich folgte seiner stummen Anweisung und erkannte erst jetzt, dass es sich bei den Dingen im Netz um eine Art Handschuhe handelte, die sich die anderen bereits übergezogen hatten. »Das dient der Stabilisierung und dem Schutz«, erklärte Mika mir und reichte mir ein Paar. Als er mir dann ins Gesicht sah, zog er grinsend eine Augenbraue hoch. »Nervös?«

Als ich mich kurzzeitig in seinen leuchtend blauen Augen verlor, schluckte ich schwer. »Ein wenig.«

Das sanfte Lächeln auf Mikas Lippen ließ sein gesamtes Gesicht erstrahlen. »Das wird Spaß machen. Vertrau mir, ich passe auf dich auf. Es geht hier nicht ums Gewinnen, sondern ums Beisammensein. Versuch dich nicht von Lynn irritieren zu lassen, sie geht alles manchmal etwas zu verbissen an.«

»Hey, das habe ich gehört!«

»Das war auch gewollt«, lachte Mika und zwinkerte Lynn zu, die empört die Wangen aufblies, als wäre sie ein Kugelfisch. Mit dem Unterschied, dass an ihr nichts rund war. Beim genaueren Hinsehen noch nicht einmal die Oberweite. Ohne Zweifel, sie hatte einen tollen schlanken und trainierten Körper. Dafür kaum Brüste.

»Also los. Alle bereit machen«, wies Joe an, der sich ebenfalls ins Wasser schwang. Aus dem Augenwinkel erkannte ich, dass er Gelb trug. »Bereit zu verlieren?«, fragte er provokant in Mikas Richtung.

»Immer doch«, antwortete dieser gelassen und schien es auch so zu meinen.

Bewundernd sah ich Mika nach, der mit kräftigen Zügen auf die andere Seite des Beckens schwamm. Wesentlich langsamer und unbeholfener folgte ich ihm. Aus dem Augenwinkel bemerkte ich, wie sich mir jemand von der Seite näherte.

»Hey, ich bin Lewis«, stellte sich mir der rothaarige Typ grinsend vor. Er schwamm neben mir her und bewegte dabei nur die Beine, während ich versuchte auch die Arme einzusetzen.

»Norah. Freut mich.«

»Du wirst dich auf diese Art ganz schön schnell abmühen«, stellte Lewis grinsend fest. Fast so, als würde er sich über mich lustig machen. Doch als ich zu ihm sah, war nichts Gehässiges in seiner Miene zu erkennen. Im Gegenteil, er hatte einen freundlichen, offenen Ausdruck in den Augen. »Schau mal, wie ich schwimme.« Mit einem kräftigen Zug war er vor mir. Die Hände hielt er vor sich über das Wasser, während er lediglich mit den Beinen schwamm.

Ich versuchte es ihm gleichzutun und musste mir schnell eingestehen, dass es zwar wesentlich besser klappte, aber genauso ermüdend war. Dabei hatte das Spiel noch nicht einmal begonnen.

»Seid ihr alle so weit?«, fragte Joe laut und hielt den Puck in die Höhe. Mir war nicht einmal aufgefallen, dass Mika ihn an Joe weitergegeben hatte.

»Bereit?« Plötzlich war Lewis verschwunden. An seiner Stelle tauchte Mika auf, der mich unergründlich musterte.

»Ja«, flüsterte ich und dachte dabei das Gegenteil.

»Norah, ich ...«

»Los.«

Bevor Mika noch etwas sagen konnte, wurden wir von lautem Platschen und Treten unterbrochen. Sofort wandte ich mich ab, um nichts von dem Geschehen vor mir zu verpassen. Hektisch zog ich mir die Schwimmbrille zurecht und steckte mir das Mundstück vom Schnorchel zwischen die Zähne, ehe ich mich flach aufs Wasser legte, um das Handeln der anderen beobachten zu können.

Jeweils drei Spieler aus jedem Team waren untergetaucht und versuchten mit ihren Stöcken jeweils eine der Matten zu treffen, die mit Gewichten auf den gegenüberliegenden Seiten in die Tiefen gelassen worden waren. Fasziniert verfolgte ich die fließenden Züge, mit der sich alle bewegten, ehe sie wieder auftauchten, um Luft zu holen. Zeitgleich wurden sie von einem Spieler ersetzt, im Versuch, ein Tor zu schießen. Dabei wirkte es, als würden sie eins mit dem Wasser werden. Wie Fische, die im Schwarm schwammen, ohne sich gegenseitig anzurempeln. Selbst Lynn bewegte sich wie eine kleine Meerjungfrau, flink und schnell huschte sie zwischen Lewis und einem anderen Typen hindurch und schlug den Puck in Richtung unseres Tors. Irgendjemand fing ihn jedoch in letzter Sekunde ab und stieß ihn weg, bevor derjenige auftauchte und wieder ersetzt wurde. Es war ein stummer Tausch, der routiniert und erprobt wirkte. Als würden sie sich des Öfteren treffen, um Unterwasserhockey zu spielen. Vermutlich war dem auch so.

Plötzlich tippte mich jemand an der Schulter an. Sofort sog ich Luft durch die Nase ein, wodurch ich jedoch keinen Sauerstoff bekam, sondern mir nur die Taucherbrille enger ans Gesicht zog. Hektisch hob ich den Kopf aus dem Wasser, zerrte mir die Brille samt Schnorchel vom Kopf und sah tief einatmend zu Lewis, der mich mit einem belustigten Ausdruck in den Augen anblickte.

»Willst du nur zusehen oder auch mitspielen?«, fragte er frech grinsend.

»Ähm …«

»Komm, ich zeige dir, wie es geht.« Er zwinkerte mir zu, bevor er sich die Maske überzog.

Zögerlich tat ich es ihm gleich. Statt etwas zu sagen, hob Lewis die Hand und zählte mit den Fingern von fünf runter, ehe er untertauchte. Tief holte ich Luft und folgte ihm mit kräftigen Arm- und Beinzügen. Doch ich bewegte mich nicht so elegant wie die anderen und hatte deutlich mehr Mühe, bis zum Beckenboden zu kommen. Das Herz schlug rasend schnell in meiner Brust. Auch wenn ich keine gute Schwimmerin war, bedeutete das nicht, dass ich Angst vor dem Wasser hatte. Im Gegenteil, ich liebte es.

Unbeholfen erreichte ich Lewis in dem Moment, in dem er den Puck nach vorn schoss – und mir die Luft ausging.

Erschrocken riss ich die Augen auf, denn kaum dass ich mit den Fingern den Boden berührt hatte, stieß ich mich kräftig von den glatten Fliesen ab, um schnellstmöglich an die Wasseroberfläche zu kommen, wo ich hektisch Luft holte. Benommen fasste ich mir an den Kopf und sah zur anderen Seite des Beckens, wo mich der herablassende Blick von Lynn traf. Obwohl ich nicht der Typ war, der großen Wert auf die Meinung anderer gab, versetzte mir ihr überhebliches Grinsen einen Stich.

»Alles in Ordnung?« Mika tauchte direkt vor mir auf. Erschrocken trat ich ins Wasser. Dadurch, dass ich Flossen trug, machte ich einen unerwarteten Satz nach oben, sodass mein Oberkörper kurzzeitig bis zum Bauchnabel außerhalb des Wassers war, bis ich mit einem lauten Platschen wieder auf der Oberfläche aufkam.

Lachend fasste Mika nach meinem Ellenbogen und stützte mich. »Ich wollte dich nicht erschrecken, entschuldige.«

»Du hast mich nicht erschreckt«, protestierte ich peinlich berührt. Als ich Mikas breites Grinsen sah, schürzte ich widerwillig die Lippen. »Okay, vielleicht ein bisschen.«

Sein Lachen hallte in meinem Körper wider. Angenehm und betörend. Unauffällig kniff ich mir in den Oberschenkel, um mir ein dümmliches Grinsen zu verkneifen und mich wieder zu konzentrieren.

»Du solltest mehr mit den Beinen arbeiten«, erklärte Mika unerwartet.

»Das hat mir Lewis schon versucht zu erklären«, gestand ich zerknirscht.

»Das habe ich mitbekommen. Schau mal am besten, wie Joe das macht.« Er biss in das Mundstück des Schnorchels und bedeutete mir ins Wasser zu schauen. Artig gehorchte ich und versuchte zu verstehen, was er meinte. Jetzt, wo ich mich darauf konzentrierte, erkannte ich, wie die anderen es handhabten. Die Arme streckten sie vor sich, in der einen Hand den Schläger haltend, mit der anderen immer wieder zur Seite rudernd, als ob sie damit die Richtung wechseln würden. Die Antriebskraft schienen sie geradewegs aus den Beinen zu nehmen. Als Mika mich antippte, tauchte ich auf.

»Hast du es gesehen?«, fragte er mit einem einnehmenden Lächeln. Trotz Schwimmbrille und Wasserperlen auf dem Glas konnte ich den sanften

Ausdruck in seinen Augen erkennen, mit dem er mich bedachte. Als wäre ich sein Schützling. Jemand, um den er sich kümmern wollte.

»Ja schon, aber das habe ich auch bei Lewis mitbekommen.«

Mika musterte mich einige Sekunden schweigend. »Sollen wir es gemeinsam versuchen?«, schlug er vor und sah zur Seite. Ich folgte seinem Blick und erkannte eine große Uhr, die unterhalb der Decke an der Wand befestigt war. »Noch zwei Minuten, bevor wir eine Pause machen. Komm.«

Er schwamm zum Beckenrand und griff nach einem weiteren Stab, den er mir wenig später reichte. Als ich dieses Mal untertauchte, blieb Mika schräg hinter mir. Als ich wieder ansetzte die Arme zu bewegen, fasste er mir mit einer Hand vorne an den Oberschenkel, direkt oberhalb des Knies, und mit der anderen an die Wade. Behutsam drückte er meine Beine gerade, die bislang angewinkelt gewesen waren, und bedeutete mir, dass ich mit ihnen treten sollte.

Angestrengt konzentrierte ich mich auf die Kraft in meinen Oberschenkeln, von der ich nicht behaupten konnte, dass sie mir fehlen würde, schließlich war ich eine Tänzerin. Die Füße gestreckt, die Arme mit Zwang vor mich haltend, war ich dieses Mal wesentlich schneller am Beckenboden.

Erstaunt warf ich Mika einen Blick zu und hätte schwören können, dass er mir zuzwinkerte, ehe er auf den Puck zuschoss und diesen mit dem Schläger zu mir schleuderte. Überfordert versuchte ich ihn mithilfe des Stabs in meiner Hand in Richtung des Tors zu stoßen. Nicht nur, dass ich ihn nicht traf, nein, ich schlug ihn auch noch jemandem gegen den Kopf, der ebenfalls vorgeschnellt war.

Erschrocken sah ich zu dem schwarzhaarigen Mann, der sich an die Stirn fasste, während er mit kräftigen Zügen nach oben flüchtete. Ohne dem Puck weiter Beachtung zu schenken, folgte ich dem anderen Spieler.

»Es tut mir leid, das war keine Absicht«, versicherte ich sofort, kaum dass mein Kopf aus dem Wasser ragte und der Schnorchel weg war.

Ich riss mir die Taucherbrille vom Kopf und sah ausgerechnet in die braunen Augen von Kevin, Lynns Freund.

»Hör mal, spinnst du?« Wütend schwamm die Besagte auf uns zu und drängte mich grob zur Seite. »Mein Baby«, flötete sie übertrieben besorgt und umfasste Kevins Gesicht mit beiden Händen, wodurch sie jedoch den Halt verlor und ihn beinahe unter Wasser gedrückt hätte. Kevin hingegen beachtete seine Freundin gar nicht, sondern sah grinsend zu mir.

»Mach dir keine Gedanken, alles okay. Ist ja noch alles dran.«

»Es tut mir wirklich leid.« Zerknirscht zog ich den Kopf ein, bis mein Kinn das Wasser berührte.

»Sollte es auch«, blaffte Lynn und funkelte mich mit loderndem Blick hasserfüllt an. Freundschaft würden wir wohl keine mehr schließen.

»Babe, mir geht es gut«, versicherte Kevin und schob Lynn sanft, aber bestimmend von sich, was dieser sichtlich missfiel.

»Ach, Schatz«, jammerte sie und fiel ihm um den Hals, womit er anscheinend nicht gerechnet hatte, da beide just in dem Moment versanken, nur um paar Sekunden später hustend wieder aufzutauchen.

»Babe.« Kevin runzelte die Stirn, drückte Lynn dieses Mal jedoch nicht von sich. Das Wasser wirbelte etwas auf, als er stärker mit den Beinen trat. Als Lynn sein Gesicht mit Küssen übersäte, blickte er zu mir und zog grinsend eine Augenbraue hoch, ehe er mit den Lippen *alles okay* formte.

Irgendwie war er mir sympathisch.

»Hey, alles klar hier?« Mika und Joe tauchten auf und sahen fragend zu Kevin. Doch bevor dieser antworten konnte, zeigte Lynn mit ausgestrecktem Arm auf mich.

»Was hat die hier zu suchen, wenn die nix drauf hat?«

»Sie ist noch neu. Das warst du vor einem Jahr auch«, sagte Mika kühl. Er lächelte nicht, was irgendwie untypisch war. Bisher kannte ich ihn nur fröhlich und locker. Diese ernste, fast schon abgeneigte Seite war fremd und das, obwohl ich ihn erst seit Kurzem kannte.

Wenn Blicke hätten töten können, wäre Lynn längst einen Kopf kleiner. Das schien sie ebenfalls zu bemerken, denn statt etwas zu sagen, zeigte sie uns die kalte Schulter und zerrte Kevin hinter sich her in Richtung Beckenrand.

»Mach dir nichts draus, Lynn ist es nicht gewohnt, dass es hier noch andere heiße Mädels gibt«, erklärte Joe und schüttelte den Kopf.

»Wie bitte?« Verdattert starrte ich ihn an, woraufhin Mika ihm den Ellenbogen in die Seite drückte.

»Was denn?« Lachend schob Joe Mika von sich. »Ist doch so.« Keck zwinkerte er mir zu, ehe er untertauchte.

Überfordert sah ich ihm nach und beobachtete, wie er sich den Puck schnappte und wenig später auf der anderen Seite des Beckens damit wieder auftauchte. Runde eins war anscheinend beendet.

»Für heute reicht es mir, glaube ich.« Ich sah zu Mika. Er sagte nichts, sondern betrachtete mich lediglich. »Wäre das okay für dich?«

»Natürlich, ich zwinge dich zu nichts. Das habe ich dir doch schon gesagt.« Gelassen zuckte er die Schultern, aber ich hörte aus seinen Worten heraus, dass er enttäuscht war.

Gewissensbisse überkamen mich. Ich verdrängte sie und schwamm an den Rand, wo ich mich aus dem Wasser hob und meine Füße von den schrecklich engen Flossen befreite, bevor ich mir die Schwimmbrille mitsamt Schnorchel vom Kopf riss. Ich fuhr vor Schmerz zusammen und starrte auf die Haare, die sich an dem Verschluss verheddert hatten.

»Norah?« Mika stützte seine Unterarme direkt neben mich auf den geriffelten Fliesenrand und sah zu mir auf. »Ist wirklich alles in Ordnung bei dir?«

»Warum fragt mich das ständig jeder? Ja, ist es. Ich wollte mich nicht selbst umbringen, okay?«

Verwundert blinzelte Mika, ehe er ein schiefes Grinsen aufsetzte. »Damit meinte ich das Tauchen gerade. Du meintest ja, dass du nicht so gut schwimmen kannst, da ist die Sache mit dem Tauchen nicht gerade einfach. Aber gut zu wissen, dass du keine derartigen Gedanken hast.« Peinlich berührt starrte ich meine Zehen an.

»Oh«, murmelte ich. »Ja, ich meine nein, ich meine, alles gut.«

Schweigend sah ich zu den anderen, die sich lachend unterhielten und im Wasser herumtollten. Freundschaftlich neckten sie einander, spritzten sich gegenseitig nass oder tauchten den jeweils anderen unter. Ein schmerzhafter Stich ging mir durchs Herz beim Anblick der Truppe. Es war kein Neid, sondern Trauer. Okay, gut. Ein wenig neidisch war ich schon.

»Hey.« Mika stupste mein Knie an. »Hör mal, wenn du Lust hast, kannst du noch bleiben.«

»Nein, ich möchte gehen.« Ich zögerte, ehe ich zu Mika schaute und mich entschloss ehrlich zu ihm zu sein. »Es ist nicht so, als würde es mir keinen Spaß machen. Ich fühle mich irgendwie fehl am Platz.«

Sofort öffnete Mika den Mund, bevor er stockte und diesen stirnrunzelnd wieder schloss. Fast, als hätte er protestieren wollen, bis ihm auffiel, dass ich recht hatte. Nachdenklich sah er zu Joe, der am Rand stand und aus einer Flasche Wasser trank. »Du musst die anderen erst besser kennenlernen. Eigentlich sind alle cool drauf und super nett. Auch Lynn, wenn sie mal aufhört eine Vollzeitzicke zu sein.«

»Das widerspricht dem Begriff Vollzeit«, entgegnete ich schmunzelnd, woraufhin wieder Mikas angenehmes Lachen erklang, das mich dazu brachte, noch breiter zu grinsen.

»Da hast du vermutlich recht«, gab er zu und sah zu mir. »Na, wie wäre es dann mit einer anderen Idee. Du und ich, wir gehen gleich was essen. Hier um die Ecke gibt es einen sehr guten Italiener mit der besten Pasta des ganzen Landes.«

Mein Herz setzte einen Schlag aus, ehe es viel schneller weiterschlug. Nervös nestelte ich an dem Gummiband der Taucherbrille. »Wirst du nicht noch hier gebraucht?«, fragte ich statt einer Antwort.

»Nein, Joe ist ja da. Er kann auch mal zur Abwechslung den Laden abschließen.« Mika hievte sich aus dem Wasser. »Aber wenn du keine Lust hast, ist das vollkommen in Ordnung.«

»Das habe ich nicht gesagt«, sagte ich schnell.

»Also ist es ein Ja?«, fragte Mika und legte den Kopf schief.

»Das habe ich nicht gesagt«, murmelte ich, woraufhin er wieder auflachte.

Aus dem Augenwinkel bemerkte ich, wie Lynns Kopf sofort herumschnellte. Provokant wandte ich mich ihr zu und sah sie herausfordernd an. Ehe ich mich selbst davon abhalten konnte, nickte ich. »Okay. Italiener klingt gut.«

Kapitel 5

Mika

Ich lehnte mich gegen die Wand der Schwimmhalle nahe den Umkleiden, während ich auf Norah wartete. Nachdenklich beobachtete ich unterdessen die anderen, die gerade die zweite Runde beendeten und sich schnaufend am Rand festhielten. Ihr Lachen hallte von den hohen Decken wider, sodass es so klang, als wären viel mehr Menschen im Wasser.

»Entschuldige bitte. Hast du lange gewartet?« Norah trat zu mir. Ihr braunrotes Haar hing ihr in nassen Strähnen über die Schulter. Teilweise bedeckte es auch den Rucksack auf ihrem Rücken. Ich schluckte bei ihrem Anblick. Sie sah umwerfend aus. Ohne Pandaaugen wie bei vielen Schülerinnen von mir, weil sie mit Make-up zugekleistert zum Unterricht kamen. Im Wasser. Herrlich dämlich.

»Nein, alles in Ordnung«, versicherte ich und lächelte bei ihrem scheuen Anblick. Sofort überkam mich das Verlangen, sie in meine Arme zu ziehen und ihr zu versichern, dass alles Gut werden würde, gleichgültig, wovor sie sich fürchtete. In diesem Augenblick freute ich mich noch mehr darüber, dass sie tatsächlich gekommen war. Insgeheim hatte ich nicht daran geglaubt. Doch es tat ihr gut, hier zu sein. Und mir auch.

»Mika, wo gehst du hin?« Na super. So gut es ging, überspielte ich, wie genervt ich war, und sah zu Lynn, die mich angriffslustig beobachtete.

»Wir gehen was essen.«

»Ach, nur ihr zwei?«, hakte sie nach.

»Ja, was geht dich das an?« Langsam verärgerte mich ihr Verhalten.

»Babe.« Warnend sah Kevin zu seiner Freundin und zog sie zu sich, was sie mit deutlichem Widerwillen hinnahm. Immer wieder warf sie mir einen fuchsigen Blick zu. Vielleicht brauchte sie eine Tollwutimpfung. Obwohl … Wenn ich sie mir so anschaute, war es bereits zu spät.

»Komm.« Ich nickte Norah zu, ehe ich den anderen den Rücken zuwandte und losging.

»Hör mal, wenn du Probleme wegen mir bekommst, dann können wir das gern sein lassen.« Norah schloss zu mir auf und sah mich an. Ihre braunen Augen wirkten dunkler als sonst. Als würde sie etwas ärgern. Oder jemand.

»Mach dir um mich keine Sorgen.« Ich schenkte ihr ein Lächeln, das sie hoffentlich beruhigen würde. Doch als ich ihrem Blick begegnete, wusste ich, dass mir das nicht gelungen war. Sie wirkte noch immer skeptisch.

»Dafür, dass sie einen Freund hat, ist sie ganz schön stark auf dich fixiert«, stellte Norah fest, ehe sie ertappt eine Hand auf den Mund drückte. Süß, wie erschrocken sie plötzlich dreinsah.

Fast hätte ich gelacht, aber ich wollte sie nicht kränken, also verkniff ich es mir. »So ist sie nun mal.«

Ich ging vor und verließ die Tauchschule, aber nicht, ohne Norah die Tür aufzuhalten.

»Danke.« Sie lächelte und betrachtete den sandigen Boden.

Kaum dass ich die vertrauten Hallen verlassen hatte, schlug mir feuchte Hitze entgegen. Möwen kreischten, während sie am wolkenfreien Himmel ihre Runden zogen. Das Rauschen des Meeres, gepaart mit der frischen, salzigen Luft, hatte eine beruhigende Wirkung auf mich.

Obwohl es bereits weit nach zwanzig Uhr war, war es noch hell draußen. Doch die Sonne würde bald untergehen. Ungeachtet dessen war der Strand weiterhin gut besucht. Es waren sogar vereinzelte Schwimmer im salzigen Nass zu erkennen. Kinderlachen drang an meine Ohren und erhellte meine Laune zusätzlich. Ich mochte es, ihnen beim Spielen und Toben zuzusehen, während sich die Eltern nervös nach dem Stand des Schwimmunterrichtes erkundigten, den sie bei einer von unseren Mitarbeiterinnen nahmen.

»Wir müssen da entlang.« Ich deutete die Düne hoch auf ein sandfarbenes Gebäude, das auf einem Hang gebaut war. Von hier aus konnte man eine gigantische Terrasse sehen, die sehr gut besucht war. Hoffentlich bekamen wir noch einen Platz draußen, ansonsten würden wir uns drinnen etwas suchen müssen. Was in Anbetracht des tollen Wetters ziemlich schade wäre.

»Okay.« Norah nickte, ehe sie mit etwas Abstand zu mir den Steg hinaufging.

Sie sagte nichts und selbst ich wusste nicht, womit ich das Schweigen brechen könnte. Also blieb es bei der Stille, die klaffend zwischen uns hing. Peinlich und bedrückend, obwohl ich sonst gern der ruhige Typ war, der auch ohne Worte klarkam. Doch bei ihr hatte ich das Gefühl, mich entschuldigen zu müssen, ohne genau sagen zu können wofür.

»Ich …«

»Also …«

Verwundert sahen wir einander an, ehe sie lachte und ich mit einstimmte. »Sorry, ich wollte dich nicht unterbrechen.« Grinsend fuhr ich mir durchs Haar. Es wuchs wie Unkraut und ging mir bis zu den Schultern. Verstimmt runzelte ich die Stirn. Dann musste ich wohl wieder zu Marcy, um sie mir schneiden zu lassen.

»Schon gut.« Norah neigte den Kopf, wodurch ihr das Haar über die Schulter fiel. Zwischen den vereinzelten nassen, dunklen Strähnen waren die ersten trockenen, rotbraunen zu erkennen.

Ich wartete darauf, dass sie etwas sagte, aber das tat sie nicht. Stattdessen erwischte ich sie dabei, dass sie zu mir linste. Fast so, als würde sie ebenfalls zögern.

»Isst du …«

»Magst du …«

Ich blieb stehen und sah sie amüsiert an. Sie tat es mir gleich und legte den Kopf schief. Es wirkte unfassbar süß, wie sie mich mit ihren Rehaugen offenherzig musterte. »Gut, du sprichst und ich halte die Klappe, wie wäre das?«

Als sie kicherte, lief es mir wohlig über den Rücken. »Okay.« Gemeinsam setzten wir uns wieder in Bewegung. Mittlerweile hatten wir den Strand verlassen und betraten den Wärme ausstrahlenden Asphalt. Von hier aus führte ein Weg direkt zum Restaurant.

»Wie lange lebst du schon hier?«, fragte sie, den Blick auf das Gebäude vor uns gerichtet, dessen sandfarbene Fassade unter den Strahlen der untergehenden Sonne rötlich schimmerte.

»Warum glaubst du, dass ich nicht hier geboren wurde?«, fragte ich neugierig.

»Keine Ahnung. Irgendwie siehst du nicht wie ein Australier aus. Außerdem redest du anders.«

Amüsiert musterte ich sie von der Seite. »Wie sieht und spricht deiner Meinung nach ein echter Australier?«

Frustriert zog sie die Schultern hoch. »Keine Ahnung. Ich weiß ja auch nicht, was ich da für einen Unsinn rede«, murmelte sie. »Du hast etwas an dir, das mich an die Jungs von zu Hause erinnert.«

»Aus Los Angeles?«, fragte ich und zog eine Augenbraue hoch. Sofort blieb Norah stehen und sah mich undefinierbar an. Ich tat es ihr gleich und betrachtete sie aufmerksam. Alles Lockere und Fröhliche war aus ihrer Mimik verschwunden. Stattdessen starrte sie mich an, als hätte ich ihr soeben eröffnet, dass ich ein Serienmörder war. Beschwichtigend hob ich die Hände. »Ist was?«

Noch immer fixierte sie mich. Ein Ruck ging durch ihren Körper. Sie wich einen Schritt zurück, ehe sie diesen wieder vorkam und betont kontrolliert das eine Bein neben das andere stellte. »Woher weißt du das?« Ihre Stimme klang seltsam erstickt.

Allmählich begriff ich, was los war. »Ich komme aus Los Angeles«, erklärte ich.

Ihre Miene spiegelte Irritation und ein Rest Misstrauen wider. »Aha?«

Noch immer musterte sie mich seltsam, weshalb ich kurzerhand das Portemonnaie zückte. Stirnrunzelnd ging ich die ganzen Karten durch, bis ich meinen alten Schülerausweis fand. Wusste ich doch, dass es zu etwas gut sein würde, den mit mir herumzuschleppen. »Hier.« Ich zeigte ihr erst die Vorderseite mit meinem Foto darauf, bevor ich ihn umdrehte und auf die oberste Zeile deutete. Los Angeles. »Siehst du? Ich bin kein kranker Stalker.«

Allmählich entspannte sie sich wieder. Sie lächelte beschämt, als sie an ihrer Haarsträhne zupfte. »Entschuldige. Ich bin anderen gegenüber eher misstrauisch. Das ist nichts gegen dich persönlich, aber ich habe auf die harte Tour lernen müssen, dass andere nicht immer ehrlich zu einem sind. In meiner Schule bin ich früher oft Opfer von irgendwelchen Intrigen geworden.«

Entsetzen durchflutete mich und paarte sich mit etwas, das sie gewiss nicht wollte: Mitgefühl. »Das tut mir leid«, sagte ich und widerstand dem Drang, sie in den Arm zu nehmen.

»Braucht es nicht. Diese Erfahrungen haben mich stärker gemacht.« Stolz hob sie das Kinn und drückte die Schultern zurück.

Obwohl sie selbstbewusst wirkte, erkannte ich die Zerbrechlichkeit hinter ihrem Auftreten. Etwas, mit dem ich nicht gerechnet hätte und was in mir den Drang, sie zu beschützen, um einiges verstärkte. Doch ich sagte nichts, sondern nickte nur. Würde sie darüber reden wollen, würde ich ihr zuhören, drängen wollte ich sie jedoch nicht. Erinnerungen konnten oft schmerzhafter sein als die Gegenwart.

Unschlüssig standen wir da und sahen einander an, ehe sie den Moment durchbrach und in Richtung Gebäude zeige. »Wir sollten vielleicht rein?« Sie biss sich auf die Unterlippe.

»Gute Idee.«

Zögernd ging ich weiter. Plötzlich war ich mir nicht sicher, ob das Ganze eine gute Idee war. Nicht, weil ich Norah nicht näher kennenlernen wollte, sondern weil es meinerseits Erinnerungen hervorrief, die ich zu gern vergessen hätte. Doch manches ließ einen nicht los. Manche Dinge blieben für immer.

Ich ignorierte das beklemmende Gefühl. Stattdessen öffnete ich die Eingangstür und hielt sie Norah auf. Mit einem leisen Dank ging sie an mir vorbei und betrat den angenehm klimatisierten Raum. Ich folgte ihr mit etwas Abstand.

Vor uns erstreckten sich unzählige Tische für zwei, vier und sechs Personen. Zu unserer Rechten erkannte ich eine gigantische Glasfront, die zu der riesigen Terrasse führte. Enttäuscht stellte ich fest, dass sie auf den ersten Blick überfüllt aussah. Im Inneren waren ebenfalls mehr als die Hälfte der Tische besetzt. Hier saßen meist ältere Herrschaften oder Familien mit kleinen Kindern, die der direkten Sonne entkommen wollten. Heute war es nicht anders.

Helle Holzmöbel standen überall in einer herrlichen Asymmetrie aufgereiht, zwischen denen Kellner in schwarz gekleidet geschäftig umherliefen, bewaffnet mit Tabletts voll mit Getränken oder mehreren Tellern mit dampfenden Speisen.

»Guten Tag, kann ich Ihnen helfen?« Eine Frau mittleren Alters trat an uns heran. Wie die anderen Kellner trug auch sie eine dunkle Hose, einen im selben Ton gehaltenen Blazer und darunter eine helle Bluse, die mehr gräulich als weiß wirkte.

»Wir bräuchten einen Tisch für zwei. Falls draußen noch was frei ist, gern da«, erklärte ich.

»Sie haben Glück, gerade hat ein anderes Paar gezahlt.« Sie musterte uns so strahlend, dass ich gar nicht aufklären wollte, dass Norah und ich nicht zusammen waren.

Als ich zu meiner hübschen Begleitung linste, erkannte ich erstaunt, dass sich eine zarte Röte auf ihr Gesicht geschlichen hatte, mit der sie noch süßer aussah als ohnehin schon.

»Folgen Sie mir bitte.« Die Dame ging voraus und schlängelte sich an den Gästen und Kollegen vorbei. Dabei hatte sie ein zügiges Tempo drauf, sodass sie zwischenzeitlich stehen bleiben und auf uns warten musste, weil wir entweder an Stühlen festhingen oder sonst mit anderen Menschen zusammengestoßen wären. Sie führte uns auf die Terrasse und zwischen vollen Tischen entlang, bis sie vor dem einzigen kleinen Zweier-Platz innehielt.

»Setzen Sie sich, bitte. Ich bringe Ihnen sofort die Karte.«

Bevor wir es uns gemütlich machen konnten, war die Frau wieder da und reichte erst Norah, dann mir die Speise- und Getränkekarte. »Danke«, murmelte Norah. Noch bevor ich etwas sagen konnte, war die Kellnerin verschwunden.

»Die sind verdammt hektisch«, stellte Norah fest. Neugierig folgte sie den Kellnern mit dem Blick, wobei sie den Kopf leicht schief legte und sich eine Haarsträhne um den Finger wickelte.

»Das ist normal. Sie sind überall und zeitgleich nirgendwo.« Ich schmunzelte. Damals, als ich zum ersten Mal hier gewesen war, hatte ich es ebenfalls als stressig empfunden, den Angestellten beim Arbeiten zuzusehen. Doch mittlerweile war ich an ihr zügiges Tempo gewöhnt. »Hier geht es etwas chaotischer zu, wie du siehst, aber sie sind freundlich und immerzu bemüht den Gästen jeden Wunsch von den Augen abzulesen«, fügte ich hinzu, bevor ich einen kurzen Blick in die Karte warf. Ich wusste bereits, was ich nehmen würde. Um Norah nicht das Gefühl zu geben, sich bei der Auswahl beeilen zu müssen, mied ich den Blick zu ihr und sah mich stattdessen um.

Tatsächlich hatten wir den einzigen freien Platz erwischt. Zwar bezahlten immer wieder welche, aber kaum dass der Tisch freigeworden war, wurde er von Neuem besetzt.

Ich drehte mich leicht zur Seite, in Richtung Meer. Leider saßen wir in der dritten Reihe, sodass wir keinen direkten Blick auf das Wasser hatten. Zwar waren die Tische immer versetzt aufgestellt, dennoch änderte das nichts daran, dass ein Mann aus der ersten Reihe meine Sicht störte.

»Wissen Sie schon, was Sie trinken wollen?«

Aus dem Augenwinkel sah ich, wie Norah zusammenzuckte und die Karte etwas stärker festhielt. Ich musste gestehen, dass ich den Kellner ebenfalls nicht bemerkt hatte. Dennoch erschien sie mir für eine junge Frau etwas zu schreckhaft. Ich kannte sie nicht, dennoch hatte ich das Gefühl, dass sie etwas belastete und sie deswegen immer wieder mit den Gedanken wegdriftete.

»Eine Cola, bitte«, antwortete Norah.

»Für mich ein stilles Wasser, bitte«, sagte ich, ohne den Blick von Norah zu wenden.

»Sehr gern. Wissen Sie denn schon, was Sie essen möchten?«

Norah wirkte bei der Frage etwas überfordert. Sie runzelte die Stirn und fixierte die Karte in ihren zitternden Händen.

»Ich hätte gern die Tagliatelle mit Pilzen«, entschied sie nach kurzem Zögern.

Erst als der Kellner zu mir sah, konzentrierte ich mich auf ihn anstatt auf Norah. »Für mich den Lachs mit Pommes.«

»Pommes?«, wiederholte Norah, kaum dass der Kellner gegangen war.

»Was ist verkehrt an Pommes?« Ich lehnte mich gelassen zurück und legte die Arme auf die Stuhllehnen.

»Zu Fisch isst man doch keine Pommes.« Sie zog die Nase kraus. Da sprach die Schwester einer Köchin aus ihr. Dennoch wirkte sie zugleich belustigt. Jetzt, wo sie sich nichts mehr aussuchen musste, wirkte sie etwas entspannter.

»Das halte ich für ein Gerücht. Irgendjemand will uns vormachen, welche Beilagen zu was perfekt sind und welche nicht. Dabei vermischt sich das ganze Zeug ohnehin im Magen«, behauptete ich überzeugt, woraufhin Norah ein süßes Quietschen ausstieß, das wohl ein unterdrücktes Lachen darstellen sollte.

Sie hielt sich die Hand vor den Mund und lief rosa an. »Du hast recht.«

»Das höre ich sehr gern«, erwiderte ich amüsiert.

»Kann es sein, dass du ein klein wenig zu sehr von dir selbst überzeugt bist?«, fragte sie mit einem provokanten Grinsen auf den Lippen.

»Nein, aber Joe buttert mich ständig unter. Da ist es schön, wenn eine charmante Frau wie du mir in etwas zustimmt und mein Selbstbewusstsein aufbaut.« Ich zwinkerte ihr zu.

»Pah! Als ob du das bräuchtest«, entgegnete sie und verdrehte übertrieben die Augen.

Erst jetzt fiel mir auf, dass Norah nicht die Einzige von uns war, die angespannt gewesen war. Auch bei mir löste sich ein Knoten im Magen. Doch so fröhlich, wie die Situation gerade noch gewesen war, so beklemmend wurde sie mit einem Mal. Norah hatte den Kopf abgewandt, sodass ich ihr ebenmäßiges Profil betrachten konnte, während sie hinaus aufs Meer sah.

»Norah?«

»Hm?«

»Was ist los?« Besorgt runzelte ich die Stirn. »Ich meine, du musst nicht darüber reden, aber mit wem könntest du besser über deine Sorgen sprechen, als mit einem Kerl, den du nicht kennst und dessen Meinung dir egal sein kann?«

»Willst du mir damit sagen, dass ich dir all meine Probleme erzählen kann, weil ich dich eh nie wiedersehen werde und es mir also gleichgültig sein kann, wie du reagierst?« Sie zog eine Augenbraue hoch und sah mich skeptisch an.

»Genau das. Außer natürlich, du willst mich noch mal sehen.« Ich lächelte verschmitzt, bevor ich wieder ernst wurde. »Selbst dann kannst du mir alles anvertrauen. Im Grunde bin ich ein netter Kerl, weißt du? Auch wenn wir einander nicht so gut kennen.«

»Soll das jetzt eine indirekte Frage sein, ob ich dich noch mal treffen will?« Sie zog die zweite Augenbraue hoch.

»Das meinte ich nicht damit«, entgegnete ich ausweichend.

»Ach, also willst du mich doch nach diesem Abend aus deinem Gedächtnis streichen?«, hakte sie nach und ließ nicht vom Thema ab. Sie erinnerte mich an einen Bullterrier, der sich in ein Steak verbissen hatte.

»Nein«, stieß ich überfordert aus.

»Was bist du jetzt? Der vertrauenswürdige Fremde, bei dem ich offen sein kann, weil ich ihn kein zweites Mal sehen werde, oder der freundliche Mann, dem ich ab heute ständig über den Weg laufen werde?« Ihre Augen leuchteten, als sie sich weiter vorbeugte und mich provokant angrinste.

»Ständig ist ein starkes Wort«, sagte ich und lachte. »Wie schafft ihr Frauen es, uns Männern immer wieder die Worte im Mund umzudrehen?«

»Das brauchen wir gar nicht, das macht ihr ganz von allein«, entgegnete sie und kicherte. Es klang schön, wie gelöst sie war, fast schon glücklich.

»Du kannst mir vertrauen, Norah. Und ja, ich würde dich gern wiedersehen. Wir kennen uns erst ein paar Stunden und dies ist bereits unser viertes Treffen. Also scheint das Schicksal zu wollen, dass wir uns öfter über den Weg laufen.«

»Und gegen Fortuna dürfen wir uns nicht stellen«, schlussfolgerte sie und sah dabei so ernst aus wie ein Hundewelpe, während ihre Mundwinkel verräterisch zuckten. Diese großen, braunen Augen erinnerten mich an einen Sturm, wild und unbezähmbar. Zugleich wirkte sie sanft und ruhig, wie Nebel in der Morgendämmerung. Ich schluckte schwer und lehnte mich zurück.

»Genau«, stimmte ich zu, als unsere Getränke gebracht wurden. Ich wartete, bis die Kellnerin wieder weg war, bevor ich Norah ein ehrliches Lächeln schenkte. »Auf einen netten Abend.« Ich hob das Glas Wasser an und prostete ihr zu.

»Auf neue Bekanntschaften«, fügte sie mit einem Zwinkern hinzu.

Ich nahm einen Schluck, ehe ich das Glas abstellte. Mit den Fingern fuhr ich über die kühle, feuchte Oberfläche. Schweigend beobachtete ich, wie ein Tropfen daran hinablief, während ich darüber nachdachte, welches unverfängliche Gesprächsthema ich anschneiden könnte.

»Ich wurde sitzen gelassen.«

Erstaunt hob ich den Blick und betrachtete Norah, die wieder hinaus aufs offene Meer sah. »Das tut mir leid«, sagte ich ehrlich.

»Um genauer zu sein, hat mich mein bester Freund wegen einer dummen Pute sitzen gelassen«, erklärte sie erstickt. Beinahe wären ihre Worte im allgemeinen Stimmengemurmel untergegangen.

Irritiert runzelte ich die Stirn. »Wie meinst du das?«

Sie seufzte. »Ron und ich sind Tanzpartner, seit wir klein sind. Wir haben sämtliche Wettbewerbe gemeinsam bestritten, an uns gearbeitet und uns gegenseitig unterstützt. Selbst dann, als er eine Zeit lang aufgrund einer Verletzung nicht mehr trainieren konnte, habe ich mir keinen anderen Partner gesucht und jetzt, wo wir es endlich hierher geschafft haben, lässt er mich sitzen.«

»Norah«, murmelte ich und griff über den Tisch hinweg nach ihrer Hand, als ich sah, dass ihr eine Träne über die Wange lief. Doch sie entzog sich meiner Berührung und strich sich über das Gesicht.

»Schon okay. Ich bin okay. Alles ist okay. Okay?«

Ich lächelte gequält. »Sind das nicht ganz schön viele okays?«

Sie musterte mich. Ihr Mundwinkel zuckte, als würde sie versuchen ein fröhlicheres Gesicht aufzusetzen. Doch sie schaffte es nicht. Die Trauer und Frustration blieben in ihre Züge gemeißelt. Ich verstand auch warum. Mehr, als sie ahnte.

»Vermutlich gibt es keinen Plan B, sonst wärst du nicht so niedergeschlagen.« Mitgefühl entfaltete sich Übelkeit erregend in meiner Brust.

»Leider nein. Ausgerechnet jetzt, wo wir es geschafft haben, in einer verdammt guten Tanzschule aufgenommen zu werden.« Norah verzog das Gesicht, ehe sie einen Schluck von ihrer Cola nahm.

»Madame Loria«, murmelte ich.

»Du erinnerst dich?«, fragte sie mit sichtlichem Erstaunen.

»Natürlich. Darüber haben wir erst heute früh gesprochen.«

Norah lächelte zaghaft und malte mit ihrem Zeigefinger Kreise auf den Holztisch. »Das ist ungewöhnlich.«

»Was meinst du?« Fragend sah ich sie an.

»Dass ein Mann zuhört«, antwortete sie offen und sah mir dabei so tief die Augen, dass mich das Gefühl überkam, dass sie mir direkt in die Seele blickte.

»Bei mir kannst du dir immer sicher sein, dass ich zuhören werde«, versicherte ich. In meiner letzten Beziehung war ich permanent übergangen worden. Alles, was ich gesagt hatte, war ignoriert worden. Ebenso meine Bedürfnisse, Ängste und Sorgen. Im Grunde genommen die gesamte Partnerschaft. Kaum merklich schüttelte ich den Kopf und verdrängte die Gedanken an eine Zeit, die längst vergangen war.

Schweigend warteten wir darauf, dass unser Essen gebracht wurde. Als eine der Kellnerinnen uns endlich die dampfenden Teller vor die Nase stellte, war mir der Appetit vergangen. Dennoch schob ich mir lustlos eine der Pommes in den Mund. Aus dem Augenwinkel bemerkte ich, wie Norah sich eine Gabel voll Tagliatelle zwischen die Zähne schob. »Schmeckt es?«, fragte ich und zog eine Gräte heraus, bevor ich einen Bissen nahm. Köstlich. Wie immer.

»Sehr.« Sie deutete zu mir. »Wie ist dein toter Meeresbewohner? Dafür, dass du nicht gern Fisch isst, sehe ich dich bereits zum zweiten Mal mit einem auf dem Teller.«

Ich lächelte. »Es kommt auf die Zubereitung an. Zudem konnte ich deiner Schwester schlecht sagen, dass ich etwas nicht so gern esse, wenn sie es gerade erst gekocht hat. Es schmeckt mir ja, nur muss es nicht zwangsläufig sein.«

Sie nickte, als würde sie mich verstehen. Dann starrte sie wieder auf die Nudeln und spießte mit der Gabel einen Pilz auf.

Die folgenden Minuten verstrichen. Während allgemeine Heiterkeit um uns herum herrschte, schienen wir der einzige Tisch mit bedrückter Stimmung zu sein. Etwas, das mir missfiel. Das Leben war zu kurz, um sich mit negativen Dingen aufzuhalten. Als ich genau das sagen wollte, stockte ich. Ich hatte leicht reden. Wer war ich, Norah eine Lebensweisheit zu predigen, an die ich mich selbst nicht hielt?

»Mika?«

Ertappt hob ich den Blick und glaubte für einen Moment, sie hätte meine Gedanken erraten. Doch als sie mich bedrückt und traurig ansah, zog sich mein Herz zusammen. »Ja?«

»Glaubst du, ich finde hier einen Tanzpartner?« Sie kniff die Lippen zusammen. »Ich meine jemanden, der gut genug für Madame Loria ist? Kennst du nicht zufällig jemanden? Du scheinst ja viele Menschen zu kennen, die hier leben.«

Mein Innerstes verkrampfte sich zunehmend. Ich erkannte die Resignation in ihrem Blick, hörte jedoch zugleich die Hoffnung in ihrer Stimme. Es war lediglich ein leiser Unterton, der leicht zu überhören war, doch er war da.

»Nein«, flüsterte ich. »Tut mir leid.«

Obwohl ich darauf vorbereitet gewesen war, traf mich ihre Trauer unerwartet stark. Die letzte Spannung wich aus ihrem Körper. Die Schultern sanken herab, während sie den Kopf senkte. »Hätte ja sein können«, murmelte sie.

»Ich kann mich aber umhören«, fügte ich schnell hinzu. Doch ich erntete lediglich ein erschöpftes Lächeln.

»Schon okay. Ich meine, es hätte ja sein können, dass hier noch jemand auf seine große Chance wartet, um bei Madame Loria aufgenommen zu werden.«

Ich nickte. Das war vielleicht so. Doch denjenigen kannte ich nicht. Tänzer waren nicht zwangsläufig Schwimmer oder Taucher.

Angestrengt dachte ich darüber nach, wie ich ihr helfen könnte, als sich Norah plötzlich vorbeugte, nach einer Pommes griff und flink die Hand zurückzog, um sich die frittierte Kartoffel in den Mund zu schieben. Perplex starrte ich sie an, während sie mich angrinste. Ich glaubte ihr nicht, dass sie von einem Moment auf den anderen wieder fröhlich war. Vielleicht hätte ich es getan, wenn dieser Wandel nicht so drastisch gekommen und der Schatten in ihren Augen nicht geblieben wäre. Ich entschied mich mitzuspielen. Ihr zuliebe.

»Wer hat dir erlaubt an meinen Teller zu gehen?«, fragte ich betont empört.

»Niemand.« Sie klimperte mit den Wimpern. Scheinheilig. Etwas, das sie vielleicht zum Teil war, aber gewiss nicht zur Gänze.

»Tz.« Gespielt enttäuscht schüttelte ich den Kopf. Ganz langsam und vorwurfsvoll. »Solch ein Benehmen.«

»Willst du mich jetzt bestrafen?«, fragte sie und lachte, als sie mir erneut eine Pommes stahl.

»Das war die Letzte!« Grinsend legte ich die Handinnenflächen flach auf den Tisch neben dem Teller.

»Wer sagt das?«, erkundigte sie sich und sah mich herausfordernd an.

»Ich?«

»Aha?« Sie zog eine Augenbraue hoch, ehe sie vorschnellte. Fast wäre ich zu spät gewesen, aber gerade, als sie die Hand zurückziehen wollte, ergriff ich ihr Handgelenk. »Lass mich los!« Norahs Grinsen wurde noch breiter.

»Meins«, entgegnete ich und zwinkerte ihr keck zu. Kurzerhand hob ich ihre Hand, beugte mich vor und biss von der Pommes ab.

Norahs Blick wurde dunkler und verlor den matten, traurigen Ausdruck. Immerhin hatte ich es geschafft, sie zumindest etwas abzulenken. Doch als mir bewusst wurde, dass ich sie noch immer festhielt, ließ ich sie schnell los, räusperte mich, kaute und schluckte.

Norah neigte den Kopf. Als ich erneut in ihre Augen sah, konnte ich nicht anders, als die Luft anzuhalten. Die Intensität ihres Blicks war inzwischen fast schon hypnotisch. Langsam zog sie sich zurück, während sie weiterhin meinem Starren standhielt. Ohne zu blinzeln, wie mir schien und wenn, dann bemerkte ich es nicht. Erst als sich ihre Lippen öffneten, schaffte ich es wegzusehen. Doch statt mich von ihr loszureißen, wanderte mein Blick lediglich wenige Zentimeter weiter nach unten. Angespannt beobachtete ich, wie sie sich langsam das andere Endstück der Pommes in den Mund schob.

Schnell wandte ich mich ab und räusperte mich, um den Kloß im Hals loszuwerden. »Wenn du noch welche willst«, murmelte ich und schob den Teller in Norahs Richtung, ohne den Satz zu beenden.

»So macht es aber keinen Spaß«, flüsterte sie. Ich wusste, was sie meinte. Doch das musste ich unterbinden. Für sie. Für mich. Für uns.

Also aß ich den Fisch, sie ihre Tagliatelle. Nachdem wir fertig waren, rief ich einen der Kellner zu uns. »Können wir zahlen?«

»Zusammen oder getrennt?«

Norah öffnete den Mund. Ich war schneller. »Zusammen.«

»Ich kann für mich selbst zahlen«, beharrte Norah, nachdem der Mann gegangen war.

»Das ist mir bewusst.« Gelassen wischte ich mir den Mund mit einem Tuch ab, ehe ich auch meine Finger reinigte, weil ich den Fisch hatte anfassen müssen, um weitere Gräten zu entfernen.

»Du musst wirklich nicht für mich zahlen«, versicherte sie.

»Das weiß ich. Wie kommst du überhaupt auf die Idee, dass *ich* die Rechnung übernehme?«, fragte ich scheinheilig.

Norah starrte mich ungläubig an, fast schon ein wenig erschrocken. »Ich …« Peinlich berührt holte sie ihr Portemonnaie heraus und sah in das Fach mit den Scheinen. Erst als ich laut auflachte, sah sie zu mir.

»Herrgott, Norah! Was glaubst du, was für eine Art Mann ich bin?«

Verdattert schaute sie mich an. Ihre Wangen wurden rosa. Sie öffnete den Mund und schloss ihn wieder, ohne ein Wort gesagt zu haben. Erneut sah sie erst in ihre Geldbörse, dann zu mir, nur um den Kopf zu schütteln und es zuzuklappen. »Was denn jetzt? Zahlt jeder für sich?«

Amüsiert wandte ich mich ab und sah zum Kellner, der zwischen den

Tischen auf uns zukam. Bevor Norah reagieren konnte, griff ich nach dem Zettel, sah mir die Summe an und zog ein paar Geldscheine raus. »Stimmt so.«

»Vielen Dank. Ich hoffe, es war alles zu Ihrer Zufriedenheit?« Der Mann lächelte freundlich. Er musste in unserem Alter sein, vielleicht etwas jünger. Vermutlich ein Student, der aushalf.

»Ja, war es, danke.« Ich stand auf und zwinkerte Norah zu, die von mir zu ihrem Portemonnaie sah, ehe sie es in ihren Rucksack stopfte.

»Das nächste Mal zahle ich«, brummte sie.

»Wer hat gesagt, dass es ein nächstes Mal geben wird?« Als sie mich ausdruckslos ansah, verkniff ich mir ein Lachen, weil ich nicht wollte, dass sie es missverstand. »Das war ein Scherz. Falls du mich wiedertreffen willst, gehe ich liebend gern noch einmal mit dir essen«, versicherte ich sanft.

Sie nickte, sagte aber nichts. Stattdessen verließen wir hintereinander das Restaurant und gingen in Richtung des Parkplatzes.

»Bist du mit dem Auto hier?«, fragte ich freundlich und linste zu Norah runter. Ihr rotbräunliches Haar färbte sich im Schein der untergehenden Sonne noch röter. Ein wenig ins Fuchsbraun. Ein schöner Ton, der mich an die Wälder und die Natur erinnerte. An Freiheit und Wildnis.

»Ja.« Sie deutete zu einem weißen, etwas älteren Toyota Yaris Modell. Ein Dreitürer.

Ich nickte und folgte ihr auf die gegenüberliegende Seite des Platzes. »Alles okay?«

Die Heiterkeit war aus ihrer Miene verschwunden. Stattdessen war der Ausdruck auf ihrem Gesicht verschlossen, der Blick starr geradeaus gerichtet. Sie öffnete den Mund, stockte, ehe sie seufzte und an dem Gurt ihres Rucksackes nestelte, den sie sich über den Rücken geworfen hatte. »Nein«, antwortete sie schließlich und ich ahnte, wie viel Überwindung es sie kosten musste, so ehrlich zu sein. Nicht vor mir, sondern vor ihr selbst.

»Es wird sich eine Lösung finden«, versicherte ich ihr.

»Daran glaube ich nicht.« Niedergeschlagen blieb sie an der Fahrerseite stehen, wandte mir den Rücke zu. »Alles, was ich je wollte, wofür ich mein ganzes Leben gearbeitet und gekämpft habe, wurde mir binnen eines Wimpernschlages genommen.« Ihre Stimme zitterte.

Als mir bewusst wurde, dass sie gegen die Tränen ankämpfte, schluckte ich schwer. Der Kloß im Hals blieb. »Norah«, hauchte ich. Ich kniff die Augen zusammen, atmete tief durch und wusste, dass ich meine Entscheidung bereuen würde. Verdammt stark sogar. Doch diese Frau war besonders, auch wenn ich nicht genau sagen konnte warum. So viele Mädchen kamen in meine Tauch- und Schwimmschule, aber keine hatte mich vom ersten Augenblick an so fasziniert, wie Norah es tat. »Sieh mich bitte an.«

Sie reagierte nicht. Fast glaubte ich, dass sie mich nicht gehört hatte, bis sie sich mir zuwandte. Wie ich befürchtet hatte, glitzerten ihre Augen feucht. Ich wankte. Alles in mir schrie danach, es nicht zu tun, aber aller Vernunft zum Trotz tat ich es.

Ich hob die Hand und strich ihr eine Strähne aus dem Gesicht. »Es gibt eine Lösung für dein Problem. Mich.«

Irritation spiegelte sich auf ihrer Miene wider. »Was meinst du?«

Ich räusperte mich. »Du brauchst einen Tanzpartner, also mache ich es.«

Sie lachte leise auf. Verzweifelt und gerührt zugleich. »Das verstehst du nicht. Es gibt bestimmte Richtlinien. Beide Schüler müssen Vorschriften und Bedingungen erfüllen, die nicht so einfach sind. Dennoch danke für dein liebes Angebot.«

»Ich weiß«, unterbrach ich sie sanft und umfasste behutsam ihr Gesicht mit beiden Händen, als die ersten Tränen ihre Augenwinkel verließen. »Ich weiß«, wiederholte ich kaum hörbar.

»Woher?« Noch während sie dieses eine Wort aussprach, weiteten sich ihre Augen. »Nein«, stieß sie aus. Ungläubig starrte sie mich an.

»Doch«, entgegnete ich und ließ die Hände sinken. »Ich bin selbst einmal ein Tanzschüler von Madame Loria gewesen, aber ich musste damit aufhören. Aus demselben Grund wie du. Meine Tanzpartnerin hat mich im Stich gelassen. Wir waren für die Weltmeisterschaft qualifiziert und hatten sehr gute Chancen, auf das Siegertreppchen zu kommen. Bis sie meinte, mich während einer schweren Grippe gegen einen anderen austauschen zu müssen.« *Als Partner wie auch als festen Freund,* dachte ich verbittert.

Sie sah mich mit großen Augen an. Mitgefühl blitzte in ihnen auf. »Weltmeisterschaft?«, wiederholte sie atemlos. Fast, als würde sie erst durch das Aussprechen realisieren, was meine Worte bedeuteten.

»Lass mich dir helfen«, sagte ich beschwörend. »Eine Saison. Danach hast du genügend Zeit, dir einen anderen zu suchen. Doch du kannst es dir nicht leisten, mit dem Training aufzuhören oder diese einmalige Chance zu verpassen. Du ...«

Stürmisch fiel sie mir um den Hals. »Danke«, jauchzte sie. »Vielen, vielen Dank.« Ihre nasse Wange drückte sich an meine Kehle. Ich schluckte, denn ich wusste, dass es ein Fehler war. Doch es war ein verdammt gutes Gefühl, ihr helfen zu können.

»Schon okay«, murmelte ich und legte die Arme um sie. Wenn sich Dummheiten immer so gut anfühlten, würde ich bald in den Genuss kommen, häufiger welche zu begehen. Insbesondere, wenn sie sich um eine hübsche Rothaarige drehten.

»Mika, das bedeutet mir unfassbar viel.« Norah ließ etwas von mir ab, aber nur so viel, dass sie mir in die Augen sehen konnte. Pure Freude, Fassungslosigkeit und Glück vermischten sich in ihrem Blick zu einem Inferno von Euphorie. »Danke«, stieß sie aus.

Dann küsste sie mich.

Erschrocken hielt ich die Luft an. Ihre Lippen lagen weich und salzig auf meinen. Stürmisch, hektisch und viel zu schnell.

Behutsam legte ich die Hände auf ihre Schultern und schob sie sanft, aber entschieden von mir weg. Verwirrung zeichnete sich auf ihrer Miene ab und wandelte sich dann in Entsetzen.

»O Gott. Das ... Es ... es tut mir leid«, versicherte sie. Dabei wich sie zurück und fasste sich an den Kopf. »Verdammt, ich ... Mika, entschuldige. Ich war so glücklich und irgendwie dachte ich, dass ... dass ...« Sie hielt die Luft an und sah mich flehend an. »Bitte, vergiss es, ja?«

Neben der Angst in ihrem Blick, dass ich es ihr womöglich negativ ankreiden könnte, sah ich noch etwas anderes. Scham und Unsicherheit. Sofort überkamen mich Gewissensbisse.

»Norah«

»Wir können trotzdem zusammen tanzen, oder? Ich meine, ich mag dich, aber wir kennen uns nicht. Das war wirklich nur eine Reaktion wegen der Situation, verstehst du?«

»Norah …«

»Natürlich kann ich mir vorstellen, wie das jetzt für dich wirken muss. Du musst denken, dass ich auf dich stehe oder so. Oder dass ich jedem Typ sofort um den Hals falle und ihn küsse, bloß bin ich nicht die Sorte Frau dafür. So etwas tue ich sonst nicht. Das war eine absolute Ausnahmesituation, wirklich! Ich meine, ich …«

»Norah!«

»Es würde mir unfassbar viel bedeuten, wenn wir dennoch Freunde sein könnten«, redete sie schnell weiter. Dabei gestikulierte sie hektisch und sah mich flehend an.

Ich seufzte. »Lass mich bitte auch was dazu sagen, ja?« Sie biss sich auf die Unterlippe und starrte mich an. Ihr war anzusehen, dass es ihr schwerfiel, nicht weiterzuplappern und neue Ausreden zu erfinden. Doch sie nickte und ich zögerte, bevor ich mir einen Ruck gab.

»Ich bin schwul.«

Stille.

Kapitel 6

Norah

Schwul.

Er war schwul.

Ich hatte einen schwulen Mann geküsst.

Immerhin keinen verheirateten.

Langsam trat ich zurück, bis ich mit der Hüfte gegen den Yaris stieß. Irritiert leckte ich mir über die Unterlippe und schmeckte das Salz meiner Tränen. Mika zog entschuldigend die Schultern hoch. Fast, als wäre es ihm peinlich. Jetzt begriff ich erst, was das Ganze wirklich zu bedeuten hatte. »Du und Joe?« Ich wusste nicht, ob das bereits einen Schritt zu weit ging, aber die Worte waren mir schneller entschlüpft, als ich hatte denken können.

Mika erstarrte. »Nein. Nicht richtig zumindest. Er hat viele Frauengeschichten.«

Ich nickte und verstand, was er damit meinte. Zumindest glaubte ich es. »Findungsphase?«

Mika seufzte. »Jep.«

So standen wir da, starrten einander an und wussten nicht, was wir sagen sollten. Zumindest ich wusste es nicht.

»Findest du es schlimm?«

»Was?« Wie blöd mein Ausruf gewesen war, wurde mir sofort bewusst.

»Ich meine, nein.« Als ich Mikas skeptischen Blick bemerkte, atmete ich tief durch und sah ihn so offen an, wie ich konnte. »Mika, du kommst aus der Branche. Du weißt, dass es viele Männer gibt, die homosexuell sind. Mit vielen bin ich sehr gut befreundet. Oder war es zumindest, bis ich nach Australien gezogen bin.« Ich zuckte mit den Schultern. »Wir sind alle Menschen, egal, wen wir lieben.«

»Und warum schaust du dann drein, als hättest du in eine Zitrone gebissen?« Mika zog provokant die Augenbraue hoch. Als imitierte er meine Reaktionen.

Ertappt biss ich mir auf die Innenseite meiner Wange. »Weil ich dich geküsst habe, ohne darüber nachzudenken, was das bedeuten könnte.«

»Und was bedeutet es?«

Am liebsten hätte ich mich umgedreht, wäre ins Auto gestiegen und weggefahren, um dieser peinlichen Situation zu entkommen, aber ich war keine fünf mehr. Wenn ich wollte, dass das zwischen uns und dem Tanzen klappte, musste ich mich am Riemen reißen. Es war Zeit, erwachsen zu werden. Dabei fühlte ich mich noch immer wie der Teenager mit den Pickeln im Gesicht. »Im Grunde genommen nichts.«

Er neigte den Kopf zur Seite. »Warum glaube ich dir nicht?«

Hitze schoss mir in die Wangen, als ich daran dachte, wie sich unsere Lippen berührt hatten. Weich und prickelnd. »Mika, ich war überschwänglich wegen deines großzügigen Angebots. Ich meine, ich weiß, wie schwer es ist, sich nach so einer Enttäuschung wieder aufzuraffen. Umso glücklicher bin ich, dass du mir diese Saison helfen möchtest. Meine Gefühle sind einfach mit mir durchgegangen, verstehst du?« Ich hielt ihm die Hand hin. »Freunde?«

Er zögerte und sah meinen Arm entlang bis zu meinen Fingerspitzen. Sein Blick fühlte sich fast wie eine Berührung an. Ein prickelndes, sanftes Gefühl beschlich mich. Nur dass es keine war. Weil er nicht an Frauen interessiert war. Verdammt.

»Freunde.« Er schlug ein.

Es kostete mich viel Überwindung, nicht dem Drang nachzugeben, meine

Finger mit den seinen zu verschränken. Stattdessen zog ich mich wieder zurück. »Dann würde ich vorschlagen, wir schreiben später wegen ein paar Terminen?«

Mika nickte. »Joe meinte ohnehin, dass ich endlich Urlaub machen soll. Doch ich will ihn nicht gänzlich allein lassen. Was hältst du davon, wenn wir diese Woche erst mal mit abendlichem Training anfangen? Damit wir schauen können, ob wir überhaupt harmonieren.«

Erleichtert darüber, dass das Thema auf ein Gebiet wechselte, auf dem ich mich sicher fühlte, nickte ich. »Gern. Also ... ich richte mich da nach dir. Ich habe so gut wie immer Zeit.«

Mika betrachtete mich, ehe er sein Handy aus der Hosentasche zog und darauf herumtippte. Ich nutzte die Chance, ihn mir genauer anzusehen. Sein blondes Haar fiel in leichten Wellen auf seine Schulter und betonte seine ozeanblauen Augen, die von den tiefschwarzen Wimpern umrandet waren. Dadurch sahen sie noch intensiver aus, als sie unter anderen Umständen gewesen wären. Außerdem war er groß. Viel größer als ich. Das war gut, dann konnte ich hohe Schuhe anziehen und war dennoch kleiner als er. Das war insbesondere bei Hebefiguren von Vorteil.

»Wie wäre es mit morgen Abend gegen zwanzig Uhr?« Er sah fragend zu mir.

»Wo denn?«, fragte ich neugierig. »Ich weiß nicht, ob die Tanzschule so lange noch offen hat.«

Mikas Wangenmuskel zuckte verräterisch, bevor seine ernste Miene verschwand und er breit zu grinsen anfing. »Lass dich überraschen.«

Misstrauisch beäugte ich ihn, ehe ich nickte. »Ich vertraue dir, Mika.«

Sofort wurde er ernst. »Ich werde dich nicht enttäuschen.«

Das hoffte ich.

Das hoffte ich sehr.

***

»Das freut mich riesig für dich!«

Piper fiel mir um den Hals und quietschte in einem unfassbar hohen Ton.

Ich verzog das Gesicht, ließ jedoch ihre überschwängliche Freude über mich ergehen. Sie meinte es gut und das wollte ich nicht dämpfen, obwohl ich Gefahr lief, einen Tinnitus zu bekommen.

»Mich auch.« Behutsam löste ich mich aus ihrem Würgegriff. Kaum dass ich zu Hause angekommen war, hatte mich Piper empfangen und sofort nachgehorcht, wie mein Abend verlaufen war. Dabei hatte ich ihr von meinem Gespräch mit Mika erzählt. Oder vielmehr: von unserem kleinen Vorhaben. Mir wurde schlecht. Angespannt ging ich in die Küche. Ich musste das Ganze erst einmal verdauen.

»Hey, was ist los? Das ist ein Grund zum Feiern und statt mit mir um die Wette zu jubeln siehst du aus wie sieben Tage Regenwetter.« Piper runzelte die Stirn und folgte mir in den hellen Raum.

Noch während ich mit mir rang, ob ich ihr die Wahrheit sagen sollte, war mein Mundwerk mal wieder schneller. »Ich habe ihn geküsst.« Piper starrte mich mit offenem Mund und geweiteten Augen an. Als mir die Ähnlichkeit zu einem Karpfen bewusst wurde, lachte ich auf. »Mund zu, sonst kommen Fliegen rein«, mahnte ich sie so, wie es unsere Mutter früher bei uns getan hatte. Und wie früher wirkte es.

»Himmel, du lässt auch nichts anbrennen. Seid ihr jetzt ein Paar?«

»Nein. So schnell geht so was nicht. Außerdem gibt es da ein kleines Problem.« Ich fuhr mir durchs Haar.

»Welches denn?« Piper musterte mich neugierig, als ich das Gesicht zu einer Grimasse verzog.

»Er ist schwul.«

»Oh. Warum küsst du einen schwulen Mann?« Jetzt wirkte Piper noch überforderter. Am liebsten hätte ich die Augen verdreht. Meine Schwester war mein Ein und Alles, zudem war sie sehr intelligent. Dennoch gab es Tage, an denen sie auf dem Schlauch stand. Heute war wieder mal so einer.

»Ich wusste nicht, dass er auf Kerle steht«, erklärte ich ungeduldig. Tief atmete ich ein und aus. Trotzdem raste das Herz in meiner Brust in einer unbeschreiblichen Schnelligkeit. Aufregung paarte sich mit einem Funken Enttäuschung. Aber die Glücksgefühle überwogen, schließlich hatte ich eine

Chance. Das, was ich all die Zeit über gebraucht hatte. Jetzt blieb nur zu hoffen, dass sich Mika über Nacht doch nicht umentschied.

»Hätte ja sein können, dass du hoffst ihn umpolen zu können.« Piper zuckte mit den Schultern.

Erst dachte ich, dass sie einen Witz machte, bis ich verstand, dass sie es ernst meinte. »Als ob!«

»Na, hübsch genug bist du, um jemanden aufs richtige Ufer zurückzuholen.« Sie wackelte mit den Augenbrauen.

»Es gibt kein richtiges Ufer. Jede Art von Liebe ist wahr und richtig.«

Piper verdrehte genervt die Augen. »Du weißt, was ich meine.«

Das wusste ich in der Tat. Genauso wie ihr klar war, dass ich lediglich um den heißen Brei herumredete. Ich wandte mich ab und goss mir ein Glas Wasser ein. »Du auch?«

»Nein. Und jetzt sag schon, magst du ihn?«

»Ich kenne ihn kaum.«

»Das ist keine Antwort auf meine Frage«, entgegnete Piper entschieden. Leider musste ich ihr recht geben.

»Natürlich mag ich ihn. Er ist charismatisch, hilfsbereit und freundlich. Aber ich bin nicht verknallt oder so was. Dafür kenne ich ihn wirklich zu wenig. Außerdem würde es nur in einer Enttäuschung enden.« Ich warf ihr über die Schulter einen Blick zu.

Piper schien nachzudenken. Sie runzelte in solchen Situationen immer auf eine Art die Stirn, dass sich eine steile Falte zwischen den Augenbrauen bildete. Dann nickte sie. »Da hast du wohl recht.«

»Danke«, murmelte ich, seufzte und wandte mich ihr in Gänze zu. Bei ihrem Anblick stockte ich. Sie wirkte angespannt. Die Züge um ihren Mund waren leicht verhärtet. »Was ist los?«

»Nichts«, stieß sie ungewöhnlich schnell aus.

»Doch, da ist doch was.«

Piper schüttelte den Kopf. »Nein, alles gut. Ich musste lediglich ans Restaurant denken. Da ist heute wieder unfassbar viel schiefgegangen.«

Während sie drauflosplapperte, wie ungeschickt sich der neue Hilfskoch anstellte, wurde für mich immer deutlicher, dass Piper etwas vor mir verheimlichte. Etwas, das definitiv keine Kleinigkeit war. Denn sie hatte diesen Blick drauf. Den Soll-ich-es-ihr-sagen-oder-schweigen-Blick. Doch ich war zu müde, um nachzubohren. Sie würde es mir über kurz oder lang verraten. Piper war kein Mensch, der Geheimnisse für sich behalten konnte.

***

Als ich am nächsten Abend zum Strand fuhr, spürte ich etwas, das ich schon furchtbar lang nicht mehr empfunden hatte. Vorfreude und Aufregung. Endlich wieder tanzen zu können, mich konzentrieren zu müssen und gezielt auf eine Sache hinarbeiten zu dürfen. Erst jetzt merkte ich, wie sehr ich es vermisst hatte, auch wenn es erst wenige Tage her war, seitdem mich Ron im Stich gelassen hatte.

Es dauerte nicht lange, bis ich Mika fand. Seine großgewachsene Gestalt war leicht auszumachen. »Hallo, hübscher Mann.« Ich spürte den warmen Sand zwischen den Zehen, als ich auf ihn zuging, der gemeinsam mit Joe Surfbretter vor der Tauch- und Schwimmschule säuberte.

»Hallo, Engel.« Mika hob die Hand und schirmte damit seine Augen vor der Sonne ab. Wie gebräunt er war. Die Armhärchen waren fast nicht zu sehen, so stark waren sie auf natürlichem Wege heller geworden. Vielleicht waren sie auch schon immer so gewesen.

»Hola, Chica.« Joe grinste mir zu. Dann sah er an mir hinab und stieß einen Pfiff aus. »Hübsches Kleid.«

»Danke.«

Ich fuhr mit den Fingern über den dicken, rot-weiß karierten Stoff. Obwohl er am Oberkörper eng anlag, war mir nicht zu warm. Das lag vermutlich daran, dass das Kleid einen Petticoat hatte und mir nur bis zu den Knien ging. Für den Fall der Fälle hatte ich in meiner Strandtasche auch noch eine Leggins und eine Strickjacke eingepackt.

»Du siehst echt gut aus«, murmelte Mika und umarmte mich zur Begrüßung, als ich bei den Jungs ankam.

»Danke.« Nervös schaute ich von Mika zu Joe. Beide trugen Badeshorts und ein weißes Shirt. Doch anders als Mika hatte Joe noch eine Sonnenbrille auf der Nase, die sein halbes Gesicht zu verdecken schien.

»Was führt dich hierher?«, fragte Joe.

»Ähm …« Unsicher sah ich zu Mika, unschlüssig, ob er es seinem Freund gesagt hatte oder nicht.

»Ich mach nur Spaß«, lachte Joe. Ich lächelte aus Höflichkeit, auch wenn ich nicht ganz verstand, wo der Scherz verborgen lag.

»Hör auf so dummes Zeug von dir zu geben und arbeite schneller«, sagte Mika mit einem Augenzwinkern.

»Du könntest selbst einen Gang zulegen und mir helfen. Du willst schließlich tanzen, nicht ich.« Joe grinste ihm provokant zu und wackelte mit den Augenbrauen, was jedoch aufgrund der Sonnenbrille kaum zu erkennen war.

Ich kniff die Lippen zusammen, dennoch schaffte ich es nicht, mir ein Schmunzeln zu verkneifen. Mika schien es zu bemerken, denn er fuhr sich verschämt durchs Haar und neigte den Kopf. Er wirkte peinlich berührt. Ob es ihm unangenehm war, dass ich wusste, dass er homosexuell war?

»Wo geht's hin?«, fragte ich in der Hoffnung, ihn etwas ablenken zu können.

»Nirgendwo.«

Irritiert musterte ich Mika. »Verschieben wir das Training?«

»Das habe ich nicht gesagt.« Er hob eines der Surfbretter auf und lehnte es gegen das Gebäude.

»Sei mir nicht böse, aber ich versteh nicht, was du meinst«, gestand ich verwirrt.

Mika grinste und deutete hinter sich. »Wir tanzen hier.«

Ich folgte seinem Wink und sah zum Meer. Erst jetzt dämmerte es mir. »Wie soll das gehen? Wir versinken im Sand, wenn wir tanzen.«

»Das ist gerade die Schwierigkeit. Du musst immer und überall deine Schritte beherrschen. Auf Parkett kann jeder Laie ein Stück auswendig lernen, aber wir sind keine Anfänger und wollen auch keine sein. So wie ich dich einschätze, willst du es weit schaffen, oder irre ich mich?« Mika sah mich herausfordernd an. Als ich den Kopf schüttelte, nickte er. »Wir werden bei

Madame Loria eine Choreografie ausarbeiten. Sie ist ein Genie, was solche Dinge angeht. Doch wenn wir allein trainieren, außerhalb der heiligen Hallen dieser Frau, machen wir es nach meinen Methoden, okay?«

Skeptisch verschränkte ich die Arme vor der Brust, wobei der Henkel der Strandtasche schmerzhaft in meine Schulter drückte. »Mit meinen bisherigen Trainingseinheiten bin ich weit gekommen.«

»Mag sein. Ich will sie auch nicht infrage stellen oder gänzlich verwerfen, denn diese werden wir allein in der Tanzschule für die herkömmlichen Übungen brauchen. Dennoch solltest du eines wissen und dir im Klaren darüber sein, was das für dich bedeuten wird. Wenn du mich als Tanzpartner hast, machen wir es ganz oder gar nicht. Für halbe Sachen habe ich keine Zeit.« Ernst sah er mich mit seinen meerblauen Augen an. »Entscheide dich. Bist du bereit, alles zu geben?«

Ein Kribbeln breitete sich in meinem Bauch aus. Aufregung paarte sich mit Nervenkitzel, denn ich spürte, dass ich vor einem neuen Abschnitt in meinem Leben stand. Einem, der nicht nur schwarz und weiß kannte, sondern vor einem, der einem Abenteuer gleichkam und mich dem Tanz näherbringen könnte, als ich bislang angenommen hatte.

»In Ordnung«, hörte ich mich selbst sagen und wusste, dass es die richtige Entscheidung war.

Kapitel 7

Mika

»Vertrau mir.« Ich positionierte mich vor Norah und umfasste ihre Hüfte. Mit der anderen Hand hielt ich ihre fest. Wir standen barfuß im Sand, während das warme Meerwasser immer wieder gegen unsere Haut prallte, wodurch wir allmählich bis zu den Fußgelenken im matschigen Grau versanken.

»Sagt sich so leicht.« Norah rümpfte die Nase und sah dabei verdammt süß aus. Ich lächelte und kam ihr so nah, bis sich unsere Nasenspitzen beinahe berührten, aber sie rührte sich nicht. Sie schien wirklich nichts sehen zu können. Die Augenbinde verhinderte es. »Muss das wirklich sein?« Sie nörgelte. Irgendwie niedlich.

»Ja. Ich bin der Mann, ich führe. Die Emanzipation der Frau ist wirklich eine feine Sache, die ich mit Inbrunst unterstütze, aber beim Tanzen geht es um Vertrauen und um das Gefühl, sich fallen zu lassen. Genau diese Basis müssen wir schaffen, ansonsten können wir die Sache ganz sein lassen.«

»Das verstehe ich ja, nur warum darfst du dann sehen und ich nicht? Musst du mir nicht genauso vertrauen können wie ich dir?« Sie kniff die Lippen aufeinander, was ihr einen verbissenen Ausdruck verlieh. Wie gut, dass sie mein breites Grinsen nicht mitbekam. Es hätte sie vermutlich auf die Palme gebracht.

»Weil ich dafür sorgen muss, dass wir niemanden über den Haufen rennen«, erklärte ich geduldig. Erst das Anzeichen eines Lächelns auf Norahs Lippen motivierte mich dazu, mich etwas zu entspannen. »Lass uns anfangen«, schlug ich vor. »Am besten mit dem Walzer. Den ganz normalen Grundschritt, ohne Drehungen oder irgendwelche Schwierigkeiten.«

»Okay.«

Prüfend sah ich sie an. »Gut. Drei, zwei, eins und los!«

Als ich einen Schritt zurücktrat und Norah mit dem rechten Fuß vorwärts wollte, verlor sie prompt das Gleichgewicht und prallte gegen meinen Oberkörper. Sofort griff ich nach ihren Schultern und stützte sie. »Alles okay?«

»Ja, ich stecke im Sand fest.« Verärgerung sprach aus jeder Silbe, die sie ausstieß. Sie senkte den Kopf, fast so, als würde sie zu ihren Füßen schauen. Was nicht möglich war. Dennoch verstand ich, was sie meinte.

»Du musst auf die Zehnspitzen. Tanz im Wasser, Norah. Werd eins mit der Natur und sie wird dir helfen. Atme die frische Luft ein und lausche dem Wind, der uns den Takt vorgibt. Hör auf deine Instinkte und nicht auf deinen Verstand.«

»Dir ist bewusst, wie geschwollen deine Worte klingen?«

Ich lachte. »Ja, das weiß ich. Dennoch stimmt das, was ich sage.«

»Mag sein.« Sie seufzte resigniert, ehe sie die Schultern durchdrückte. »Dann los.«

Es brauchte einige Versuche, bis sie es schaffte, halbwegs leichtfüßig über den durchtränkten Sand zu tanzen. Als ich sie unauffällig in trockene Gebiete lenkte, wurde es besser, da hier alles plattgetreten war. Je näher wir den Stellen kamen, in denen wir im tiefen Sand einsanken, desto mehr verlor sie ihre engelsgleiche Haltung und mutierte zu einer neugeborenen Giraffe, die mit ihren langen Beinen nichts anzufangen wusste.

»Das ist die Hölle«, stieß Norah aus.

»Nein, das ist Tanzen.« Ich lachte und wirbelte sie herum, hielt sie, als sie drohte zu stürzen, wartete, bis sie sich gefangen hatte, bevor ich den Takt von Neuem vorgab.

Einzelne Strähnen hatten sich aus ihrem Zopf gestohlen und umschmeichelten ihr Gesicht. Sie drückte ihre roten Lippen fest aufeinander, sodass sie teilweise etwas blasser wirkten. Ein schöner Anblick. Doch das war es nicht, das mich zum Lächeln brachte, sondern die Art, wie sich ihr Mund zu einem erstaunten Oh öffnete, als es endlich funktionierte.

So tanzten wir im Schein der untergehenden Sonne. Sie, blind im Vertrauen zu mir und ich, der vergeblich versuchte die Vergangenheit hinter mir zu lassen. Aber es fühlte sich gut an. Zumindest mit der richtigen Partnerin im Arm. Blieb bloß die Frage, ob Norah wirklich die war, die mir über meine Enttäuschung hinweghelfen konnte.

»Das reicht für heute«, beschloss ich und nahm ihr behutsam die Augenbinde ab.

Norah blinzelte einige Male. »Schon?«

»Wir tanzen seit fast zwei Stunden.« Belustigt deutete ich aufs Meer. Nur noch wenige rötliche Streifen waren zu erkennen. Ansonsten spendete uns nur noch die Außenbeleuchtung der Tauch- und Schwimmschule Licht.

»Wir müssen morgen zu Madame Loria und uns anmelden. Ich habe heute angerufen, aber sie bestehen darauf, dich zu sehen.« Entschuldigend zog Norah die Schultern hoch.

»Das habe ich mir bereits gedacht. Joe ist bereits informiert. Wenn du willst, kann ich morgen Vormittag allein hinfahren und alles regeln. Dich kennen sie ja schon, also werden sie von dir nichts mehr brauchen«, schlug ich vor. Ich erkannte die Erleichterung in ihrem Blick.

»Klingt gut.« Sie griff sich ins Haar und zog das Band heraus, sodass ihr die langen, widerspenstigen Locken über die Schultern fielen. Norah stieß einen erleichtert klingenden Laut aus.

»Für den ersten Tag war das nicht schlecht«, lobte ich sie.

»Das war es.« Norah spielte an dem Haargummi, ehe sie aufsah. »Danke noch mal für deine Unterstützung. Das ist keine Selbstverständlichkeit und das sehe ich auch nicht als solche. Das sollst du wissen.«

»Kein Problem. Wirklich nicht.« In dem Moment, in dem ich es aussprach, wusste ich, dass es die Wahrheit war. Es machte Spaß, mit ihr zusammenzuarbeiten. Insgeheim hatte ich mich davor gefürchtet, dass der Schmerz zurückkehren und mich mit in den Abgrund reißen könnte, aber so war es nicht. Vielmehr fühlte es sich wie ein nach Hause kommen an. Nur wurde das gute Gefühl davon überschattet, dass ich ihr gesagt hatte, dass ich schwul sei. Seitdem sah sie mich anders an. Nicht abwertend oder etwas in der Art, aber irgendwie wirkte sie ... enttäuscht. Ich musste dringend mit Joe reden.

»Morgen zur selben Zeit?«, schlug ich vor. Als Norah nickte, lächelte ich. »Soll ich dich noch zu deinem Auto begleiten?«

»Das ist nicht nötig, danke.«

Ich folgte Norah zu den Liegestühlen. Auf einem von denen lag ihre Tasche. Sie zauberte eine Strickjacke hervor und zog sich diese über. »War dir kalt?« Bestürzt betrachtete ich sie.

»Nein, schon gut. Mir ist jetzt nur etwas frisch, wo wir aufgehört haben uns zu bewegen.« Sie lächelte und wirkte nicht, als würde sie lügen. Dennoch hatte ich ein schlechtes Gewissen und nahm mir für den nächsten Tag vor mehr auf ihr Wohlbefinden zu achten. Ich schätzte Norah nicht als Frau ein, die sich beschweren oder etwas sagen würde, durch das das Training unterbrochen werden könnte.

»Hast du damals wegen deiner Partnerin aufgehört?«, fragte sie plötzlich leise. »Du musst nicht darüber reden, wenn du nicht willst«, fügte sie schnell hinzu.

»Schon gut.« Ich verzog das Gesicht und ließ mir etwas Zeit, bevor ich weitersprach. »Eigentlich habe ich es vermisst und wollte weitermachen. Aber zu dem Zeitpunkt hatte ich bereits die Schwimm- und Tauchschule. Ich habe mich in die Arbeit gestürzt und alles um mich herum vergessen. Damit aber auch, eine neue Tanzpartnerin zu suchen.« Nachdenklich starrte ich nach vorn, ohne genau zu realisieren, was vor mir war.

»Das tut mir leid.«

Sofort wandte ich mich Norah zu und lächelte. »Muss es nicht.« Ich zögerte. »Darf ich dir ebenfalls eine Frage stellen?« Sie wirkte misstrauisch, nickte jedoch. »Du hast mir etwas über Intrigen in der Schule erzählt. Was hat es damit auf sich?«

Norah stockte, ehe sie seufzte und sich mit nach vorne gefallenen Schultern auf eine der Liegen setzte. »Eigentlich war das nichts Wildes«, murmelte sie und starrte auf den Sand zu unseren Füßen. »Es war das typische Highschool-Drama. Die Footballer haben versucht so viele Mädchen wie möglich abzuschleppen, die Cheerleader haben über alle regiert. Man musste aufpassen, was man wem anvertraute. Dadurch hatte ich nicht allzu viele Freunde. Irgendwie wundert es mich nicht, dass ich zu keinem mehr Kontakt habe.« Sie lächelte traurig. Mein Herz zog sich schmerzhaft bei ihrem Anblick zusammen. »Ohne Ron wäre ich wohl total aufgeschmissen gewesen. Nun ja. Bis auch er mich sitzen gelassen hat. Irgendwie tun das alle.«

Sofort ging ich vor ihr in die Knie und griff nach ihren Händen. Zaghaft sah sie mir in die Augen. Ernst begegnete ich ihrem Blick. »Wir stehen das gemeinsam durch«, versprach ich leise. Mein Griff wurde etwas fester. Ich hoffte, ihr damit irgendwie zu Verstehen zu geben, dass ich es ehrlich meinte. »Du kannst auf mich vertrauen.«

Ein zaghaftes Lächeln schlich sich auf ihre Lippen. Beim Anblick der winzigen Tränen in ihren Augen wurde mir jedoch schlecht.

»Danke, Mika«, hauchte sie. Daraufhin entzog sie sich mir und stand auf. Sie räusperte sich. »Bis morgen.« Sie griff nach ihrer Tasche und stockte, ehe sie mich kurz umarmte und sofort losging, bevor ich die Geste erwidern konnte.

»Bis morgen«, hauchte ich, ohne zu wissen, ob sie es gehört hatte. Mein schlechtes Gewissen verstärkte sich. Sie hatte sich Hoffnungen gemacht und jetzt schien sie nicht mehr zu wissen, wie sie sich mir gegenüber benehmen sollte. Das tat mir leid. Ziemlich sogar. Aber es ließ sich nicht mehr ändern.

Ich wartete, bis ich sie nicht mehr sehen konnte, bevor ich zur Tauchschule ging. Dort prüfte ich, ob wirklich alle Türen verschlossen waren, ehe ich mir meine Sachen schnappte und in die entgegengesetzte Richtung den Strand entlangging, bis ich auf meinem Grund und Boden ankam. Ein kleiner Garten und ein kleines Häuschen, das die reichen Besucher wohl mehr als Ferienhaus angesehen hätten. Mit den Fenstern, die vom Boden bis zur Decke gingen, war das Wohnzimmer am Tag lichtdurchflutet. Aber auch die anderen Zimmer waren hell, weshalb die Pflanzen, die ich im Laufe der Zeit gekauft hatte, prächtig wuchsen. Doch heute hatte ich dafür keinen Blick.

Stattdessen dachte ich an Norah, als ich frisch geduscht im Bett lag, bevor ich einschlief. Selbst beim Aufwachen war sie es, die mich mental begleitete. Das änderte sich auch nicht, während ich mich fertig machte und zur Tauchschule ging, um die Tür für die ersten Gäste zu öffnen. Sie geisterte noch immer in meinem Kopf herum, als ich Eltern unsere Konditionen erklärte oder mit Joe die Geräte überprüfte. Gleichgültig, was ich tat: Norah war mit dabei.

»Mika, was ist los mit dir?« Joe trat zu mir und schlug mir auf die Schulter. Ich kam soeben von der Tanzschule zurück, wo ich mich erfolgreich vorgestellt und angemeldet hatte.

Ertappt fuhr ich zusammen und warf meinen Rucksack in die Ecke, in dem meine Unterlagen zu meiner tänzerischen Karriere ordentlich abgeheftet waren. »Nichts.«

Joe zog eine Augenbraue hoch. »Du läufst seit heute Morgen herum, als wärst du auf Notprogramm. Bist du krank?«

»Nicht dass ich wüsste.« Mir war unbehaglich zumute. Natürlich war mir klar, dass ich wegen Norah nicht so konzentriert war wie üblich, aber dass es so auffällig war, hatte ich nicht geahnt.

Mein bester Freund wirkte nicht überzeugt. Er musterte mich mit skeptischer Miene, bevor er mit einem Kopfnicken in Richtung Eingang deutete. »Du wirst erwartet.«

Verwundert ging ich in den Rezeptionsbereich und warf noch im Gehen einen Blick auf die Uhr. »Hi«, grüßte ich erstaunt die attraktive Frau, mit der ich erst am Abend gerechnet hatte.

»Sorry, ich weiß, dass ich zu früh bin.« Norah trat von einem Bein aufs andere. Ihr Haar trug sie halb offen, halb geflochten. Eine Strähne hatte sich in ihr Gesicht verirrt, aber sie schien es nicht zu bemerken.

»Schon gut. Ich kann Joe fragen, ob ich gleich wegkann, aber ein, zwei Dinge muss ich zuerst erledigen. Wenn du willst, kannst du hier warten.«

»Eigentlich bin ich wegen etwas anderem hier«, gestand sie. Sie war süß, wie sie dastand und mich mit großen Augen ansah. Wie ein scheues Reh.

»Ach ja?« Ich lehnte mich mit den Unterarmen gegen den Tresen und beugte mich weiter vor.

Norah schluckte und leckte sich über die Lippe, aber sie wich nicht zurück. »Gibst du häufiger Erwachsenen Schwimmunterricht oder bist du eher auf Wassersport und Kinder spezialisiert?« Ihre Wangen wurden wieder rosig. Ein Schimmer, kaum zu sehen und doch vorhanden. Es gab ihr einen jugendlichen Glanz und schmeichelte ihrem Teint.

»Natürlich«, antwortete ich verwundert, bis ich verstand, was sie meinte. »Oh.«

»Oh?« Sie umklammerte die Träger ihrer Strandtasche.

»Wir haben ein ganzes Team von Lehrern, du kannst dir also jemanden aussuchen, wenn du es dir anders überlegt hast.« Ich biss mir auf die Zunge, schließlich ahnte ich, worauf sie hinauswollte. Insbesondere, weil sie mich anstarrte, als wäre ich schwer von Begriff.

»Nein, schon gut. Ich würde gern bei dir Unterricht nehmen. Zumindest, sofern dein Angebot weiterhin steht.«

Ja. Nein. Vielleicht. Allein der Gedanke daran, ihr nah zu sein, während sie lediglich einen Bikini trug, brachte mich in eine Zwickmühle. Eigentlich war es mir egal, wer was trug. Bei ihr hingegen machte es mich seltsam nervös. Ich wunderte mich insgeheim, dass ich während des Unterwasserhockeys so gelassen geblieben war. Obwohl mir die Vernunft also sagte, dass es besser wäre, ihre Bitte abzulehnen, nickte ich. »Klar. Sofern du Schwimmsachen dabeihast, können wir in einer halben Stunde anfangen. Den Papierkram kann ich morgen erledigen.« *Falsche Antwort, Mika.*

»Cool.« Norah lächelte mich so strahlend an, dass ich gar nicht anders konnte, als es zu erwidern, und das, obwohl in mir ein Sturm tobte. »Ich hatte insgeheim hofft, dass du zustimmst. Ich habe alles Notwendige dabei.« Sie klopfte gegen die Tasche. Meine einzige Antwort war ein schlichtes Nicken, was sie genauso zu verunsichern schien wie die Situation mich. Dabei verstand ich nicht einmal, wo mein Problem lag.

Aus dem Augenwinkel nahm ich eine Bewegung wahr und als ich dorthin sah, fand ich mich in meiner Vermutung bestätigt: Joes Gesicht tauchte am Fenster auf. Er musste durch einen Seitenausgang nach draußen gegangen sein. Dankbar für die Ablenkung wandte ich mich von Norah ab. »Ich muss eben mit Joe reden. Wenn du willst, kannst du dich schon mal umziehen.«

Ohne auf eine Antwort zu warten, verließ ich den Raum und ging auf meinen besten Freund zu. Wasser tropfte von seinen Haarspitzen zu Boden oder perlte von seiner gebräunten Haut ab, während er vor fünf Minuten noch staubtrocken gewesen war. Bei diesem Anblick wundert es mich nicht, dass er der Liebling vieler Frauen war.

»Du bist der Einzige, der es schafft, sich ständig vom Bürodienst davonzustehlen«, kommentierte ich sein Erscheinungsbild und grinste.

»Na ja, ich kann schlecht dabei zusehen, wie eins der Mädels Probleme mit dem Surfbrett hat.« Joe zwinkerte mir zu und deutete zu der aktuellen Surfschülergruppe von Clarisse, die sich im Gänsemarsch näherte.

»Ihr wisst wohin damit«, rief Joe den anderen zu und klopfte gegen sein eigenes Surfbrett. Das Grinsen verging ihm, als er zu mir sah. »Ist etwas mit Norah? Will sie doch nicht mehr mit dir tanzen, weil sie verstanden hat, dass du zwei linke Füße hast?«

»Haha, guter Witz.« Ich verdrehte die Augen. »Nein, darum geht es nicht. Sie möchte Schwimmstunden haben.«

Joe runzelte die Stirn. »Und das ist schlimm, weil ...?«

Als er mich ratlos musterte, fügte ich mit Nachdruck »Bei mir« hinzu.

»Alter, ich versteh dein Problem nicht. Sie ist doch heiß? Außerdem tanzt ihr miteinander. Was soll im Wasser großartig anders sein?« Joe sah an mir vorbei. Ich widerstand dem Drang, mich umzudrehen und es ihm gleichzutun.

»Im Wasser ist viel nackte Haut«, murmelte ich.

»Du leitest eine Tauch- und Schwimmschule. Seit wann stört dich das?« Doch dann lachte er laut los. »Du stehst auf sie?«

»Scht, sei ruhig«, zischte ich ihm warnend zu. Dieses Mal warf ich einen Blick über die Schulter, aber Norah schien noch immer drinnen zu sein. Erleichtert atmete ich auf und warf Joe einen finsteren Blick zu.

»Wo genau ist jetzt dein Problem?« Joe grinste von einem Ohr zum anderen. »Ich mein, bekommst du keinen mehr hoch oder was? Du bist bestimmt etwas eingerostet. Das letzte Mal muss Jahre her sein«, stichelte er. Immerhin einer von uns hatte seinen Spaß.

»Sie denkt, dass ich auf wen anderes stehe«, entgegnete ich leise.

Joe zog eine Augenbraue hoch. »Aha? Auf wen denn?« Als ich nicht direkt antwortete, wurde er ernster. »Mika, was hast du jetzt schon wieder angestellt?«

Ich trat von einem Bein aufs andere. Obwohl ich ein erwachsener Mann war, der die ein oder andere ernste Beziehung hinter sich hatte, fühlte ich mich in diesem Moment wie mein damaliges, vierzehnjähriges Ich, das zum ersten Mal verknallt war.

»Erde an Mika, bist du noch da?« Joe fuchtelte mit der Hand vor meinem Gesicht herum. Verärgert stieß ich diese weg.

»Auf dich«, presste ich widerstrebend hervor und verspürte eine gewisse Genugtuung, als Joe sämtliche Gesichtszüge verrutschten.

»Sag das noch mal.« Entsetzen zeichnete sich auf seiner Miene ab.

Ich straffte die Schultern und sah ihm direkt in die Augen. »Norah glaubt, dass wir beide ein Paar sind. Sie denkt, ich wäre schwul.«

»Oh, Fuck.« Joe verzog das Gesicht. »Wie kommt sie auf diese Idee?«

»Ich wollte sie nicht vor den Kopf stoßen, nachdem sie mich geküsst hat.«

»Das hat ja hervorragend funktioniert.« Joe schnitt eine Grimasse. »Und eine andere Ausrede ist dir nicht eingefallen?«

»War nicht meine intelligenteste Aktion«, gestand ich.

»Kannst du wohl laut sagen. Puh, endlich verstehe ich, warum du dich so anstellst.« Als ich ihn fragend ansah, verdrehte Joe die Augen. »Na, du stehst auf sie, hast sie aber belogen. Jetzt kommst du aus der Sache nicht mehr so leicht raus, ohne dir ein Eigentor zu schießen.«

»Nein«, protestierte ich eine Spur zu schnell und wusste im selben Augenblick, dass er recht hatte. Mein Gesicht prickelte erst heiß, dann kalt, dann wieder heiß, während meine Atmung schneller ging. »Fuck.«

»Kannst du wohl laut sagen.« Joe klopfte mir auf die Schulter. »Rede mit ihr in einer ruhigen Minute. Vielleicht irre ich mich und sie wird es doch verstehen.«

»Vielleicht.« Ich nahm es mir fest vor, auch wenn ich nicht wusste, wie ich das Gespräch beginnen sollte.

»Geh schon. Ich übernehme deine Tauchstunde.«

»Danke, ich bin dir was schuldig.« Ich wandte mich ab und ging in Richtung Eingang. Doch dann hörte ich, wie Joe meinen Namen rief. Während ich stehen blieb und mich zu ihm umdrehte, überkam mich das Gefühl, als würde mir jemand Zement in den Magen gießen.

Joe streckte den Arm aus und hob den Daumen. »Versau es nicht.«

Kapitel 8

Norah

»Wir müssen reden.«

Verwundert sah ich auf. Ich kam gerade aus der Dusche und schlang die Arme um den Oberkörper, weil ich fror. Leider war das bei Frauen etwas unpraktisch, denn durch die Oberweite war leicht zu sehen, wenn uns kalt war. Schrecklich, diese verfluchten Körper. »Worum geht es?« Ich wartete nicht, bis Mika bei mir ankam, sondern durchquerte die letzten Meter bis zum Schwimmbecken und setzte mich an den Rand, bevor ich mich ins Wasser gleiten ließ. Immerhin konnte er so meine Gänsehaut nicht mehr sehen.

»Es gibt etwas, das ich dir beichten muss«, begann Mika und blieb stehen.

»So wie du klingst, wirkt es ernst.« Mein Herz schlug schmerzhaft schnell. Unsicher drehte ich mich und hielt mich am Rand fest. Das Gefühl von Angst breitete sich in mir aus. Davor, dass er es sich anders überlegt hatte und ich doch wieder ohne Tanzpartner dastand.

Als er nicht reagierte, kaute ich auf meiner Unterlippe rum, bis ich es nicht mehr aushielt. »Hat es etwas mit der Tanzschule zu tun?« Die Frage klang selbst in meinen Ohren atemlos und zittrig.

»Nein, darum geht es nicht. Ich habe mich heute wie versprochen angemeldet.« Mika sah mich unschlüssig an, bevor er sich abrupt abwandte, sich das Shirt über den Kopf zog und in Richtung der Duschen verschwand.

Ungläubig sah ich ihm hinterher. Einerseits war ich erleichtert, andererseits verwirrte mich sein Auftreten. Erst eröffnete er mir, dass wir reden mussten und dann ging er weg. Wie ein Lehrer, der die korrigierten Klausuren dabeihatte und sie sichtbar auf das Pult legte, um sich abzuwenden und mit dem Unterricht zu beginnen. Qual pur.

Ich schüttelte den Kopf, bevor ich mich abwandte und mich mit Kraft vom Rand abstieß. Sofort zog ich die Arme gerade über den Kopf und ließ mich treiben, bevor ich mit dem Brustschwimmen anfing. Die Bewegung tat gut. Zwar lenkte sie mich nicht in der Form ab, wie ich es mir gewünscht hätte, aber der Übelkeit erregende Knoten in meinem Magen löste sich zumindest ein kleines Stückchen.

Langsam, wie ich war, hatte ich erst eine Bahn hinter mich gebracht, als ich Schritte hörte. Während ich weiterschwamm, warf ich einen Blick über die Schulter und sah, wie Mika aus den Badelatschen stieg, bevor er am Beckenrand entlang zu mir kam. Er trug nichts außer einer dunkelblauen Badeshorts, wodurch ich eine sehr gute Aussicht genießen durfte. Er sah heiß aus. Verdammt. Ich schluckte trocken, blickte wieder nach vorn und konzentrierte mich auf meine Bewegungen. Zeitgleich bekam ich seinen Anblick nicht mehr aus dem Kopf. Er könnte glatt mit den Kerlen auf diesen Kalendern für Frauen mithalten. Ich linste so unauffällig ich konnte zu ihm, während ich mich in einem deutlich langsameren Tempo als zuvor bewegte. Insgeheim wunderte ich mich, dass ich nicht wie ein Stein unterging. Je näher er kam, desto besser erkannte ich die definierte Muskulatur. Ästhetisch und geschmeidig. Anders konnte ich seine Bewegungen nicht beschreiben.

»Alles in Ordnung? Du sahst eben aus, als hättest du ein Gespenst gesehen.« Mika zog eine Augenbraue hoch und ich spürte, wie Hitze in meine Wangen stieg. Mir schien, als würde er wissen, woran ich gedacht hatte.

»Ja«, stotterte ich und war dankbar dafür, dass mir die Kinnlade nicht runtergeklappt war. Vermutlich hätte es nicht mehr viel gebraucht und ich hätte angefangen zu sabbern. »Ich hatte für einen Moment Angst davor, plötzlich doch allein dazustehen«, gestand ich nach kurzem Zögern.

Mika betrachtete mich nachdenklich. »Du kannst dich auf mich verlassen. Das weißt du hoffentlich.«

»Es fällt mir schwer, aber ich gebe mein Bestes. Weißt du noch, als ich dir von früher erzählt habe? Ich hatte damals nur Ron und sonst niemanden. Immer dachte jeder an Konkurrenz und nicht an Freundschaft. Die Mädels haben sich gegenseitig fertiggemacht und die Jungs haben uns meistens nur als Objekte gesehen.«

»Das tut mir leid«, flüsterte Mika. Er hielt inne, bevor er lächelte. »Jetzt bist du hier. Du kannst auf mich zählen. Versprochen.«

»Danke«, hauchte ich. »Das weiß ich zu schätzen.« Das wusste ich wirklich. Er ahnte nicht, wie viel mir seine Freundschaft bedeutete. Zwar fiel es mir nicht immer leicht, mich emotional zu öffnen, aber ich gab mir Mühe. Für ihn. Für mich. Für uns. Denn die Zeit damals war Vergangenheit. Das Lästern, die Bauchschmerzen, all die Tränen. Heute konnte ich mit Stolz auf den Weg zurückblicken, den ich derartig steinig hinter mich gebracht hatte.

»Wenn ich das richtig gesehen habe, kannst du durchaus schwimmen.« Mika trat an den Beckenrand.

Erst jetzt erkannte ich, dass Wasserperlen seine Haut benetzten. Ohne weiter Zeit zu verlieren, sprang er mit einem eleganten Kopfsprung ins Wasser und tauchte einige Meter weiter wieder auf. Sofort schwamm er mit kräftigen Zügen auf mich zu. »Also?«

»Also was?« Ich starrte ihn an. Das von seiner Haut abperlende Wasser, die nassen Strähnen, die ihm im Gesicht klebten.

»Wie kann ich dir helfen?« Belustigung spiegelte sich auf Mikas Miene wider und die Hitze in meinen Wangen verstärkte sich.

»Nun.« Ich räusperte mich. »Wie du unschwer gesehen hast, kann ich zwar etwas schwimmen, aber nicht gut genug, um mit den Wellen klarzukommen.«

Mika nickte. »Verstehe.« Mehr sagte er nicht.

Mir wurde peinlich bewusst, dass er interessiert mein Gesicht musterte. Vielmehr vermutete ich, dass er die Farbe beäugte. Mühsam rang ich den Reflex nieder, mir die Hände vor das Gesicht zu halten oder mich hinter meinem Haar zu verstecken.

»Wolltest du nicht mit mir über irgendetwas sprechen?«, fragte ich, um der stillen Musterung zu entgehen.

Mikas Lippen verzogen sich zu einem Grinsen. »Ja. Ich habe eine Überraschung für dich.« Als er dies sagte, fingen seine Augen zu leuchten an. »Heute Abend werden wir nicht einfach nur tanzen, sondern an unserer Haltung arbeiten.«

Erleichterung durchflutete mich. Als mir die Tragweite seiner Worte bewusst wurde, stockte ich.

»Was genau meinst du damit?« Misstrauisch runzelte ich die Stirn. Das Bild einer Stripstange schoss mir in den Kopf. Meine Wangen wurden noch heißer. Im Grunde genommen wäre das eine verdammt gute Möglichkeit, um an der Körperhaltung zu arbeiten und Muskeln zu stärken, die sonst selten in Gebrauch waren, aber allein die Vorstellung sorgte dafür, dass ich mich schämte.

»Lass dich überraschen.« Mika grinste verschwörerisch. Statt näher darauf einzugehen, bedeutete er mir mit einem Kopfnicken, ihm zu folgen. »Wir schwimmen ein paar Runden. Dann kann ich mir ein besseres Bild machen.«

Ich spielte mit dem Gedanken, weiter nachzubohren. Aber ich spürte, dass ich Mika vertrauen konnte, also ließ ich es bleiben und genoss das prickelnde Gefühl der Neugierde. Dann folgte ich seiner Anweisung und schwamm los. »Willst du mir nicht lieber etwas über deine Einsätze als Rettungsschwimmer erzählen?«, fragte ich zuckersüß, sah zu ihm und klimperte mit den Wimpern.

»Sieh nach vorn und schwimm. Versuch gar nicht erst mich abzulenken. Das klappt nicht.« Mika zwinkerte mir mit einem frechen Grinsen auf den Lippen zu.

Ich stöhnte theatralisch, ehe ich mich konzentrierte und mit mehr Mühe weiterschwamm.

Die ersten zwei Bahnen brachten wir gemeinsam hinter uns. Dabei war Mika mal neben, vor oder hinter mir. Jede meiner Bewegungen schien er haargenau aufzunehmen. Danach verließ er das Becken und beobachtete mich aus der Vogelperspektive. Die gesamte Zeit über schwieg er. Doch dann, als ich meine vierte Bahn hinter mich gebracht hatte, begann er mich zu korrigieren. »Arme mehr strecken. Versuch die Beine fest zusammenzudrücken. Vergiss nicht die Finger immer fest zusammenzuhalten.«

Ich gab mir die größte Mühe, das zu tun, was er sagte, aber je mehr Dinge ich beachten musste, desto überforderter wurde ich. Als ich die gefühlt hundertste Bahn hinter mir hatte, hörte ich ein Platschen. Ehe ich mich's versah, war Mika bei mir und bat mich, ihm zum flachen Teil des Beckens zu folgen. Wieder schwamm er seitlich neben mir her und musterte mich. Dabei sah er so kritisch drein, dass ich das Gefühl hatte, als würde er versuchen jeden meiner Makel an die Oberfläche zu locken.

»Halt dich am Rand fest.« Er stand auf, sodass ihm das Wasser bis zur Brust reichte. Artig tat ich, wie mir befohlen. Unterdessen trat Mika etwa anderthalb Meter hinter mich. »Stütz dich am besten mit den Unterarmen auf den Fliesen ab und streck mir deine Beine entgegen. Nicht erschrecken, wenn ich dich gleich berühre.«

Seine Vorwarnung ließ mich erschauern. Allein der Gedanke, seine Haut auf meiner zu spüren, brachte mein Innerstes zum Beben. Ich schob die Gedanken zur Seite und strampelte mit den Beinen, bis ich mich in Bauchlage befand. Wenig später spürte ich, wie sich Mikas Finger um meine Fußgelenke legten. Das Wasser geriet in Bewegung, als er die Position wechselte, aber das störte mich nicht. Ich hatte den Kopf weit genug oben, sodass mir nichts ins Gesicht schwappte.

»Grundsätzlich ist deine Technik richtig«, erklärte Mika, während er den Brustbeinschlag simulierte, indem er meine Beine zusammenführte, ehe er sie unter mich schob und dann auseinanderzog. Sofort spannte ich die Arme an, damit ich nicht nach vorne gedrückt wurde. »Aber du musst mehr Kraft aufbringen. Merkst du es?«

Sofort spürte ich einen Unterschied zu der Bewegung, die ich immer tat. Er drückte meine Knie leicht unter meinen Körper, bevor er einen Beinschlag durchführte, der erst ein Ende fand, als meine Beine wieder aufeinandertrafen. Allein dadurch kostete es mich mehr Anstrengung, nicht gegen die Fliesen zu knallen.

»Die Füße musst du am Ende ausstrecken«, fügte Mika geduldig hinzu. Seine Finger strichen über meine Haut bis zu meinen Zehen. Behutsam hielt er mich dort fest und zeigte mir, wann sie gestreckt und wann eingezogen zu sein hatten. Jede seiner Berührungen war fest genug, um nicht abzurutschen, zugleich aber so sanft, dass es nicht wehtat. Im Gegenteil. Es prickelte angenehm. Mir fiel auf, dass seine Handinnenflächen warm waren, obwohl das Wasser recht kühl war.

Er wiederholte den Beinschlag einige Male und blieb dabei hinter mir. Nicht ein einziges Mal rutschten seine Hände an andere Stellen. Orte, die unsittlich gewesen wären, insbesondere, da ich nur einen Bikini trug. In Anbetracht seiner Sexualität war das nicht verwunderlich, auch wenn ein winziger Funke in mir drin noch immer hoffte, dass er mich lediglich auf den Arm genommen hatte.

»Jetzt versuch es allein.«

Ich nickte. »Okay.«

Als ich Anstalten machte, loszuschwimmen, stellte sich mir Mika in den Weg. Er hob amüsiert eine Augenbraue. »Wo willst du hin?«

Irritiert sah ich in seine hypnotisierenden Iriden. »Ähm ... sollte ich nicht schwimmen?« Meine Wangen fühlten sich aufs Neue heiß an, als mir bewusst wurde, dass ich stotterte.

Doch Mika ging nicht darauf ein, sondern lächelte keck. »Erst mal am Rand, kleine Nixe«, neckte er mich.

»Bin ich fünf?« Ich schmunzelte.

»Nein, du bist sieben.« Er zwinkerte mir zu, bevor er auffordernd nickte.

Artig wiederholte ich die Übung und setzte seine Korrekturen, so gut es mir möglich war, um. Hin und wieder verbesserte er mich. Mal verbal, mal unterstützend, bis er zufrieden wirkte. »Jetzt die Arme«, forderte er mich sanft auf.

Als ich in die vor Vorfreude leuchtenden Augen meines Lehrers sah, wurde mir flau im Magen. »Oh, Oh.« Ich ahnte, was kommen würde.

Leider behielt ich recht, denn als Mika das Becken verließ, um tropfend in einem Raum zu verschwinden, kam er wenig später mit einem Schwimmbrett zurück. »Hier.« Er warf es in meine Richtung, wo es platschend auf dem Wasser liegen blieb. »Zwischen die Beine damit.« Er grinste. Ich zerlief vor Scham. »Brauchst du dabei Hilfe oder kennst du das von dem Schwimmunterricht in der Schule?« Er zwinkerte mir zu.

»Klar kenne ich die Teile noch«, murmelte ich und schnappte mir das Brett. Ich schwamm damit zum Rand. Mit einer Hand hielt ich mich fest, während ich mit der anderen das schreckliche Teil zwischen meine Waden schob. Ich legte die Füße über Kreuz, damit ich mehr Kraft hatte, um die Schwimmhilfe festzuhalten. Wie von selbst glitt ich in Bauchlage, wobei mein Gesicht kurz unter Wasser tauchte, bevor ich es schaffte, mich mithilfe meiner Hände wieder oberhalb der nassen Fläche zu halten. Hilflos schwamm ich mit hektischen Armzügen.

»So muss sich eine Robbe auf Glatteis fühlen«, murmelte ich.

»Robben stellen sich besser an«, neckte mich Mika.

Als ich ihm einen bösen Blick zuwarf, tauchte ich prompt mit dem Oberkörper unter. Hektisch strampelte ich mit den Armen und fühlte mich nicht länger wie das süße Säugetier, sondern wie ein paddelnder Hund.

Mika lachte nicht, wofür ich ihm sehr dankbar war. Ein kurzer Seitenblick verriet, dass er betont ernst dreinsah. Doch das Zucken seiner Wangenmuskeln verriet, dass er nur mir zuliebe nicht loslachte, wofür ich ihn gleich noch mehr mochte.

In dem festen Vorsatz, zumindest eine Bahn zu schaffen, schwamm ich wieder los. Zumindest versuchte ich es. Kaum dass ich ein paar Meter gekommen war, ging ich unter und schaffte es nicht mehr hoch. Erschrocken öffnete ich den Mund, als ich reflexartig nach Luft schnappte, wobei die Schwimmhilfe nach oben schoss. Blöd nur, dass da kein Sauerstoff war, den ich hätte einatmen können. Mit brennenden Lungen tauchte ich auf und hustete. Tränen liefen mir über die Wangen, zumindest glaubte ich es, weil meine Augen brannten.

»Alles in Ordnung?« Mikas Arm legte sich plötzlich um meine Taille. Er zog mich mit sich an den Rand, an den ich mich sofort klammerte und noch heftiger hustete. Behutsam klopfte mir Mika auf den Rücken, damit ich wieder Luft bekam.

»Ja«, krächzte ich peinlich berührt.

»Das war für den Anfang doch gar nicht mal so schlecht«, lobte mich Mika, obwohl es keinen Grund dafür gab.

»Hau schon raus damit. Ich weiß, dass das dumm aussah. Es wäre nur gerecht, wenn du mich auslachst«, murmelte ich und seufzte.

»Es gibt keinen Grund, dich auszulachen.« Mika legte mir den Zeigefinger unter das Kinn und zwang mich ihn anzusehen. Er blickte mich ernst an. »Immerhin wissen wir jetzt, dass es nicht die Technik an sich ist, die dir Schwierigkeiten bereitet, sondern die Wasserlage. Das ist doch schon mal hervorragend.«

»Ich bin keine fünf mehr, Mika. Das Ganze hier sollte mir besser gelingen. Stattdessen könnte mich ein Erstklässler übertrumpfen.« Niedergeschlagen drückte ich seine Hand weg und wandte mich ab.

»Sieh mich bitte an, Norah.« Mika wartete, bis ich es widerstrebend tat. Erst dann sprach er weiter. »Wenn ich singen würde, würdest du schreiend davonlaufen.«

Irritiert runzelte ich die Stirn. »Was hat das damit zu tun?«

»Viele Kinder können jetzt schon besser den Ton halten als ich«, erklärte er ernst. »Es gibt immer etwas, das erst gelernt werden muss, dass jemand besser kann oder auch nicht. Aber das ist kein Grund, sich zu schämen oder sich über jemanden lustig zu machen. Du kannst nicht so gut schwimmen, okay. Dafür bist du eine hervorragende Tänzerin, was kaum einer von sich behaupten kann. Jeder Mensch ist auf seine Art etwas Besonderes. Wenn jeder in allem gleich perfekt wäre, wäre das Leben langweilig.«

Ich starrte Mika an, während sich Tränen in meinen Augen bildeten. Schnell blinzelte ich diese weg. »Danke«, hauchte ich.

»Nicht dafür.« Mika winkte ab, bevor er breit zu grinsen anfing. »Jetzt können wir gemeinsam daran arbeiten, dass du besser im Wasser gleitest. Was bedeutet, dass dein Oberkörper zu tief ins Wasser sinkt. Wenn wir das verhindern können, wird dich keiner mehr aus dem Wasser retten müssen.«

Ursprünglich hatte ich den Unterricht an dieser Stelle beenden wollen, aber Mika war so enthusiastisch, dass ich mir einen Ruck gab und weitermachte.

Immer und immer wieder verlor ich das Schwimmbrett und schaffte kaum eine halbe Bahn ohne unterzugehen. Doch Mika war geduldig. Zu keiner Zeit gab er mir das Gefühl, unzulänglich oder zu doof zu sein. Stattdessen war es ein intimes, sanftes Unterrichten voller Unterstützung und Verständnis.

Als ich meine erste Bahn ohne Fehler gemeistert hatte, ließ ich erschöpft das Brett los und lehnte mich gegen den Rand.

»Das reicht für heute.« Mika legte mir die Hand auf den Rücken und stützte mich. »Wir wollen schließlich, dass du gleich genug Kraft für das richtige Training hast.« Er zwinkerte mir zu.

Dort, wo er mich berührte, wurde meine Haut angenehm warm. »Jetzt noch?« Ich verzog das Gesicht, nickte aber, obwohl ich das Gefühl hatte, jeden Moment einzuschlafen.

»Komm, raus mit dir. Wenn du magst, kannst du dich auf eine Liege am Strand legen und dich etwas ausruhen. Ich muss etwas im Büro erledigen. Danach machen wir mit dem nächsten Tagespunkt weiter.«

»Alles klar.« Insgeheim war ich mir nicht sicher, ob ich es überhaupt hier rausschaffen würde. Obwohl Schwimmen als erholsamer Sport galt, war ich fertig mit der Welt.

Da die Treppe ins Wasser auf der anderen Seite des Beckens lag und ich nicht glaubte, ohne zu ertrinken noch eine Bahn schwimmen zu können, versuchte ich mich rückwärts auf den Beckenrand hochzuhieven. Vergeblich.

»Komm, ich helfe dir.« Mika umfasste behutsam meine Oberschenkel. Mit den Füßen schien er nach Halt zu suchen. Als seine Zehen dabei über meine Knöchel strichen, wurde mir peinlich bewusst, dass er den Vorsprung unter Wasser suchte, auf dem ich stand und der einmal um das Becken herumführte.

Seine Nähe berauschte mich. Zeitgleich war ich verunsichert. Die Wärme, die er ausstrahlte, durchflutete meinen Körper und erweckte in mir den Wunsch, ihm näher zu kommen.

»Auf drei«, raunte Mika und blickte mir in die Augen. Beinahe vergaß ich, was dann geschehen sollte. Ich öffnete den Mund, bekam jedoch keinen Ton heraus und nickte.

»Eins«, murmelte er und kam mir etwas näher. Noch immer sah er mich an und ließ meinen Blick nicht los. Sein Gesicht war meinem furchtbar nah. Ich bräuchte mich nur nach vorn gleiten zu lassen, um mich in seine Arme zu schmiegen.

»Zwei«, hauchte ich. Meine Stimme zitterte. Dieser Moment sollte niemals enden. Seine Finger auf meiner Haut. Sein Atem auf meinen Lippen. Zwei Seelen, eine Zukunft, die nie sein würde.

Ein Lächeln umspielte Mikas Lippen. Seine Brust stieß kurz gegen meine, als er sich zu mir treiben ließ. Obwohl er viel größer war als ich, waren wir im Wasser auf Augenhöhe. Zumindest fast. Sein Mund war einladend geöffnet, der Atem süß und verlockend. Es fiel mir zunehmend schwerer, ihm keinen Kuss zu stehlen, von seinen Lippen zu kosten und seine Haut zu berühren. Seine Finger wanderten zu meinen Hüften hoch und hinterließen ein elektrisierendes Brennen, das mich schwerer atmen ließ.

Fast glaubte ich, er würde es tun. Würde seine Lippen auf meine drücken und mir beweisen, dass alles nur ein schlechter Scherz gewesen war.

»Drei.«

Plötzlich hob mich Mika hoch und setzte mich auf den Beckenrand. Ehe ich mich's versah, wandte er sich ab und schwamm auf die andere Seite des Beckens. Unterwegs sammelte er das Brett wieder ein, bevor er mit Schwung aus dem Wasser glitt. Tropfend verschwand er in dem Raum, aus dem er zuvor die Schwimmhilfe geholt hatte. Mich ließ er allein zurück, als hätte es den knisternden Moment zwischen uns nie gegeben.

Wie vor den Kopf gestoßen starrte ich auf die angelehnte Tür, auf der in großen Lettern *Lager* stand. Ich wartete und wartete, aber er kam nicht mehr raus. Mit zitternden Knien stand ich auf. Meine Beine fühlten sich wie Wackelpudding an. Doch mir blieb nichts anderes übrig, als mich am Riemen zu reißen und zu den Duschen zu gehen.

Schnell warf ich einen letzten, prüfenden Blick in Richtung des Lagerraumes, aber niemand war zu sehen. Ich traute meiner Stimme nicht, weshalb ich nicht nach Mika rief. Stattdessen trat ich unter die Dusche und quiekte auf, als mich eiskaltes Wasser traf. Zumindest fand ich so die dringend gebrauchte Abkühlung.

Als ich fertig war, war weiterhin keine Spur von Mika zu sehen. Irritiert holte ich aus der Umkleide meine Strandtasche, in die ich meine Kleidung gestopft hatte, und kam wieder zurück.

»Mika?«

Keine Antwort.

Unschlüssig trat ich von einem Bein aufs andere, bevor ich in meine Badelatschen stieg. »Ich geh dann mal nach draußen, ja?« Als ich weiterhin keine Rückmeldung erhielt, zuckte ich mit den Schultern und ging auf den Flur zu. Im Vorbeigehen warf ich einen flüchtigen Blick durch die angelehnte Tür ins Lager, aber der Winkel war ungünstig, sodass ich nichts erkennen konnte. Frustriert kam ich im Empfangsbereich an, wo Joe hinter einem Computer saß und konzentriert etwas durchlas. Als er mich bemerkte, sah er auf.

»Wo hast du denn Mika gelassen? Er schwimmt doch wohl nicht als Wasserleiche im Becken rum, oder?«, witzelte er.

»Nein. Keine Ahnung, wo er ist. Er ist ins Lager gegangen und ist dann verschwunden. Kannst du ihm ausrichten, dass ich draußen auf ihn warte? Bei den Liegen?«

»Klar, kann ich machen.« Joe winkte mir unbekümmert hinterher, ehe ich den angenehm temperierten Raum verließ und in die stickige Hitze Australiens trat.

Kapitel 9

Mika

»Alter, wo steckst du?« Joe betrat das Lager und sah neugierig zu mir. »Norah hat dich schon vermisst.«

Ich hatte mich in eine Ecke des Raumes verdrückt. Wie ein Sechszehnjähriger, der es nicht besser wusste. »Na ja.« Ich verzog das Gesicht. »So sollte ich ihr besser nicht gegenübertreten.« Widerwillig wandte ich mich meinem besten Freund zu, der mich verwundert anstarrte, bevor er laut zu lachen anfing.

»Was habt ihr zwei denn angestellt? Ich dachte, du gibst ihr Schwimmunterricht.« Er grinste breit, während ich mürrisch dreinsah.

»Danke auch«, brummte ich und seufzte. »Eigentlich ist nicht wirklich etwas passiert. Nichts, das das hier entschuldigen würde.« Ich deutete auf meine Badeshorts, die mir plötzlich viel zu eng geworden war. Etwas, womit ich selbst nicht gerechnet hatte.

»Denk einfach an deine Ex oder an deine Mutter mit ihrem neuen Macker. Das hilft.« Joe schien sich prächtig zu amüsieren. Immerhin einer von uns.

»Als hätte ich das nicht versucht«, presste ich verstimmt zwischen zusammengepressten Zähnen hervor. Das schien Joe noch mehr zu erheitern.

»Dann musst du halt auf altmodische Art was dagegen unternehmen.« Er zuckte gelassen mit den Schultern. »Ist schließlich das Natürlichste der Welt, weißt du?«

»Klar, hier im Lager.« Ich fluchte. Das war die reinste Katastrophe.

»Ich geh mich um deine nächste Stunde kümmern und du schaust, dass du dein Problemchen unter Kontrolle bekommst.« Joe nickte mir zu, bevor sein Blick wieder zu meiner Badeshorts glitt. »Immerhin ist es nur ein kleines Problem«, stichelte er und floh aus dem Raum, bevor ich eine meiner Badelatschen nach ihm werfen konnte.

»Mistkerl«, brummte ich und atmete tief durch. Mit geschlossenen Augen dachte ich angestrengt an alle Dinge, die mich anwiderten. Spinnen, von denen es in Australien mehr als genug gab, an meine Mutter mit ihrem neuen Freund, an meine Ex-Freundin. Aber es half nichts. Stattdessen musste ich an Norah denken. An ihr ebenmäßiges Gesicht, an ihr Lächeln und die rosigen Wangen.

»O verflucht.« Ich verzog das Gesicht. Als ich mir vorstellte, wie sie reagieren würde, wenn sie erfuhr, dass ich nicht schwul war, wurde mir schlecht. Mein Herz setzte sogar einen Schlag aus. Zumindest fühlte es sich so an. Der einzige Trost war, dass zumindest das Problem in meiner Hose verschwunden war, sodass ich mich umziehen gehen konnte.

***

Als ich wieder im Büro saß, arbeitete ich die restlichen Unterlagen durch und blickte erst zwei Stunden später auf die Uhr. Ich streckte mich und spürte, wie steif mein Körper aufgrund der starren Sitzposition geworden war. Nein, ich war definitiv kein Büromensch.

Nachdem ich alles fein säuberlich abgeheftet, die Rechnungen adressiert und in Umschläge gesteckt hatte, fuhr ich den Computer herunter. Ich gähnte. Obwohl ich nicht viel getan hatte, fühlte ich mich erschöpft. Ich streckte mich ein letztes Mal, ehe ich den Raum verließ und mich von Joe verabschiedete, bevor ich auf der Suche nach Norah nach draußen ging.

Die Sonne erwärmte noch immer die Luft, aber es war nicht mehr so stickig wie in den vergangenen Tagen. Kinder tobten und lachten am Strand oder im Wasser, während sich ihre Eltern entspannten. Möwen kreischten im Flug und klauten den ahnungslosen Passanten das Eis aus der Hand. Mir war das tatsächlich auch einmal passiert. Seither hatte ich dazugelernt und achtete darauf, dass mir keines dieser Tiere zu nah kam.

Ich schlenderte den Steg entlang und suchte mit dem Blick die Liegen ab. Es dauerte etwas, bis ich Norah fand. Zum einen, weil ich nicht damit gerechnet hatte, dass sie sich sonnen würde, zum anderen, weil sie auf dem Bauch lag und den Kopf von mir abgewandt hatte. Irgendwie hatte ich sie nicht für den Typ Frau gehalten, der sich tatsächlich zwei Stunden lang auf eine Liege werfen würde. Sie hatte ihr Haar hochgesteckt, das im Schein der Sonne heller wirkte. Die Blümchenhandtasche hatte sie so hingestellt, dass sie sich halb unter der Liege befand und schwerer zu stehlen war. Kluge Frau.

Ich grinste und schlich mich lautlos näher, bis ich direkt bei ihr ankam. Langsam ging ich in die Knie, wartete und legte urplötzlich meine Hände auf ihre Seiten, um sie zu kitzeln. »Hab ich dich!«

Sie kreischte auf und schwang sich von der Liege. Dabei streiften meine Fingerkuppen unerwartet ihre Brust. Weich und warm.

»Perversling!«

Irritiert verharrte ich in meiner gebückten Position, bevor ich mich langsam aufrichtete und überfordert auf ein Sommersprossengesicht sah. Norah hatte keine Sommersprossen. Sie hatte auch keine schmalen Lippen oder eine krumme Nase.

»Es … es tut mir leid«, stammelte ich und linste zu der Strandtasche, von der ich angenommen hatte, dass sie nicht oft zu sehen war.

»Ich werde die Polizei rufen«, fauchte die Frau und verschränkte die Arme vor der Brust. Ihr Gesicht wurde rot, die Augen funkelten vor Verärgerung.

»Das lag nicht in meiner Absicht, das schwöre ich Ihnen. Ich habe Sie mit jemandem verwechselt«, versicherte ich und hob entschuldigend die Hände.

»Lügner! Wie können Sie es wagen, sich an wehrlose Frauen heranzuschleichen und sie zu befummeln? Ist das Ihre Masche?« Ihre Stimme überschlug sich. Immer mehr Schaulustige wurden auf uns aufmerksam. Das hatte mir gerade noch gefehlt. Als abgestempelter Lustmolch eine Tauch- und Schwimmschule zu leiten würde nicht sonderlich geschäftsfördernd sein.

»Es tut mir wirklich leid«, versicherte ich erneut und versuchte das zunehmende Unwohlsein zu unterdrücken.

»Er hat bestimmt nach mir gesucht.« Norahs helle Stimme erklang hinter mir.

Als ich mich zu ihr umdrehte, atmete ich erleichtert auf. Tatsächlich hatten beide Frauen die gleiche Strandtasche. Beim näheren Hinsehen waren die Bikinis unterschiedlich, aber von hinten hatte ich lediglich die roten Verschlüsse und Träger sehen können.

»Das würde ich jetzt auch behaupten«, keifte die Frau, obwohl sie nicht mehr ganz so wütend wirkte. Im Gegenteil. Interessiert musterte sie Norah von oben bis unten. Ein angedeutetes Lächeln schlich sich auf ihre Lippen. Anscheinend gefiel ihr die Vorstellung, mit einer zierlichen, schönen Frau wie Norah verwechselt zu werden.

»Sehen Sie sich ihn doch an. Glauben Sie, dass ein Mann wie er keine Angebote bekommt?«, fragte Norah und zog eine Augenbraue hoch.

Ein Mann wie ich? Neugierig sah ich zu meiner Tanzpartnerin. Zu gern würde ich wissen, wie sie mich sah.

»Vielleicht gibt ihm das ja einen Kick«, nörgelte die Frau und kniff die Augen leicht zusammen.

»Das glaube ich kaum«, entgegnete Norah trocken. »Er interessiert sich nicht für Frauen.«

Als würde das einen Freifahrtschein darstellen, wandte sich die Fremde erstaunt mir zu. »Stimmt das?«, fragte sie verwundert. Da ich vor Norah nichts anderes tun konnte, als zu nicken, wirkte sie auf einmal versöhnlich. »Achso. Ja, okay. Dann ist ja gut.« Ohne noch mehr Zeit mit mir zu verschwenden, wandte sich die Frau ab und setzte sich zurück auf ihre Liege.

»Danke«, flüsterte ich Norah zu und bemerkte, dass wir von einigen Passanten beobachtet wurden.

»Schon okay. Das nächste Mal solltest du aufpassen, mit wem du mich verwechselst.« Sie zwinkerte mir zu. Belustigung spiegelte sich auf ihrer Miene wider.

»Werde ich«, brummte ich und verzog das Gesicht.

Sie stellte die Tasche vor sich ab und zog eine Shorts und ein Top hervor. Sie schlüpfte nacheinander in beides, bevor sie den Verschluss wieder zur Seite schob. Schuhe holte sie keine heraus. »Was steht jetzt an?«

Erst sah ich Norah irritiert an, bis ich mich daran erinnerte, welche Notlüge ich ihr aufgetischt hatte und das nur, um ihr nicht zu offenbaren, dass ich sie angelogen hatte. Klasse. Das wurde immer besser. Ich log, um andere Lügen zu vertuschen. Als ich nicht sofort reagierte, zog Norah die Augenbrauen zusammen.

»Stimmt, meine Überraschung.« Ich dehnte die Worte, zog sie in die Länge und dachte in den gestohlenen Sekunden darüber nach, was ich ihr anbieten könnte. Bevor sie etwas sagen konnte, grinste ich breit, weil mir eine Idee kam. »Du wirst festes Schuhwerk brauchen.«

Ich hatte ihre Neugierde geweckt. Das sah ich in ihren Augen, die zu leuchten anfingen. Zwar erkannte ich noch einen letzten Rest Misstrauen in ihrem Mienenspiel, aber das störte mich nicht. Stattdessen bedeutete ich ihr mir zu folgen und schlenderte zurück zur Schule. Doch ich ging nicht rein, sondern steuerte auf die Rückseite des Gebäudes zu. Bevor ich um die Ecke bog, blieb ich kurz stehen und bat Norah zu warten. Dann huschte ich zum Hintereingang und marschierte ins Lager. Dort holte ich alle notwendigen Utensilien, bevor ich wieder nach draußen trat. Ich sah gerade noch, wie sich Norah die Schuhe zuband.

»Was ist das?« Sie musterte den Karton in meiner Hand neugierig.

Doch statt ihr zu antworten, ging ich los und bedeutete ihr mit einem Nicken, dass sie mir folgen sollte. Da die Tauch- und Schwimmschule nahe der Strand-Parkplätze lag, befand sich unweit dahinter auf einer Anhöhe eine größere Wiese mit hochgewachsenen Bäumen. Dort legte ich die Sachen ab. In aller Ruhe holte ich die Slackline heraus. Die scheinbar zufällig auf der Wiese liegenden Teppiche hob ich hoch und lehnte sie zuerst gegen die Rinde, bevor ich das Seil drum herumspannte. Denselben Vorgang wiederholte ich am gegenüberliegenden Stamm. Dies diente zum Schutz der rauen Oberfläche.

»Ist das nicht eins der Seile, über die jemand balancieren kann?« Norah trat näher und betrachtete die einen Meter über dem Boden hängende Apparatur.

»Doch, das ist es.« Ich zwinkerte ihr zu. »Wir trainieren gemeinsam unseren Gleichgewichtsinn.« Ein letztes Mal prüfte ich, ob alles fest und straff genug war, bevor ich mich auf das Seil schwang und mich langsam aufrecht hinstellte. Barfuß, wohlbemerkt.

»Warum sollte ich Schuhe anziehen, wenn du keine anhast?« Norah kam näher, blieb jedoch weit genug entfernt, damit ich nicht auf sie drauffiel, wenn ich stolpern sollte.

»Weil ich nicht weiß, wie zart besaitet deine Füße sind.« Ich zwinkerte ihr frech zu, woraufhin sie lachte.

»So schlimm steht es nicht um mich«, entgegnete sie belustigt. Doch so amüsiert sie klang, so interessiert beobachtete sie, wie ich Schritt für Schritt auf die andere Seite balancierte. Sämtliche Muskeln in meinem Körper waren angespannt. Obwohl ich mich bemühte nach außen hin locker und entspannt zu wirken, bebte ich innerlich.

Als ich am gegenüberliegenden Baum ankam, ging ich in die Knie. Auch wenn es einfach aussah, kostete es mich jede Menge Konzentration, in die Hocke zu gehen, ohne das Gleichgewicht zu verlieren. Zwar war das Seil stark gestrafft, aber es wackelte dennoch ein wenig.

Meine Muskeln zitterten, während ich zeitweise die Luft anhielt. Erst nachdem ich erfolgreich auf dem Boden angekommen war, entspannte ich mich und deutete auf Norah. »Wie wäre es?«

Sie grinste. »So schwer kann das ja nicht sein.«

Ich lachte. »Na, dann beweis es!«

Nachdem sie wieder aus ihren Schuhen geschlüpft war, kletterte sie auf das Seil – und schaffte keine zwei Schritte, bis sie das Gleichgewicht verlor und vom Seil sprang. Ich biss mir auf die Innenseite meiner Wange, um nicht zu lachen. Nicht, weil sie es nicht geschafft hatte, sondern wegen ihrem verwunderten Gesichtsausdruck. »Doch nicht so leicht, hm?«

»Wart es nur ab, ich kann das.« Sie drückte die Schultern zurück und startete einen zweiten Versuch, der genau wie der erste endete. Dasselbe galt für die weiteren Male.

»Soll ich dir vielleicht erst mal helfen?«, schlug ich vor und trat näher.

»Willst du mir die Hand halten oder wie?« Sie scherzte, aber als sie zu mir sah, verschwand das Lächeln aus ihrem Gesicht. »Echt jetzt?«

Ich zuckte mit den Schultern. »Daran ist nichts Verwerfliches. Durch mich bekommst du etwas mehr Halt und kannst Schritt für Schritt lernen, wie du dein Gleichgewicht richtig verlagerst.« Als sie nichts sagte, schenkte ich ihr ein ehrliches Lächeln. »Du brauchst dich für nichts zu schämen. Ich habe ewig gebraucht, bis ich das geschafft habe. Du packst das bestimmt schneller als ich.«

Sie wirkte nicht sonderlich überzeugt, nickte jedoch. Entspannt trat ich zu ihr und hielt ihr die Hand hin. Norah zögerte, nahm aber schließlich doch meine Hilfe an und hielt sich an mir fest. »Konzentrier dich«, murmelte ich. »Immer geradeaus schauen.«

Zwar stellte ein Meter keine sonderliche Höhe dar, aber selbst mit solch einem Abstand zum Boden konnte sie sich schwer verletzen. Es würde ausreichen, dass sie ausrutschte und auf dem Rücken aufkam.

Dieses Mal kam sie zumindest drei Schritte weiter, bevor sie fiel.

»Du bist zu unruhig. Lass dir Zeit. Spüre jeden einzelnen Muskel, den du anspannst«, riet ich ihr, bevor wir einen zweiten Versuch starteten.

Von Mal zu Mal wurde sie besser. Ihre Haltung wurde aufrechter, die Kontrolle über ihren Körper durchdachter.

Als sie endlich die Hälfte der Strecke hinter sich gebracht hatte, erkannte ich die Ungeduld in ihrem Blick. Bevor ich sie warnen konnte, wurde sie sofort dafür bestraft und fiel von der Slackline.

»Verdammt!« Norah starrte auf den Teil des Weges, den sie bislang nicht geschafft hatte.

»Das ist schon sehr gut für den Anfang. Sollen wir für heute aufhören?«

»Nein.« Entschieden schüttelte sie den Kopf. Ehrgeiz zeichnete sich auf ihrer Miene ab.

»Wenn du so weitermachst, könntest du morgen einen bösen Muskelkater haben«, warnte ich sie. »Damit ist niemandem geholfen. Insbesondere, weil wir noch eine Choreografie einstudieren müssen.«

Norah mahlte mit den Zähnen, ehe sie ergeben nickte. »Ein letztes Mal, okay? Dieses Mal ohne Hilfe.«

Skeptisch runzelte ich die Stirn. »Hältst du das für eine gute Idee?«

Aber sie hörte nicht auf mich, sondern kletterte mit entschlossener Miene auf die Slackline. Tief atmete sie ein und wieder aus, während sie sich mit dem Rücken gegen die Baumrinde lehnte. Angespannt starrte sie geradeaus, bevor sie sich leicht abdrückte und losging.

Sicherheitshalber begleitete ich sie parallel auf dem Boden. Dabei behielt ich jeden ihrer Schritte im Auge, in der Hoffnung, rechtzeitig reagieren zu können, falls sie stürzen sollte.

Das tat sie nicht. In der Tat schaffte sie bereits das erste Viertel ohne meine Hilfe. Verwundert erkannte ich ihre Willenskraft und fühlte etwas, das Stolz sein könnte. Sie war eine bemerkenswerte, starke Frau, die wusste, was sie wollte. Etwas, das sie in diesem Augenblick deutlich zeigte. Mir lag das Lob bereits auf der Zunge, aber ich wollte sie nicht in ihrer Konzentration stören, weshalb ich schwieg.

Vergebens.

Plötzlich ruderte sie mit den Armen. Das Seil fing unter ihren Füßen zu zittern an, schwankte von links nach rechts und wieder zurück. »Ruhig«, riet ich ihr und kam sofort näher. Ich streckte die Arme aus, als sie mit einem Aufschrei den Halt verlor und zur Seite fiel.

Sofort umfasste ich sie, strauchelte durch die Wucht ihres Sturzes und ging mit Norah im Arm zu Boden. »Uff.« Mir wich die Luft aus den Lungen. Es dauerte etwas, bis ich mich wieder gefasst hatte.

»Es tut mir leid. Ist alles in Ordnung mit dir?« Norahs Stimme klang piepsig und erschrocken. Doch das war es nicht, an das ich gerade denken musste. Genauso wenig an den pochenden Schmerz in meinem Rücken.

Nein. Ich dachte daran, dass sie auf mir lag. Ihr zierlicher Körper direkt an meinem. Sie war so viel weicher als ich. Filigraner. Das spürte ich insbesondere deswegen, weil ich noch immer die Arme schützend um sie geschlossen hielt.

»Es geht schon«, murmelte ich und öffnete die Augen, um ihrem besorgten Blick zu begegnen. Sie rührte sich nicht, machte nicht einmal Anstalten, aufstehen zu wollen. Genauso wenig wollte ich sie gehen lassen. »Die letzte Runde war wirklich gut.« Ich lächelte gequält.

»Du meinst abgesehen davon, dass ich auf dich draufgefallen bin?« Sie verzog das Gesicht.

»Abgesehen davon«, stimmte ich ihr zu und lachte. Erst als sie mit einstimmte, spürte ich die Vibration unserer Körper. Wir perfekt wir zueinander passten. Die Nähe zu ihr fühlte sich intim an, die Gefühle intensiv. Sie war eine bezaubernde Frau. Eine, die es geschafft hatte, mich aus meinem Kokon zu befreien, den ich jahrelang um mich gesponnen hatte.

Atemlos sah ich zu Norah auf, betrachtete ihre leuchtenden Augen, die perfekt geschwungenen Lippen. Ich wollte sie küssen, ihr durchs Haar fahren und beichten, was für ein Feigling ich in Wahrheit war.

Doch bevor ich etwas tun konnte, räusperte sie sich. Ich verstand und ließ sie los, woraufhin sie zu meinem Bedauern aufstand. Ich könnte sie zurückhalten. Es wäre so einfach, ihre Hand zu ergreifen und sie wieder zu mir zu Boden zu ziehen, aber ich brachte es nicht über mich. Stattdessen setzte ich mich auf und tastete meinen Hinterkopf ab.

»Ist wirklich alles in Ordnung?« Sorge spiegelte sich in ihrem Blick wider.

»Ja«, antwortete ich. *Abgesehen davon, dass ich ein Feigling bin,* fügte ich frustriert in Gedanken hinzu. Ich seufzte und wandte mich wieder Norah zu.

Sie half mir alles wieder abzubauen und im Lager zu verstauen. Danach wiederholten wir die Tanzübungen vom Vortag. Dieses Mal willigte sie sofort ein, die Augenbinde zu tragen. So sehr ich diese Situation ausnutzen und sie betrachten könnte; ich tat es nicht. Stattdessen verfiel ich in meine Professionalität und achtete lediglich auf ihre tänzerischen Fähigkeiten, statt mich ihren verführerisch kreiselnden Hüften zu widmen oder ihren graziösen Bewegungen ... Verärgert über mich selbst rügte ich mich und zwang mich Ruhe zu bewahren. Das war ich ihr schuldig.

Und mir auch.

Kapitel 10

Norah

»Wow, das klingt ziemlich heiß.« Piper schenkte sich Kaffee ein und setzte sich mir gegenüber an den Küchentisch. Ich strich mir eine Haarsträhne aus dem Gesicht, lehnte mich zurück und starrte einen Moment die hellen Fliesen an der Wand an, bevor ich mich meiner Schwester zuwandte.

»Abgesehen davon, dass er nicht an mir interessiert ist, ja.« Ich seufzte und nahm einen Schluck von meinem Kamillentee. Eigentlich mochte ich ihn nicht, aber ich spürte ein leichtes Kratzen im Hals und wollte sichergehen, dass ich mich nicht durch die Klimaanlage im Auto erkältete. Außerdem war ich noch von meinem dreifachen Sport an diesem Tag erschöpft. Obwohl ich das Tanzen liebte, war ich froh gewesen, als Mika mir vorgeschlagen hatte, es für heute gut sein zu lassen.

»Das ist so schade. Die besten Männer sind immer vergeben oder vom anderen Ufer.« Piper seufzte schwer und nahm einen Schluck von ihrem Kaffee. »Immerhin hattest du heute Körperkontakt zu ihm.«

»Das habe ich beim Tanzen ständig.« Ich verdrehte die Augen und verkniff mir jeden weiteren Kommentar zu ihrer Andeutung. Als wäre ich extra auf Mika gefallen.

»War eigentlich dein Blinddate vorhin nicht so erfolgreich oder warum bist du schon zu Hause?« Ich biss mir auf die Zunge, aber die Worte waren schneller draußen gewesen, als ich sie hatte zurückhalten können. Dennoch fragte ich mich, was sie um einundzwanzig Uhr bereits daheim machte. Insbesondere, weil das Treffen erst um zwanzig Uhr begonnen hatte.

Pipers Miene verdüsterte sich. »Nein. Dieser Mann war schrecklich. Er hat nur über sich selbst geredet und das die gesamte Zeit über. Wie toll er doch sei und wie viel Geld er habe.« Sie verdrehte die Augen. »Als ob das das Einzige wäre, das mich interessieren würde.«

»Manche glauben das.« Ich zuckte mit den Schultern und starrte in meine Tasse. Mika war da anders. Generell war er in so vielem anders. Womöglich könnte er ein Freund werden. Bei dem Gedanken lächelte ich traurig.

»An was denkst du?«

»Daran, dass wir beide als alte Jungfern sterben werden«, neckte ich sie und bekam prompt einen Keks gegen den Kopf geworfen. »Hey. Das war nicht nett.« Ich grinste, fischte ihn mir aus dem Haar und biss herzhaft hinein, statt ihn Piper zurückzugeben.

»Ihn einfach aufzuessen auch nicht«, protestierte sie und sah in die Packung. »Das war der letzte«, beschwerte sie sich.

»Dann darfst du nicht mit dem Essen spielen«, tadelte ich sie amüsiert, bevor ich ihr ganz zuvorkommend die andere Hälfte hinhielt.

»Vielleicht will ich dein angesabbertes Stück nicht mehr?« Sie grinste. Bevor ich die Hand zurückziehen konnte, schnappte sie sich den Keks und stopfte sich das Stück mit einem triumphierenden Blick in den Mund.

»Wenn unsere Mutter uns sehen würde.«

»Sie würde durchdrehen«, vollendete Piper meinen Satz und kicherte. Ich stimmte mit ein.

»Mom hat nie verstanden, wenn wir uns liebevoll geneckt haben.«

»Nein«, stimmte Piper mir zu. »Sie ist immer davon ausgegangen, dass wir uns gleich gegenseitig die Haare abrasieren.«

»So wie du meinen Barbies.« Ich zog spöttisch die Augenbraue hoch.

»Hey, das habe ich nur gemacht, weil du mein Lieblingsshirt bemalt hast«, verteidigte sie sich.

»Fingerfarbe lässt sich rauswaschen, die Haare einer Puppe wachsen nicht mehr nach.«

»Konnte ich doch nicht wissen.«

»Doch, konntest du.«

»Okay, hast recht. Mir war es schlicht egal.« Piper zuckte mit den Schultern und lächelte versöhnlich. »Ich vermisse die Zeit, in der meine größten Probleme meine kleine Schwester waren.«

»Hey.« Belustigt musterte ich sie.

»Als ob du es nicht vermissen würdest.« Sie musterte mich skeptisch. Erst als ich nickte, wirkte sie zufrieden.

»Manchmal glaube ich, dass Mika in Wahrheit gar nicht schwul ist«, gestand ich plötzlich und war über mich selbst erstaunt. Eigentlich hatte ich das gar nicht laut aussprechen wollen.

»Dann teste es.«

Irritiert sah ich Piper an. Als ich den verschlagenen Ausdruck in ihren Augen bemerkte, ahnte ich Übles. Piper blieb mir eine Antwort schuldig. Statt mir eine Erklärung zu bieten, schnappte sie sich ihr Handy und tippte darauf herum.

»Piper, was hast du vor?«

Sie ignorierte mich und scrollte, bis sie anscheinend fand, wonach sie gesucht hatte, denn ihre Miene hellte sich schlagartig auf.

»Piper? Piper!«

Statt mir zu antworten, tippte sie einmal aufs Handy und hielt es sich daraufhin ans Ohr. Als sie mir verschwörerisch zugrinste, wurde mir heiß und kalt zugleich. »Guten Tag, Piper Flanagan mein Name. Ich würde gern einen Ihrer Ausflüge für zwei Personen buchen. Zeitnah, wenn es geht. Bitte melden Sie sich so früh wie möglich unter folgender Nummer ...« Sie diktierte ihre Durchwahl.

»Piper?«, hauchte ich, nachdem sie aufgelegt hatte. Ich ahnte verdammt Übles. »Was hast du gemacht?«

***

Die halbe Nacht hatte ich nicht schlafen können, was wohl daran lag, dass meine große Schwester verrückt war. So sehr, dass ich mich bis aufs Äußerste blamieren würde, denn Piper kannte kein Tabu. Sie kannte auch kein Halten. Wenn sie ein Ziel vor Augen hatte, dann erreichte sie es, komme, was wolle. Gleichgültig, wer ihr Gegner war, denn diese Frau wusste, wie sie ihre Waffen einzusetzen hatte.

»Das ist so eine dumme, blöde, absolut bescheuerte Idee. Musst du heute nicht arbeiten?« Ich gähnte herzhaft und streckte mich. Es war verdammt früh. Die Sonne war gerade erst aufgegangen. Nach der viel zu kurzen Nacht fühlte es sich umso schlimmer an.

»Hör auf zu meckern und beweg deinen Hintern ins Auto. Wir können froh sein, dass jemand abgesprungen ist und wir kurzfristig einen Platz bekommen haben. Außerdem gibt es auch so etwas wie freie Tage. Vielleicht hast du schon mal was davon gehört.« Wie zur Untermalung hupte Piper zweimal. Sie hatte das Fenster komplett runtergelassen und lehnte sich mit dem Arm raus. Dabei betrachtete sie mich zufrieden.

»Das kann nur schiefgehen«, maulte ich und bewegte mich nicht vom Fleck.

»Entweder du steigst jetzt ein oder ich fahre allein dahin. Dann kann ich jedoch für nichts mehr garantieren«, erklärte sie trocken.

Wäre es nicht Piper gewesen, die diese Worte von sich gegeben hätte, hätte ich sie für einen Bluff gehalten. Doch es war niemand anderes als meine große Schwester, die mir soeben drohte. Piper, die nie ein Blatt vor den Mund nahm. Sie erklärte den pöbelnden Kunden erst freundlich, dann schärfer, dass ihr Verhalten unangebracht war. Piper war diejenige, die keine Probleme damit hatte, aggressiven Kunden die geladene Pistole auf die Brust zu setzen und auch noch mit einem zuckersüßen Lächeln einen schönen Tag zu wünschen. Nein, sie machte keine halben Sachen.

»Schon gut, schon gut.« Widerwillig stampfte ich auf das Auto zu, riss die Tür auf und ließ mich wie ein Sack Kartoffeln auf den Beifahrersitz fallen. Dankbar sah ich zu Piper, die dieses Mal mir zuliebe auf die Klimaanlage verzichtete und stattdessen auch alle restlichen Fenster runtergekurbelt hatte.

»Wir werden noch heute herausfinden, ob da was zwischen ihm und Joe läuft.« Piper grinste breit. »Den Ausflug führen sie heute nämlich zusammen durch.«

»Sie sind professionell, Piper. Ich bezweifle, dass sie öffentlich zeigen werden, dass sie ein Paar sind. Das haben sie bisher auch nicht getan.« Skeptisch musterte ich meine Schwester von der Seite.

»Das werden wir ja sehen.« Sie schob sich ihre Sonnenbrille auf die Nase und fuhr los.

So sehr ich es mir anders gewünscht hätte, aber die Fahrt verging wie im Flug, sodass wir viel zu schnell am Strand ankamen. Obwohl es früh war und die Sonne erst vor Kurzem aufgegangen war, fanden wir nur mit Mühe einen Parkplatz. Es gab lediglich vereinzelte freie Plätze, die jedoch winzig waren, sodass ich aussteigen musste, damit Piper vernünftig einparken konnte.

»Schnapp dir deine Sachen und los geht's.« Fröhlich stieg sie aus und öffnete den Kofferraum, wo unsere Taschen lagen. Wir hatten uns bereits zu Hause unsere Bikinis angezogen, sodass wir zumindest dahingehend startklar waren.

»Ich kann nicht mal vernünftig schwimmen und dann willst du, dass ich tauchen gehe.« Missmutig folgte ich Piper in Richtung Tauchschule.

»Dafür haben wir ja die Jungs dabei. Das ist ein Anfängerkurs. Auf der Homepage steht, dass auch unerfahrene Schwimmer teilnehmen dürfen. Außerdem ist das ja kein tauchen, sondern schnorcheln.«

»Wo ist der Unterschied? Bei beidem kann ich ertrinken.« Ich verzog das Gesicht.

Piper verdrehte die Augen. »Da gibt es ganz schön viele Unterschiede. Beim Schnorcheln kannst du zum Beispiel an der Oberfläche treiben, sofern du dich nicht traust die Luft anzuhalten und ein paar Meter zu tauchen. Du bekommst die gesamte Zeit über Luft und kannst jederzeit den Kopf aus dem Wasser stecken. Beim Tauchen musst du halt ... tauchen. Mit Ausrüstung und so.« Sie zuckte lässig mit den Schultern.

»Haha, vielen Dank für die Aufklärung. Das habe ich auch gewusst.« Ich warf meiner Schwester einen biestigen Blick zu, den sie geflissentlich ignorierte. Stattdessen grinste sie wie ein Honigkuchenpferd, das kurz davor war, eine Zuckerstange umsonst abzustauben.

Als wir an der Tauchschule ankamen, erkannte ich, dass außer uns eine Familie mit zwei kleinen Kindern, ein junges Pärchen und zwei Freundinnen bereits draußen vor der Tür standen. Letztere wirkten, als wären sie mehr an Joe und Mika interessiert als an dem Schnorchelgang selbst.

»Müssen wir die denn wirklich anziehen?«, flötete die Kleinere und streckte Mika ihre Brüste entgegen, die er jedoch keines Blickes würdigte. So viel dazu, dass er vielleicht hetero war.

»Heißt nichts«, raunte mir Piper zu, als hätte sie meine Gedanken gelesen. Als ich zu ihr sah, bemerkte ich, dass sie Mika ebenfalls in Augenschein nahm. »Vielleicht ist er schlicht und ergreifend kein Arschloch.«

»Dort, wo wir hinfahren, ist das Meer ziemlich kalt«, erklärte Mika unterdessen freundlich.

»Aber darin können wir uns doch gar nicht so gut bewegen«, beschwerte sich die andere. Beide Mädchen waren brünett, hübsch und hatten verdammt tolle Kurven. Keine Magermodels und vielleicht gerade deswegen schön anzusehen. Mit ihren wallenden Mähnen könnten sie im Wasser glatt als Nixen durchgehen. Im Gegensatz zu den Jungs, die bereits am Beachvolleyball-Platz herumlungerten und zu uns rüberstarrten, kümmerte sich Mika in keinster Weise um die üppigen Busen der beiden Frauen.

»Darin könnt ihr euch sehr gut bewegen, versprochen«, antwortete Mika in dem Moment. So wie er dreinsah, wirkte er mehr irritiert als angetan. Dabei blickte er zwischen den Mädchen und den Neoprenanzügen in seinem Arm hin und her. Armer Kerl. Er schien sie nicht verstehen zu wollen. Dabei war es offensichtlich, was sie versuchten zu sagen: *Schau mich an, ich sehe halbnackt viel besser aus als in diesem Ganzkörperanzug.*

Ich drehte mich weg und wandte mich der Stelle zu, an der meine Schwester gerade noch gestanden hatte. »Piper?« Irritiert runzelte ich die Stirn und sah mich um. In dem Augenblick hörte ich etwas weiter abseits Joes Stimme, gefolgt von einem hellen Lachen, das unmissverständlich von meiner älteren Schwester kam. »Was zum …?« Verwundert beobachtete ich, wie sie ihr Haar zurückwarf und Joe hübsche Augen machte. Ich rang das Bedürfnis nieder, zu ihr zu marschieren und sie an seine Sexualität zu erinnern. Das war nicht meine Aufgabe, sondern die von Joe.

»Norah?«

Ertappt fuhr ich zusammen und wandte mich wieder Mika zu. Ich quittierte seinen verwunderten Blick mit einem schüchternen Lächeln. »Hi, Mika.« Es kostete mich viel Mühe, die empörten Mienen der beiden Giftspritzen zu ignorieren. Dennoch erkannte ich aus dem Augenwinkel, wie sich ihre Haltung mir gegenüber versteifte. Eine von beiden verschränkte die Arme vor der Brust, während die andere ihr etwas ins Ohr raunte. Den Blick behielten beide dabei auf mich geheftet. Na klasse.

Mika reichte den beiden Frauen ihre jeweiligen Anzüge, bevor er zu mir kam und mich mit einem breiten Grinsen auf den Lippen umarmte. »Was machst du denn hier?«

Überfordert klopfte ich ihm etwas unbeholfen auf den Rücken, ehe ich mich von ihm löste. »Ähm …«

»Mika, wie ziehen wir das denn an?«, fragte eine zuckersüß. Übertrieben zur Schau gestellte Verzweiflung klang in ihrer Stimme mit. »Mika? Mika!« Empört rief sie immer wieder seinen Namen. Fehlte noch, dass sie wie ein kleines Kind mit dem Fuß aufstampfte, weil es seinen Willen nicht bekam.

Doch der Angesprochene schien sie nicht zu hören. Oder es nicht zu wollen. Stattdessen sah er mich an. Nur mich. Sein Blick war dabei so intensiv, dass mir schwindelte.

»Es tut mir leid, aber ich muss erst die Tour machen. Danach muss ich schauen, ob ich mir etwas Zeit für dich freischaufeln kann.«

»Das macht nichts. Deswegen bin ich nicht hier.« Ich schnitt eine Grimasse. »Piper hielt es für eine tolle Idee, einmal einen Ausflug mit mir zu machen.«

Mika betrachtete mich verwundert, bis ihm ein Licht aufzugehen schien. Augenblicklich schlich sich ein breites Grinsen auf seine Lippen. »Bist du dir sicher, dass du nicht wie ein Stein untergehen wirst?«, neckte er mich.

»Na ja, das sollte ich besser mit meinem Schwimmlehrer absprechen.

Vielleicht ist er ja der Ansicht, dass Schnorcheln lebensgefährlich für mich werden könnte.« Ich schnitt eine Grimasse, woraufhin Mika lachte.

»Das sollten wir möglichst schnell in Erfahrung bringen. Aber ich bin mir ziemlich sicher, dass er nichts dagegen haben wird, wenn ich auf dich aufpasse.« Er zwinkerte mir zu.

»Er könnte vielleicht wütend reagieren, wenn jemand anderes ein Auge auf mich wirft«, flüsterte ich. Die Worte hatten meine Lippen verlassen, bevor ich sie hatte überdenken können. Als mir ihr Sinn bewusst wurde, errötete ich.

Doch Mika wich nicht zurück. Im Gegenteil. Er kam mir noch näher. Sein Atem strich warm über meine Haut. Er roch nach Salzwasser und Sand. »Das nehme ich in Kauf«, raunte er. Als Mika mir eine Strähne aus dem Gesicht wischte, glitt eine Gänsehaut über meinen Körper. Sein Blick bohrte sich derweil tief in meinen Verstand.

»Und wenn ich ertrinke?«, fragte ich heiser.

»Wofür gibt es einen Ersthelfer?«, murmelte er mit rauer Stimme.

Mir schwindelte, als ich an die Herzlungenwiederbelebung dachte. Allein die Vorstellung, wie sich seine Lippen auf meine pressten, raubte mir den Atem. Natürlich wäre die Realität nicht so romantisch, wie es sich mein Verstand ausmalte, aber das war in diesem Augenblick nicht von Relevanz. Ich plante nicht zu ertrinken und Mika hatte gewiss nicht vor das Ufer zu wechseln. Also räusperte ich mich und trat einen Schritt zurück.

»Jetzt ernsthaft.« Mika schmunzelte. »Das ist gar kein Problem. Du kannst schwimmen und wir gehen nicht wirklich tauchen. Schau mal, wir haben sogar Kinder mit dabei. Dann wirst du das mit links meistern.«

»Oder mich noch mehr blamieren.« Ich seufzte. Mika wirkte viel zu zuversichtlich. Manchmal wünschte ich, mir eine Scheibe von ihm abschneiden zu können.

»Du wirkst nicht sonderlich begeistert.« Er zog eine Augenbraue hoch. Als ich nicht reagierte, verzogen sich seine Lippen zu einem breiten Grinsen. »Lass mich raten, deine Schwester hat gestern Abend überhastet bei uns reserviert?«

Ich folgte seinem Blick und nickte. »Es wundert mich, dass wir so kurzfristig einen Platz bekommen haben.«

Mika schüttelte den Kopf. »Die heiße Zeit kommt noch. Wenn die Ferien erst einmal angefangen haben, werden wir nicht mehr wissen, wohin mit der Arbeit.«

»Achso. Das erklärt einiges.« Unruhig nestelte ich an dem Träger meiner Strandtasche. »Wann genau starten sie?«

Mika stockte und dachte offensichtlich nach. »Ich glaube, in drei Wochen. Ganz sicher bin ich mir jedoch nicht. « Er sah zu mir und runzelte die Stirn. »Wieso fragst du?«

Ich starrte an ihm vorbei zu den anderen. »Hast du dann überhaupt noch Zeit, um mit mir zu tanzen?«

Als Mika nicht sofort reagierte, linste ich zu ihm rüber. Es hatten sich tiefe Furchen in seine Stirn gegraben. »Ich habe dir versprochen, dass ich dir bis zu den Qualifikationstänzen helfe. Sollten sich die Zeiträume überschneiden, werde ich das schon irgendwie hinkriegen. Joe ist schließlich auch noch da, ebenso die anderen Trainer. Das kriegen wir hin. Versprochen.«

Mein Magen verkrampfte sich. Dennoch nickte ich artig und versuchte mir nicht anmerken zu lassen, wie sehr es mich belastete, dass unsere Partnerschaft lediglich auf Zeit war. »Okay«, murmelte ich.

»Komm mit. Wir schauen mal, welcher Neoprenanzug dir passen könnte. Hast du deinen Bikini schon drunter oder musst du dich noch umziehen?« Mika schien nichts von meinem Unbehagen zu bemerken. Er wirkte nun regelrecht heiter und gut gelaunt.

»Hab ihn schon an«, bestätigte ich und folgte ihm zu der Ausrüstung. Mika musterte mich einmal, bevor er gezielt nach einem Teil griff, das er mir daraufhin reichte. »Probier den mal an. Der sollte dir passen.«

»Mikaaa?«, flötete eine der beiden Zimtzicken. Der hohen Stimmlage nach zu urteilen musste es die kleinere von beiden sein.

»Die passen uns nicht«, fügte die andere mit einem jammernden Unterton hinzu.

Mika seufzte kaum hörbar. Es klang genervt. »Bin gleich wieder da.« Mein Tanzpartner lächelte mir gequält zu, bevor er mich allein stehen ließ.

Angespannt begutachtete ich den Neoprenanzug und bemerkte aus dem

Augenwinkel, wie die kleinere der beiden bemüht verführerische Bewegungen in dem klobigen Teil vollzog, während Mika dem Geplapper der zweiten hilflos ausgeliefert war.

Mir war schleierhaft, warum manche Frauen immer wieder versuchten einen Mann mit ihren Reizen zu umgarnen und sich damit selbst auf das Körperliche runterreduzierten. Auf diese Art würden sie gewiss jemanden finden, der ihnen für ein, zwei Nächte das Bett wärmte. Vielleicht war es genau das, was sie suchten. Aber was nützte mir eine einzige heiße Nacht, wenn ich danach wieder allein wäre? Nichts. Es gab genügend Frauen, die lediglich ihren Spaß wollten. Aber sollten sie andererseits hoffen mit ihrer Art einen festen Partner für sich zu gewinnen, dann taten sie mir leid.

Statt mir weiter Gedanken um sie zu machen, sah ich zu Piper. Diese unterhielt sich noch immer mit Joe, der seine Augen kaum von ihr lassen konnte. Einzelne Gesprächsfetzen kamen bei mir an, die ich jedoch beim besten Willen nicht in einen geordneten Zusammenhang bringen konnte. Hätte ich es nicht besser gewusst, wäre mir der Verdacht gekommen, dass Joe und Piper miteinander flirteten. Aber das war absurd. Er und Mika waren ein Paar. Obwohl ... Wenn ich mich recht erinnerte, hatte Mika mir erzählt, dass Joe einige Frauengeschichten am Laufen gehabt hatte. Ganz abwegig war es demnach nicht, dass er zeitgleich an Mika wie auch an meiner Schwester Interesse haben könnte.

»Ist etwas nicht in Ordnung?« Erschrocken fuhr ich herum und schaute zu Mika, der mich mit einem fragenden Blick bedachte. Als ich nicht reagierte, räusperte er sich. »Passt er dir nicht?«

»Was?« Verwirrt sah ich zum Neoprenanzug, den ich noch immer mit beiden Händen umklammerte. »Nein. Ich meine, ich weiß es nicht. Irgendwie war ich abgelenkt und hatte bisher keine Gelegenheit, ihn anzuprobieren.«

»Oh.« Mika runzelte die Stirn, ehe sie sich wieder glättete. »Soll ich dir helfen?«

»Nein, das geht schon.« Mit zitternden Fingern ließ ich die Strandtasche auf den Boden fallen und warf den Anzug darüber. Ohne darüber nachzudenken, zog ich mir das Shirt über den Kopf, bevor ich aus meiner Shorts schlüpfte, sodass ich nur noch im Bikini vor Mika stand. Ohne ihn eines Blickes zu würdigen, griff ich nach dem Taucheranzug, glitt aus den Schuhen und trat daraufhin mit dem ersten Fuß unbeholfen in das elastische Material.

»Warte, ich helfe dir.« Mika ging vor mir in die Knie und griff nach dem dehnbaren Stoff. Er zog ihn auseinander, sodass ich es einfacher hatte hineinzuschlüpfen.

»Danke.« Schweigend ließ ich mir auch mit dem anderen Bein helfen und verlor prompt das Gleichgewicht. Schnell hielt ich mich an Mikas Schultern fest, während er sich beeilte den Stoff über meinen Fuß zu ziehen. Dabei berührte er die Haut an meinen Knöcheln. »Entschuldige«, murmelte ich und stellte den Fuß zurück in den Sand. Langsam ließ ich seine warmen Schultern los und richtete mich auf. Unterdessen zog Mika Zentimeter für Zentimeter den Nylonstoff an mir hoch. Dabei hinterließen seine Fingerkuppen eine intensive Hitze auf meiner Haut, die sich auf meinem Körper ausbreitete.

»Mika?« Ich wartete, bis er zu mir aufsah. Doch als mir bewusst wurde, dass er vor mir hockte und ich halbnackt über ihm aufragte, verlor ich den Faden.

»Ja?« Er lächelte. Keine Spur von Scham zeichnete sich auf seiner Miene ab, obwohl sein Gesicht in Höhe meines Unterleibes war und er von unten einen perfekten Blick auf meine Brüste hatte. Es schien ihn null zu interessieren.

»Joe ...«, stammelte ich, während in meinem Inneren die Unsicherheit gegen die Enttäuschung kämpfte.

»Was ist mit ihm?« Mika wandte sich wieder ab und zog mir den Neoprenanzug bis zu den Knien.

»Bist du dir sicher, dass er ehrlich zu dir ist?« Ich biss mir auf die Unterlippe. Als mich Mika verwirrt ansah, deutete ich nach hinten, wo Joe Piper soeben in den Anzug half und eindeutig mehr Körperkontakt zu ihr hatte, als es unbedingt notwendig war. »Er scheint nicht sonderlich zimperlich zu sein. Oder homosexuell.«

Mikas Miene hellte sich auf. »Ah. Darüber wollte ich noch mit dir reden. Zwischen mir und Joe ist nichts. Das war ein Missverständnis.«

Ich wich zurück und stolperte beinahe über den Neoprenanzug. Sofort schnellte Mika hoch und griff nach meinen Armen, bevor ich zu Boden stürzte.

Das Herz schlug mir bis zum Hals, während ich Mika bestürzt ansah. »Aber du hast gesagt, dass ihr ein Paar seid.«

»Na ja, wir sind so was Ähnliches, schließlich verbringen wir den größten Teil unserer Zeit miteinander.« Mika zuckte mit den Schultern. »Es ist mittlerweile zum Running Gag zwischen uns geworden, weil viele Freunde behaupten, dass wir ein Paar seien. Manchmal albern wir rum und tun so, als wären wir wirklich eins.«

Ich nickte zögerlich.

»Glaub mir, ich wollte dich nicht anlügen.« Mika ließ mich los und fuhr sich durchs Haar. »Tut mir wirklich leid.«

»Schon okay. Das verstehe ich.« Das tat ich wirklich.

»Wir sollten uns beeilen.« Mika warf einen Blick auf sein Handy. »In spätestens zehn Minuten müssen wir aufbrechen.«

»Okay.« Mit Mikas Hilfe schaffte ich es halbwegs elegant und unfallfrei in den Neoprenanzug.

Ich schob die Arme durch die Ärmel und zupfte alles zurecht, bevor ich Mika den Rücken zuwandte. »Könntest du den bitte zumachen?«

»Natürlich.«

Einen Atemzug später spürte ich seine Fingerkuppen auf meiner Haut. Behutsam schob er das Material von beiden Seiten zusammen, bevor er den Reißverschluss ergriff und hochzog. Langsam, damit meine Haut nirgendwo eingeschnürt wurde. Zentimeter für Zentimeter wurde es enger um meinen Körper. Als würde ich mir eine zweite Haut überziehen. Ich fühlte mich geschützt, zugleich aber auch eingeengt.

»Fertig.«

»Danke.« Ich wandte mich Mika zu und lächelte. Er erwiderte es, bevor er mich stehen ließ und zu Joe ging. Dieser nickte ihm zu, bevor sie gemeinsam im Laden verschwanden.

»Der ist ja mega süß, findest du nicht auch?« Piper kam mit strahlenden Augen zu mir und grinste von einem Ohr zum anderen. »So schwul kam mir

Joe gar nicht vor, wenn du verstehst, was ich meine. Zumindest habe ich einige andere Dinge über ihn gehört.« Sie zwinkerte mir zu.

»Wie sich gerade herausgestellt hat, ist er es gar nicht.« Angespannt starrte ich zur Tür der Schwimm- und Tauchschule, die sich in dem Moment wieder öffnete. Mika und Joe traten heraus. Beide trugen ihre Neoprenanzüge bis zu den Hüften, was so viel bedeutete wie, dass die Beine bis zum Bauchnabel in dem Nylon steckten, während der restliche Oberkörper frei war. Die Ärmel hingen links und rechts in Richtung Boden, bereit, jederzeit übergestülpt zu werden.

»Irgendetwas verheimlicht Mika vor mir.« Ich sah zu Piper. »Er wollte gestern mit mir über irgendetwas sprechen und ich glaube, dass er es am Ende doch nicht getan hat.«

»Dann warte ab.« Piper wurde ernst und musterte mich aufmerksam. »Sollte er dich belügen und am Ende verletzten, lernt er mich richtig kennen.«

»Schon gut.« Ich schloss die Augen und atmete tief ein. »Hoffen wir, dass er ehrlich zu mir ist.« Denn einen weiteren Verrat konnte ich in dieser Saison nicht ertragen.

Kapitel 11

Mika

Der Wind fuhr mir durchs Haar. Genüsslich reckte ich das Gesicht in den Wind, als wir auf dem Motorboot über das Meer schossen. Joe saß am Steuer, während unsere Gäste mehr oder weniger entspannt auf ihren Sitzen verharrten und über das Meer sahen.

»Gut festhalten«, ermahnte ich zum gefühlt hundertsten Mal. Ich warf einen prüfenden Blick zurück und konnte nicht anders, als zu lächeln, als ich die Begeisterung in Norahs Augen erkannte. Sie leuchtete regelrecht vor Freude. Es schien ihr gutzutun, den Kopf endlich freikriegen zu dürfen.

»Wir sind gleich da«, fügte Joe hinzu und lenkte nach rechts, sodass wir eine kleine Insel ansteuerten, die wir gern für die Frischlinge nutzten. Hier konnten diejenigen, die sich trauten, auch ein, zwei Meter tauchen und Korallenriffe mitsamt ihren Bewohnern bestaunen.

»Bitte vergesst die Regeln nicht. Die Tiere werden in Ruhe gelassen und die Korallenriffe nicht angefasst. Wer sich nicht daran hält, wird sofort zurück zum Boot gebracht und von sämtlichen weiteren Touren ausgeschlossen.« Prüfend sah ich zu unseren Kunden. Keiner gab einen Protest von sich. Die Familie mit den Kindern würde ohnehin mehr auf der Wasseroberfläche treiben, als tauchen. Das Pärchen wirkte schon mehr, als würde es einen kurzen Abstecher in die Tiefen wagen, während ich mir bei den beiden Grazien sicher war, dass sie lediglich wegen Joe und mir hier waren. Hoffentlich würden sie keine Probleme machen, wenn ihr Haar nass wurde.

Als ich zu Norah und ihrer Schwester blickte, wusste ich nicht so recht, wie ich sie einschätzen sollte. Norah war vorsichtig und grundsätzlich zurückhaltend, während ihre Schwester wirkte, als würde sie aufs Ganze gehen. Vermutlich würde Piper Norah mitziehen und sie zu dem ein oder anderen kurzen Abstecher in die Tiefe verleiten.

Solange das nicht darin endete, dass Norah Wasser schluckte oder Angst vor dem Tauchen bekam, sollte es mir recht sein. Deswegen nahm ich mir vor sie im Auge zu behalten. Natürlich allein aus professioneller und fürsorglicher Pflicht, schließlich musste ich mich um jeden meiner Kursteilnehmer kümmern.

»So.« Joe schaltete den Motor aus und grinste uns zu. »Ab ins Wasser.«

Ich glitt in die Arme meines Neoprenanzuges und sah aus dem Augenwinkel, dass Joe es mir gleichtat. Daraufhin holte ich die Flossen heraus. »Falls jemand keine haben will, ist das auch in Ordnung.« Dennoch drückte ich jedem Anwesenden außer Joe ein Paar in die Hand. »Sollten sie nicht passen, dann bitte Bescheid geben. Wir haben noch mehr dabei.«

Joe sprang unterdessen ins Wasser. Das Pärchen tat es ihm gleich, nachdem es sich die Schwimmhilfe über die Füße gezogen hatte. Der Familie half ich bei den Kindern. Die Größe hatten wir in diesem Fall bereits an Land bestimmt. Die Mutter und die jüngste Tochter blieben ohne Flossen, der Vater und das ältere Kind zogen sich welche an.

»Komm, ich helfe dir. Ist das in Ordnung für dich?« Ich lächelte dem kleinen Mädchen zu, das schüchtern die Hand seiner Mutter umklammert hielt. Aber sie nickte, nachdem sie einen fragenden Blick zu ihrer Mama geworfen hatte, die ihr mit einem Lächeln zu verstehen gab, dass es in Ordnung war. »Du brauchst dir gar keine Sorgen zu machen, ja? Schau mal, ich hebe dich jetzt über den Rand ins Wasser. Siehst du den Mann da? Das ist Joe. Er wird dich festhalten, bis deine Mommy bei dir ist.« Die Kleine nickte und sog die Unterlippe in den Mund, wodurch sie gewaltige Ähnlichkeiten mit einem Engel hatte. Sie war wirklich goldig.

Zuerst half ich ihr dabei, die Schwimmbrille anzuziehen und prüfte, ob sie richtig saß. Dann hob ich sie vorsichtig hoch, darauf bedacht, ihr nicht wehzutun, bevor ich sie Joe reichte. »Pass auf die kleine Prinzessin auf, ja?« Ich zwinkerte dem Mädchen zu, das sich sofort an Joes Hals klammerte und mich mit großen Augen anstarrte.

»Schau mal, hast du den Fisch gesehen?«, fragte Joe die Kleine. Diese schüttelte den Kopf. »Nicht?« Er riss die Augen auf und mimte den Entsetzten. »Dann müssen wir gleich mal schauen, ob wir ihn wiederfinden. Wie heißt du denn?«

Ich wandte mich ab und überließ es meinem Geschäftspartner, sich um das Kind zu kümmern. Nachdem die Mutter und der Vater im Wasser waren, half ich der Schwester, bevor ich sie zu ihrem Vater ins Wasser ließ.

»Mika, hilfst du uns?«

Ich widerstand dem Drang, die Augen zu verdrehen. Solche Frauen war ich zwar gewohnt, aber gerade heute hätte ich mir etwas mehr Ruhe gewünscht. Und Zeit. Zeit, die ich mit Norah hätte verbringen können. Bei meinem Glück würde eine der beiden Nervensägen ein Ertrinken simulieren und mir damit endgültig den letzten Nerv rauben.

»Braucht ihr auch Hilfe?« Ich sah zu Norah und Piper, die jedoch die Köpfe schüttelten. Erst jetzt bemerkte ich, dass sich beide bereits die Flossen übergezogen und sich die Schnorchelausrüstung rausgesucht hatten.

»Ich zeige ihr alles, keine Sorge. Ich bin früher im Urlaub oft tauchen gegangen.« Piper zwinkerte mir zu, ehe sie sich abwandte und mit Norah über die Sitze ans Ende des Bootes rutschte, wo sich eine Abstiegshilfe ins Wasser befand.

Damit blieb mir nichts anderes übrig, als zu den beiden verführerisch grinsenden Frauen zu gehen, die mich in keinster Weise interessierten. Leider durfte ich es ihnen nicht an den Kopf werfen. Schlechte PR konnten wir uns nicht leisten. Also setzte ich ein professionell freundliches Lächeln auf und schnappte mir zwei Paar Flossen. »Wie kann ich den Damen helfen?«

***

Es dauerte geschlagene zehn Minuten, bis ich mit beiden fertig war. Etwas, das sonst maximal zwei Minuten pro Person gedauert hätte. Wenn überhaupt. Erst als ich sie endlich im Wasser hatte, atmete ich auf. Wie nicht anders zu erwarten quietschten sie übertrieben laut und riefen meinen Namen, um für irgendwelche Dinge um Hilfe zu bitten, die gar nicht notwendig waren.

Dennoch schwamm ich zu ihnen und klärte die zwanghaft gefundenen Problematiken auf, bevor ich mich endlich wieder den anderen Gästen zuwenden konnte. Obwohl ich am liebsten meine Zeit allein mit Norah verbracht hätte, erkundigte ich mich als Allerserstes bei dem Pärchen, ob alles in Ordnung war, da Joe bereits bei der Familie verharrte. Nachdem ich mich vergewissert hatte, dass dort keinerlei Probleme vorlagen, wendete ich mich Norah zu.

Diese schwamm mit langen Armzügen, während sie ihre Beine nur leicht plätschernd hinter sich herzog. »Wenn du mit Flossen schwimmst, ist es einfacher, wenn du deine Kraft von dort beziehst«, riet ich ihr, als ich nah genug war.

Sofort tauchte sie auf, das Mundstück des Schnorchels zwischen den Zähnen. Sie spuckt es aus und schob sich die Brille vom Kopf. »Was hast du gesagt?«

»Schwimm mit den Flossen«, wiederholte ich. »Das ist einfacher als mit den Armen.«

Norah runzelte die Stirn und wandte sich ab. Ich folgte ihrem Blick und sah zu Piper, die wie eine Nixe immer wieder auf- und abtauchte. Im Grunde bräuchte sie den Schnorchel gar nicht. Eine Gasflasche würde wesentlich nützlicher sein.

»Sie macht das ziemlich gut.«

»Jep. Piper ist eine regelrechte Wasserratte.« Doch Norah lächelte und ihre Stimme war frei von Eifersucht oder Missgunst.

»So schlimm kannst du das hier gar nicht finden. Gib schon zu, dass es dir gefällt.« Ich zog eine Augenbraue hoch und genoss den Klang, als sie zu lachen anfing.

»Das habe ich auch nie behauptet.« Sie zwinkerte mir zu, bevor sie die Schwimmbrille wieder auf die Nase zog. »Würdest du mir zeigen, wie ich am besten tauchen kann?«

»Natürlich.« Ich sah mich um, bis ich Joe fand und ihm per Handzeichen bedeutete, dass ich unter Wasser ging. Er hob den Arm und zeigte mit dem Daumen nach oben, woraufhin ich mich wieder Norah zuwandte. »Dann mal los.«

In der kommenden halben Stunde kümmerte ich mich abwechselnd um das Pärchen wie auch um Norah und Piper, denen ich Tipps und Tricks zum Tauchen gab. Unterdessen kümmerte sich Joe um die beiden Grazien und die Familie. Schließlich endete er ganz bei den Eltern mit ihren Kindern, da sich die beiden Frauen irgendwann erschöpft aufs Boot zurückgezogen hatten.

Mit jedem Tauchgang fanden wir mehr Schätze der Natur. Zauberhafte Korallenriffe erstreckten sich vor uns. Fische schwammen einzeln oder in Schwärmen an uns vorbei. Ihre Schuppenkleider glänzten stärker, je näher sie zur Wasseroberfläche schwammen. Dabei wiesen sie wunderschöne, bunte Farben auf, die verschiedener nicht hätten sein können. Doch das war nicht das Einzige, was wir zu sehen bekamen. Algen tanzten im Einklang mit der Natur. Sie streckten sich uns entgegen, waren jedoch zu tief, um mit uns in Berührung zu kommen. Sanfte Lichtspiele zeichneten sich auf Felsgesteinen ab, die mit dickem, moosähnlichem Gewächs besetzt waren. Hier und da entdeckten wir größere Fische, die so lang waren wie mein Unterarm. Sie schienen sich nicht um uns zu kümmern, denn solange wir weit genug entfernt waren, ließen sie sich träge dahingleiten. Selbst kleine Krabben waren zwischenzeitlich zu sehen, huschten jedoch sofort davon, wenn wir ihnen zu nah kamen.

Es war ein traumhaftes Bild. Harmonisch und bezaubernd. Das war einer der Gründe, weshalb ich mich für das Meer entschieden hatte und hier lebte. Es war der einzige Ort, an dem ich Trost hatte finden können.

Doch heute war es anders. Immer wieder sah ich zu Norah, deren Haar sich in einzelnen Strähnen aus dem Dutt gelöst hatte. Diese umspielten bei jeder Bewegung ihr Gesicht. Zwar hatte sie zwischendurch Schwierigkeiten, statt dem Beinschlag vom Brustschwimmen den vom Kraulschwimmen anzuwenden, aber das war nicht weiter schlimm. Hauptsache, sie hatte Spaß und so, wie sie selbst unter Wasser grinste, konnte es nicht anders sein.

Ich musste mir eingestehen, dass mir der Ausflug heute noch mehr Spaß bereitete, als er es ohnehin schon immer tat. Natürlich konnte ich mir denken, woran es lag oder besser: an wem, aber das wollte ich nicht vor mir selbst zugeben. Nicht, nachdem ich mich mit meiner Lüge zu stark in die Tinte geritten hatte. Stattdessen genoss ich das bunte Farbenspiel und die Ruhe der Natur, bis es Zeit wurde, die Schönheit dieses Ortes zu verlassen.

***

Nachdem wir das Meer hinter uns gelassen und unsere Gäste sicher am Strand abgesetzt hatten, atmete ich erleichtert auf. Gleichgültig, wie viel Spaß solche Ausflüge machten, sie waren immer wieder aufs Neue anstrengend und nervenaufreibend. Insbesondere, wenn unerfahrene Schwimmer oder Kinder dabei waren. Dabei konnte zu viel passieren.

»Vielen Dank für den Tauchgang. Er war wundervoll.«

Überrascht drehte ich mich um und sah zu Norah, die mir den triefendnassen Anzug hinhielt. Sofort nahm ich ihn entgegen, wobei sich unsere Finger kurz berührten. Es fühlte sich an wie ein Schlag in den Magen. Ein angenehmer, sofern so etwas überhaupt angenehm sein konnte. »Ich hoffe, dass du und deine Schwester Spaß hattet.«

»Den hatten wir.« Norahs Lächeln brachte mich dazu, es zu erwidern. »Dabei bin ich nicht der Wassermensch, aber das, was wir gesehen haben, war unfassbar schön. Viel schöner als auf den ganzen Unterwasserbildern, die sonst jeder überall postet.« Als sie das sagte, fing ihr Gesicht zu strahlen an.

»Das freut mich«, antwortete ich aufrichtig. »Vielleicht …«

»Tschüss Mika«, flöteten die beiden Grazien im Chor. Ich schloss die Augen, bevor ich sie öffnete und mich den beiden Frauen zudrehte. So fröhlich ich konnte, winkte ich ihnen zu, bevor ich mich wieder Norah zuwandte. Diese musterte mich mit gerunzelter Stirn.

»Die fanden dich ganz schön anziehend, kann das sein?« Als ich das Misstrauen in ihrer Stimme hörte, wurde mir flau im Magen.

»Kann sein.« Gelassen zuckte ich mit den Schultern. Jetzt. Jetzt war der

Moment gekommen, um es ihr zu sagen. »Aber ich bin nicht interessiert an Frauen, das weißt du ja.« Vollidiot.

Norah nickte kaum merklich und wirkte etwas versöhnlicher. »Das weiß ich.« Sie senkte den Blick und wich meinem aus. Für einen Moment glaubte ich, dass etwas wie Enttäuschung in ihrer Miene aufblitzte, aber als sie mich wieder ansah, war nichts davon erkennbar. Vielleicht hatte ich es mir eingebildet, aber eines wusste ich genau: Ich hatte mich noch stärker in die Scheiße hineingeritten. Eine leise Stimme in meinem Kopf beschimpfte mich zusätzlich als Hornochse.

»Bleibt es beim Training später?« Hoffnungsvoll sah ich Norah an.

Erst als sie nickte, bemerkte ich, wie angespannt ich auf ihre Antwort gewartet hatte. Obwohl ich mir nicht erklären konnte, warum ich mich verkrampft hatte, ahnte ich, dass der heutige Tag ein weiterer Schlüsselmoment zwischen uns gewesen war. Wir bauten Vertrauen zueinander auf. Etwas, das eigentlich gut sein sollte. Und was tat ich? Ich versaute es.

»Bis später.« Norah trat einen Schritt auf mich zu, blieb dann aber stehen und hob lediglich die Hand, bevor sie zu ihrer Schwester ging, die erneut an Joes Lippen hing. Das konnte ja noch heiter werden.

Ich wartete, bis sämtliche Gäste weg waren, bevor ich mich Joe anschloss und ihm dabei half, die Neoprenanzüge in einem Wasserbad von der Salzkruste zu befreien. »Wenn du kein ehrliches Interesse an ihr hast, dann lass die Finger von ihr.«

»Von wem redest du?« Joe sah mich nicht an. Er grinste nicht einmal, sondern wirkte überraschend ernst.

»Du weißt, von wem ich rede.« Ich zog bedeutungsvoll eine Augenbraue hoch. »Piper. Norahs Schwester.«

Joe antwortete nicht. Stattdessen hängte er die Anzüge zum Trocknen auf und marschierte ohne ein weiteres Wort ins Gebäude. Da die Männerumkleiden frisch gereinigt waren, vermutete ich, dass er zu den Duschen in der Schwimmhalle ging. Nachdem ich den letzten Anzug gereinigt hatte, folgte ich Joe in das abgedunkelte Gebäude. Da die Jalousien runtergefahren waren, konnte von draußen niemand reinschauen.

Als ich in der Halle ankam, hörte ich bereits das Wasserplätschern und fühlte mich bestätigt. Unschlüssig blieb ich stehen und starrte zu meinen Wechselklamotten, die ich auf eine der Bänke geworfen hatte. Dann entkleidete ich mich und ging in die Kabine neben die von Joe. Sofort betätigte ich den Schalter und wartete, bis ich das angenehme lauwarme Wasser auf meiner Haut spürte. Mir entwich ein wohliger Seufzer. Mit einem Lächeln auf den Lippen schloss ich die Augen, legte den Kopf in den Nacken und strich mir das Haar zurück, während das angenehme Nass die Salzkrusten von meinem Körper wusch.

»Das werde ich nicht.«

Verwundert öffnete ich die Augen und sah zu der Wand, die sich zwischen meiner und Joes Kabine befand. »Was meinst du damit?«

»Ihr wehtun.« Ich hörte Joes Seufzen, bevor er fortfuhr: »Piper ist wirklich nett. Wir kennen uns sogar schon. Zumindest erinnere ich mich an sie, aber sie scheint sich nicht an mich zu erinnern. Was vermutlich nicht allzu schlecht ist.«

Es entstand eine Pause. Eine, die mehr sagte, als Joe je bereit wäre zuzugeben. Ich seufzte. »Was hast du dieses Mal angestellt?« Als Joe nicht direkt antwortete, runzelte ich die Stirn. »Joe?«

Ein schweres Seufzen erklang. »Ich habe mich an eine ihrer Freundinnen rangemacht. Keine Ahnung wieso. Ich fand die nicht mal hübsch.«

Mühsam verkniff ich mir ein Stöhnen. Das war so klar gewesen, dass er es verbockt hatte. Und dann auch noch richtig. »Du hattest Schiss«, murmelte ich, statt ihm eine Standpauke zu halten. Ich wusste nicht, ob ich Mitleid empfinden sollte oder nicht. Joe war ein erwachsener Mann, der zu seinen Entscheidungen stehen musste. Heute wie auch vor einigen Jahren schon.

»Im Grunde ist nichts Bedeutendes passiert. Wir haben uns nicht mal geküsst, sondern nur geredet. Das war, als sie ihr Restaurant eröffnet hat.«

Mir fiel es wie Schuppen von den Augen. »Sie ist es? Piper ist die Frau, in die du dich verknallt hast, als du hergezogen bist?«

»Ich will jetzt nicht darüber reden«, murmelte Joe so leise, dass ich ihn beinahe nicht verstanden hätte.

»Wir sind beste Freunde, Joe. Wenn du nicht mit mir reden kannst, mit wem dann?« Ich wartete, aber er reagierte nicht. Das tat er nie. Er blockte ständig ab. Insbesondere, wenn er eine andere Seite von sich zeigen sollte. Eine, die nicht cool und taff war, sondern verletzlich weich.

»Lass uns ein anderes Mal darüber quatschen, ja?«, bat er leise.

Mein Magen verkrampfte sich. Das tat er immer und nie kam es dann zu diesem aufgeschobenen Gespräch. Eine nette Taktik, die Joe in den vergangenen Jahren viel zu häufig angewandt hatte und die ich ihm jedes Mal durchgehen ließ. Aber irgendwann hatte meine Geduld ein Ende.

Ich schaltete das Wasser ab. Ohne darüber nachzudenken, riss ich erst meine, dann Joes Duschkabine auf und starrte meinen besten Freund ernst an. »Wir müssen jetzt reden. Dieses Mal weichst du mir nicht aus.«

»Alter! Ich habe nichts an! Verdammt, und du auch nicht.« Joe blickte mir entsetzt entgegen, aber das war mir egal. Der Kerl hatte nichts an sich, das ich nicht selbst hatte, also sollte er sich mal nicht so anstellen. Zumal er ohnehin besser bestückt war als ich. Von daher hatte er keinen Grund, sich zu schämen.

Entschieden schüttelte ich den Kopf. »Du bist mein bester Freund. Nein, du bist mehr als das. Du bedeutest mir unfassbar viel, Joe, und ich weiß, dass du in mir dasselbe siehst wie ich in dir. Warum kannst du dann nicht ehrlich sein? Weder zu mir, noch zu dir selbst? Du musst zu deinen Gefühlen stehen und sie akzeptieren oder willst du dein gesamtes Leben mit billigem, bedeutungslosem Sex verbringen?«

»Ähm ...« Jemand räusperte sich hinter mir.

Ich erstarrte. Schlagartig wurde mir bewusst, was Joes wirkliches Problem war. Etwas, das ich vollkommen überhört hatte. Ein Fehler, den ich sonst nie beging, wenn wir in der Dusche am Schwimmbecken waren und nicht in der Männerumkleide.

Langsam sah ich über die Schulter zurück und begegnete zwei Augenpaaren. Eines, das beschämt den Blick senkte und ein anderes, das neugierig dreinsah.

»Wir haben vergessen zu zahlen«, presste Norah hervor. Sie war rot wie eine Tomate.

»Lasst euch von uns nicht stören«, flötete Piper, die an mir vorbei zu Joe sah. Dem nackten Joe. Genauso nackt, wie ich es war. In einer Kabine. Zusammen. Nach einer Standpauke über geheime Gefühle und solches Zeug. Fuck.

»Es ist nicht so, wie ihr denkt«, erklärte ich sofort, drehte mich jedoch nicht um. Lieber sollten sie meine nackte Kehrseite sehen als mich von vorne.

»Das würde ich jetzt auch sagen«, meinte Piper und kicherte. Peinlich berührt tat ich wohl das Dümmste, das ich tun konnte: Ich sprang in die Kabine zu Joe und zog die Kabinentür hektisch hinter mir zu.

»Hey!« Joe starrte mich noch immer entsetzt an, die Augen vor Schock geweitet. Vermutlich sah ich genauso drein.

»Wir warten dann an der Rezeption«, erklärte Norah. Sie klang, als hätte sie den ersten Schock überwunden.

»Lasst euch Zeit, aber bitte nicht zu viel«, fügte Piper hinzu.

Schritte erklangen, die sich von den Duschen wegbewegten. Ich hielt den Atem an, um besser darauf achten zu können, was aber in Anbetracht des noch immer laufenden Duschwassers und meines rasenden Herzschlages schwer war.

Erst als ich mir sicher war, dass sie außer Hörweite waren, blickte ich wieder zu Joe. Er starrte mir mit einem provokanten Grinsen entgegen. Immerhin einer von uns hatte den Schreckmoment überwunden.

»Also«, sagte er gedehnt. »Deinen Worten und deiner anziehenden Nähe zu urteilen bist du derjenige, dem ich meine Gefühle gestehen soll?«

»Arschloch«, knurrte ich und verließ hektisch die Kabine. Sofort schnappte ich mir mein Handtuch und trocknete mich grob ab, um mir schnellstmöglich meine Boxershorts, Shorts wie auch das T-Shirt überziehen zu können.

»Hey, Süßer, warum so stürmisch? Habe ich was falsch gemacht?« Joe verstellte seine Stimme, sodass sie deutlich höher klang.

Ich warf ihm einen bösen Blick zu, bevor ich barfuß zum Eingang stürmte, wo Piper und Norah nah beieinanderstehend die Köpfe zusammengesteckt hatten. Als sie mich bemerkten, fuhren sie sofort auseinander. Es war klar, worüber sie gesprochen hatten. Über die beiden nackten Männer, die über Gefühle sprachen, die es nicht länger zu verstecken galt. Verdammt.

Unschlüssig blieb ich stehen und starrte Norah an. Sie begegnete meinem Blick, ohne ein Wort zu sagen. Ich öffnete den Mund, bekam jedoch nichts raus, weshalb ich ihn wieder schloss.

»Dreißig Dollar pro Person, richtig?«, fragte Piper und lächelte. Mehr als ein Nicken brachte ich nicht zustande. Sie wechselte einen Blick mit Norah, bevor sie das Geld aus ihrem Portemonnaie zog und mir reichte.

Mechanisch nahm ich es entgegen, bevor ich zu Norah sah und das wohl Dümmste sagte, das ich in dieser Situation hätte sagen können: »Es ist nicht so, wie es aussieht.«

Norah lächelte schüchtern. Eine zarte Röte lag noch immer auf ihren Wangen. »Schon gut. Ich habe ja nichts gesehen. Bei keinem von euch.« Sie kicherte.

Gott, klang das süß. Ich wünschte, sie täte es aus einem anderen Grund. Jetzt war die Zeit gekommen, ihr zu sagen, dass ich nicht schwul war, dass ich sie mochte und sie gern näher kennenlernen würde. Ich nahm all meinen Mut zusammen, aber Piper kam mir zuvor.

»Wir müssen los.« Sie sah zu Norah. »Ich habe noch einiges im Restaurant zu erledigen. Kannst du mir unter die Arme greifen?«

Norah nickte. »Natürlich. Wir sehen uns später.« Den zweiten Satz hatte Norah an mich gerichtet. Sie winkte, bevor sie Piper nach draußen folgte.

Ich blieb stehen und starrte ihrer verblassenden Silhouette nach, unfähig mich auch nur einen Schritt vom Fleck zu bewegen.

»Das ging gehörig schief. Aber ich habe es dir gleich gesagt: Sei endlich ein Mann und rede mit ihr. So verbockst du nur alles.« Joe klopfte mir auf die Schulter, bevor er mir das Geld aus der Hand fischte, um es in die Kasse zu legen.

Er hatte recht. Denn mit jedem weiteren Tag wurde es schwerer, Norah die Wahrheit zu sagen. Bald würde es zu spät sein. Ich hoffte, dass es das nicht bereits war.

KAPITEL 12

Norah

»Ich kann nicht glauben, dass er wirklich schwul ist.« Ich legte meine Sachen in Pipers Büro, bevor ich zu ihr ging. Sie stand bereits hinter dem Tresen und spülte die Weingläser. Ungefragt griff ich nach dem großen Holzkorb und setzte mich an einen der größeren Tische. Da das Restaurant noch geschlossen hatte, konnte ich mich entspannt dem Falten der Servietten zuwenden.

»Danke für deine Hilfe.« Piper lächelte mir zu, während sie die ersten polierten Gläser ins Regal räumte. »Was mich vielmehr entsetzt, ist die Tatsache, dass ich mich in Joe geirrt habe. Üblicherweise habe ich eine recht gute Menschenkenntnis.« Piper verzog das Gesicht und warf mir einen undefinierbaren Blick zu. »Er hat sich nicht mal an meinen Namen erinnert. Anscheinend bin ich ihm nicht in Erinnerung geblieben.«

»Du hast mir noch immer nicht gesagt, was da genau zwischen euch gelaufen ist.« Ich schnappte mir die nächste Serviette und faltete sie zu einer Seerose. Erst die Ecken in die Mitte, dann das Ganze umdrehen und alles wiederholen, bevor der äußere Rand vorsichtig hervorgezogen wurde, damit es den Anschein von Blüten bekam.

»Im Grunde war da nie etwas. Wir haben fast täglich hier gesessen, zu der Zeit, als kaum Gäste hierhergefunden haben. Es waren schöne Unterhaltungen. Fröhliche, aber auch ernste. Damals dachte ich, dass es zwischen uns gefunkt hat, aber ich muss mich wohl getäuscht haben.« Piper seufzte.

Mehr brauchte sie nicht zu sagen. Ich wusste, dass es einen Mann gab, der mit ihrer besten Freundin geschlafen hatte. Mein Instinkt sagte mir, dass es sich dabei um Joe handelte. Entweder war er bi oder aber er gestand sich nicht ein, dass er in Wahrheit homosexuell war. Dabei tippte ich auf Ersteres, insbesondere, weil Mika mir versichert hatte, dass Joe eigentlich kein Interesse an Männern hatte.

»Es wird schon alles gut werden«, tröstete ich sie. »Wir stehen beide auf Männer, die für uns unerreichbar sind.«

»Wenn auch auf eine Art, mit der ich gut leben kann.« Als Piper stockte, sah ich von meiner frisch gefalteten Seerosenserviette auf und war überrascht sie grinsen zu sehen. »Mika hat einen richtig süßen Apfelhintern.«

»Himmel, Piper!« Vorwurfsvoll runzelte ich die Stirn und spürte, wie meine Wangen heiß wurden. »Erinnere mich nicht daran.«

Piper zuckte gelassen mit den Schultern. »Was denn? Ein schwuler Mann kann dennoch einen netten Anblick bieten, findest du nicht auch?«

»Norah?«

Beim Klang dieser Stimme wurde mir anders. Übelkeit breitete sich erschreckend schnell in meinem Magen aus und brachte mein soeben eingenommenes Mittagessen wieder hoch. Aus dem Augenwinkel bemerkte ich, wie sich Piper in die Küche zurückzog. Na klasse.

»Was willst du hier?« Mürrisch setzte ich meine Arbeit fort, ohne aufzusehen. »Falls es dir nicht aufgefallen ist, wir haben noch geschlossen.«

»Deswegen bin ich auch durch die Seitentür rein. Wie wir es früher immer gemacht haben.«

»Nur gibt es kein früher mehr. Genauso wenig ein wir.« Jetzt schaute ich doch auf und begegnete dem schuldbewussten Blick meines besten Freundes. Nein. Meines ehemals besten Freundes. »Du warst also doch nicht beim Friseur. Deine Haare sind ziemlich lang geworden«, stellte ich betont gelassen fest. Ron sollte nicht das Gefühl bekommen, dass ich mich für ihn oder sein Leben ohne mich interessierte. Gleichgültig, dass es in Wahrheit so war.

Am liebsten hätte ich ihn umarmt und ihm das Versprechen abverlangt, mich nie wieder fallen zu lassen.

Ron fuhr sich mit den Fingern durch das schulterlange, rote Haar. »Ich wollte mal was anderes probieren.«

»Oder jemand Bestimmtem gefallen, der ein heimliches Faible für Ron Weasley hat?«, korrigierte ich ihn eisig. Als er zusammenzuckte, wusste ich, dass es wirklich was mit Cora zu tun hatte. Sie war der Typ Frau, der auf Surferjungs stand, und diese hatten meist mittellanges Haar. Wie Mika. Verdammt.

»Ich vermisse dich«, murmelte Ron, ohne auf meine Stichelei einzugehen.

»Daran hättest du vorher denken sollen. Hat dich Cora im Stich gelassen?« Ich legte die Papierserviette in den Korb zu den anderen, bevor ich mir eine neue nahm. Wie viel einhundert Stück doch sein konnten.

»Nein.« Ron schüttelte den Kopf. Er blieb neben dem Stuhl mir gegenüber stehen und zögerte, bevor er sich setzte. Dann zog er ebenfalls eins der Tücher zu sich und half mir wie in alten Zeiten. »Du bist meine beste Freundin, Norah.«

»Ich war es«, korrigierte ich ihn. »So lange, bis du mich verraten hast.«

Der gekränkte Ausdruck in seinen Augen ließ mich innerlich zusammenzucken. Aber ich musste standfest bleiben. Mir zuliebe.

»Können wir nicht für einen Moment so tun, als wäre das Ganze nie gewesen und normal miteinander reden? Egal über was.« Ron sah mich flehend an.

»Ich wüsste nicht worüber«, murmelte ich und senkte den Blick. Es fiel mir zunehmend schwerer, mich auf meine Aufgabe zu konzentrieren. Ecken falten, dann umdrehen und wieder falten.

»Irgendetwas. Egal was«, bat er leise.

Falten. Erst falten oder drehen? Nein, natürlich erst falten. Sonst brauchte ich es nicht zu drehen. Himmel, meine Gedanken drehten sich im Kreis.

»Norah«, murmelte Ron.

Verärgert ließ ich die Serviette fallen und sah auf. »Du willst doch nur etwas über meine Choreografie herausfinden. Willst du mir die auch noch klauen, wie mein Vertrauen?«

Ron hob beschwichtigend die Hände. »Nein. Aber es freut mich zu hören, dass du einen neuen Tanzpartner gefunden hast.«

»Das habe ich nicht gesagt«, blaffte ich und spürte, wie ich in den Verteidigungsmodus überging.

»Aber ohne bräuchtest du keine Choreografie«, erinnerte mich Ron schüchtern. Mürrisch starrte ich auf meine zitternden Finger, ohne auf seine Worte einzugehen. »Meine Mutter ist wieder aus dem Krankenhaus entlassen worden«, erzählte Ron. »Es geht ihr so weit gut.«

»Das freut mich zu hören.« Das tat es wirklich. Ich mochte seine Mom. Sie war immer nett zu mir gewesen und hatte uns Kekse gebacken.

»Ist hier heute eine Feier?«, erkundigte sich Ron und deutete zu den gedeckten Tischen.

»Ja, eine größere Geburtstagsfeier. Fünfzigjähriges.« Ich ließ mich erweichen und erzählte ihm etwas über die anstehende Feier.

Wir unterhielten uns über Belanglosigkeiten, während wir die Servietten zu Ende falteten und dann Piper beim Dekorieren halfen. Es war fast wie in alten Zeiten. Doch die bedrückte Stimmung wollte nicht weichen. Es wäre zu früh. Dennoch begann ich mich zu entspannen und lachte sogar über die Witze, die Ron machte, oder zog ihn meinerseits mit Harry-Potter-Vergleichen auf. Wäre er es nicht gewesen, der persönlich einen Keil zwischen uns getrieben hatte, hätte ich geglaubt, dass nie etwas passiert war. Bloß war dem nicht so.

Auch über Madame Loria sprachen wir und die Tanzschule im Allgemeinen. Das Thema Tanzpartner vermied ich gezielt, denn ich wollte nichts davon wissen, wie das Tanzen mit Cora ablief. Für Ron schien das jedoch nicht zu gelten.

»Mit wem tanzt du jetzt eigentlich?«

Ich winkte ab. »Lass uns über was anderes reden.«

Ron zog einen Schmollmund. »Ist er wenigstens süß?«, hakte er nach.

»Ja, schon«, murmelte ich. Es missfiel mir, mich mit ihm darüber zu unterhalten. »Was machst du sonst so?« Betont beiläufig versuchte ich das Thema zu wechseln, doch Ron schien es nicht mitbekommen zu haben.

»Ist das nicht der Kerl, der dich gerettet hat?«

»Woher weißt du davon?« Ein ungutes Gefühl breitete sich in mir aus. Mein Magen zog sich so fest zusammen, dass mir übel wurde.

»Cora ist mit ein paar Freundinnen am Strand gewesen, als es passiert ist«, gestand Ron und schnitt eine Grimasse. »Sie meinte, einer aus der Tauchschule soll dich gerettet haben. Joe oder so.«

»Mika«, korrigierte ich und hätte mir sogleich am liebsten die Hand gegen die Stirn geschlagen.

»Ach?« Er zog eine Augenbraue hoch. »Okay. Läuft da was?«

»Leider nein«, gestand ich. Das Gespräch lief in eine Richtung, die mir nicht gefiel.

»Du solltest nicht zu lange warten. Ich glaube, er ist Single.«

»Und nicht an Frauen interessiert. Können wir das Thema wechseln? *Bitte.*«

Joe sah mich mitfühlend an und nickte. Daraufhin plauderte er über allgemeinere Themen und die Zeit, in der wir einander nicht gesehen hatten. Allmählich entspannte ich mich wieder und schaffte es sogar, das Gespräch zu genießen. Es fühlt sich schön an. Vertraut. Erst jetzt wurde mir bewusst, wie sehr ich ihn wirklich vermisst hatte.

»Danke für deine Hilfe.« Ich begleitete Ron nach draußen, während die Angestellten von Piper den letzten Schliff übernahmen.

»Immer wieder gern. Es hat Spaß gemacht. Wirklich.« Ron sah mich an und lächelte schief. »Es war toll, mit dir reden zu können.«

»Das war es«, stimmte ich zu. Als er mich unerwartet umarmte, spannte ich mich sofort an. Doch so schnell, wie er es getan hatte, ließ er mich los und fasste sich beschämt an den Hinterkopf.

»Dann ... bis demnächst.«

»Ja, bis demnächst«, murmelte ich und sah ihm hinterher. Ein seltsames Gefühl beschlich mich, während er sich von mir entfernte. Es hatte etwas von Endgültigkeit.

***

In den folgenden Wochen verbrachte ich jeden Tag mit Mika. Wir studierten die Choreografie ein, die wir in Zusammenarbeit Schritt für Schritt zu melodischen Klängen eines Remix aus verschiedenen Songs tanzten. Es handelte sich dabei um Melodien, die rein auf Musik beruhten, ohne Gesang. Das war teilweise einfacher, weil der Takt leichter zu fühlen war, zugleich jedoch schwerer, da keine wörtlichen Untermalungen vorhanden waren.

Doch für uns war es perfekt.

Zumindest so lange, bis die Qualifikationstänze anstanden.

»Du vertanzt dich bereits zum vierten Mal. Was ist los?« Madame Loria schaltete die Musik aus und sah mich fragend an. Mika und ich befanden uns in ihrem Studio. Zumindest in einem davon. »Ich dachte, die Nervosität, mit mir zusammenzuarbeiten, hätte sich gelegt?« Die Dame lächelte großmütterlich. Silberne Strähnen durchzogen ihr schwarzes Haar, das ihr bis zur Mitte ihres Rückens ging. Lachfalten zierten ihr schönes Gesicht und standen im Kontrast zu ihren jugendlich leuchtenden grünen Augen. Anders, als ich zu Beginn gedacht hatte, war sie keine verbitterte, bösartige Frau, die auf jedem Fehler rumhackte. Was nicht bedeutete, dass sie nicht unermüdlich jeden einzelnen falschen Schritt aufzählte, aber sie tat es auf eine Art, die hilfreich und freundlich war. Wie es eine liebevoll strenge Großmutter tun würde.

»Es sind die Qualifikationstänze«, gestand ich und schnappte mir mein Handtuch von der Bank, um mir das Gesicht abzutupfen. »Sie sind bereits in einer Woche.« Und Ron hatte sich seit dem Gespräch nie wieder bei mir gemeldet. Aber das war eine andere Sache. Eine, die mich durchaus belastete, mit der ich jedoch gerechnet hatte.

»Du brauchst dir keine Sorgen zu machen.« Mika kam zu mir und lächelte mir aufmunternd zu.

»Da hat er recht. Ihr beiden gehört zu meinen besten Schülern. Du bewegst dich wie eine Elfe, Norah. Das Einzige, das dir im Weg steht, bist du selbst.« Madame Loria kam ebenfalls auf mich zu und blieb vor mir stehen. Sanft ergriff sie meine Hände und drückte sie. Der zärtliche Ausdruck in ihrem Blick beruhigte mich.

»Danke, Madame Loria«, hauchte ich. »Das bedeutet mir viel.«

Die ältere Dame lachte. »Ach wo. Ich bin auch nur eine Frau, die noch immer dazulernt. Es ist nicht wichtig, was ich von euch denke.«

»Sondern, was wir von uns denken«, sagte Mika und lächelte mir zu.

»Quark. Wer hat dir denn diesen Unsinn beigebracht?« Madame Loria machte eine wegwerfende Handbewegung. »Das interessiert ebenfalls niemanden. Das Einzige, was zählt, ist die Meinung der Jury und sonst nichts.«

Als Mika und ich sie verdutzt anstarrten, kicherte sie. Ich schmunzelte und entspannte mich etwas.

»Übt weiter, aber ich muss zu der nächsten Gruppe.« Madame Loria wandte sich ab und ging zu der Tür. Dort blieb sie noch einmal stehen und sah zu uns. »Ihr gebt im Übrigen ein wunderschönes Paar ab.« Dann verließ sie das Parkett.

Peinlich berührt rieb ich mir über den Ellenbogen, bevor ich zu Mika linste und lächelte. Er begegnete meinem Blick und wirkte nachdenklich. »Ist etwas nicht in Ordnung?« Sorge beschlich mich. »Habe ich dich enttäuscht?«, fragte ich niedergeschlagen.

»Was? Nein.« Mika schüttelte den Kopf und wirkte wieder wie immer. Fröhlich und aufgeweckt. »Ich war nur in Gedanken. Madame Loria hat recht. Wir beide geben wirklich ein gutes Paar ab.« Er musterte mich auf eine Art, die ich nicht so recht einzuschätzen wusste. »Norah, ich ...«

Als Mika nicht weitersprach, neigte ich den Kopf zur Seite. »Ja?«

»Ach nichts.« Mika schüttelte den Kopf. »Wollen wir es noch einmal miteinander versuchen?« Mein Herz setzte einen Schlag aus. Sprachlos starrte ich ihn an, als Mika plötzlich zu der Anlage deutete. »Ein oder zwei Durchgänge sollten wir noch schaffen oder hast du einen Termin?«

Enttäuschung durchflutete mich, als mir bewusst wurde, worauf seine Worte gemünzt gewesen waren. Obwohl ich ihn mit Joe gesehen hatte, hatte ein Teil in mir drin dennoch gehofft, dass alles nur ein blöder Scherz war.

»Klar. Ein, zwei Runden sollten drin sein.« Ich zwang mich zu einem Lächeln, das anscheinend überzeugend genug war, dass sich Mika abwandte und zu der Anlage ging. Wenige Sekunden später erklang die altbekannte Zeitansage, bevor das Lied beginnen würde.

Fünf.

Mika wandte sich mir zu. Er lächelte und ging los. Unterdessen begab ich mich in die Mitte des Parketts, um von dort aus den Tanz beginnen zu können. Doch mein Herz schlug noch immer schmerzhaft schnell. Es pochte, als würde es jeden Moment den Dienst versagen.

Vier.

Tief in meinem Inneren spürte ich, dass da etwas war. Das war es bereits seit Längerem, aber ich hatte es bislang erfolgreich verdrängt. Nur gelang mir dies mit jedem Tag, den ich mit Mika verbrachte, schlechter. Während ich meinen Tanzpartner beobachtete, schien die Zeit quälend langsam zu vergehen. Sekunde für Sekunde, die ewig zu währen schienen. Ja. Da war etwas. Tief hinter meiner Fassade verborgen.

Drei.

Mika trat vor mich. Er legte seine Hand auf meine Hüfte, mit der anderen griff er nach der meinen. Ich stellte mich aufrecht hin und ließ mich in die richtige Position gleiten. Bereit zum Tanz, während in meinem Inneren ein Sturm tobte.

Zwei.

Seine Nähe machte mich wahnsinnig. Sein warmer Atem, der sanft über mein Gesicht strich, seine Berührung, die auf meiner Haut brannte. Jemanden wie ihn hatte ich noch nie kennengelernt. Fürsorglich, zärtlich, hilfsbereit, aufopferungsvoll. Mika war etwas Besonderes.

Eins.

Es war ein Fehler gewesen, ihn um Hilfe zu bitten. Zwar mochte er mich aus meiner damaligen Not gerettet haben, aber er hatte mich geradewegs in eine neue geritten. Indem er war, wie er war. Indem er mein Herz dazu bewegte, im selben Takt wie seines zu schlagen. Aber das war egal. Es mochte im selben Takt schlagen, jedoch zu einem vollkommen anderen Lied.

Als die Musik begann, bewegte auch ich mich. Es war Fassade. Denn während ich nach außen hin eine gute Freundin spielte, verzehrte ich mich im Inneren nach mehr. Doch dem würde ich nie nachgehen können, denn näher als im Tanz würde ich ihm nie kommen.

Aber war es nicht gerade der Einklang im Tanz, der uns zusammenführte? Zwei Körper, verschmolzen zu einem. Mit dem Verklingen der letzten Melodie wurde aus eins wieder zwei. Denn so war es zwischen Tänzern. Wir würden nie ein Ganzes bilden, Mika und ich. Diese Erkenntnis brach mich entzwei.

Kapitel 13

Mika

Nachdenklich starrte ich aus dem Fenster und betrachtete das Meer. In den vergangenen Wochen waren Norah und ich einander nähergekommen. Zeitgleich hätten wir nicht weiter voneinander entfernt sein können. Es belastete mich, ihr noch immer nicht die Wahrheit gesagt zu haben. Abend für Abend trainierten wir gemeinsam, wurden besser und schufen eine Partnerschaft, die ich gern vertiefen würde. Nur entzog sich Norah mir emotional. Ich seufzte.

»Entschuldigung? Sind Sie der Besitzer?«

Verwundert sah ich auf. Ich hatte gar nicht mitbekommen, dass jemand gekommen war. Sonst war ich nicht derart unachtsam. »Ja, der bin ich. Hi, ich bin Mika.« Sofort stand ich auf und ging um den Tisch der Rezeption herum auf den schüchtern dreinsehenden jungen Mann zu. »Kann ich etwas für dich tun?«

Er sah sich um, ehe er lächelte. »Nun ja, ich bin auf der Suche nach einem guten Surflehrer.«

»Da bist du hier genau richtig. Joe ist der beste Surfer der Küste. Er ist mehrfacher Landesmeister und unterrichtet fast täglich in Gruppen und Einzelstunden.«

Mein Gegenüber nickte. Er musste ungefähr in meinem Alter sein, vielleicht etwas jünger. Misstrauisch runzelte ich die Stirn. Den Knaben hatte ich in letzter Zeit häufiger in der Nähe der Schule gesehen.

»Das klingt schon mal gut«, murmelte er. »Aber …« Er kam einen Schritt näher, bevor er unschlüssig stehen blieb und zwischen mir und dem Boden hin- und hersah. Er wirkte nervös, was meinen Argwohn verstärkte.

»Anfänger?«, riet ich und versuchte freundlich zu bleiben.

»So was in der Art«, stimmte er zu und holte tief Luft. »Es … ist noch etwas anderes.« Dieses Mal drückte er die Schultern zurück und reckte das Kinn nach oben. Er zitterte leicht. Womöglich vor Anspannung. »Könnte ich vielleicht die Anlage sehen?«, fragte er. Seine Stimme bebte. Er sah aus, als würde er jeden Augenblick hyperventilieren.

Irritiert runzelte ich die Stirn. Als er mich mit aufkeimender Panik anstarrte, überkam mich Mitleid. Obwohl es untypisch war, nickte ich. »Eigentlich üben wir sofort draußen in einem abgegrenzten Bereich des Meeres, aber auf Wunsch können wir natürlich eine Ausnahme machen. Wie heißt du?«

»Rick«, nuschelte er und folgte mir den Flur entlang.

»Also, Rick. Das hier ist eines unserer Schwimmbecken.« Ich steuerte auf den Bereich zu, den ich in letzter Zeit mit einem mulmigen Gefühl im Magen betrat. Es war zwar schon länger her, dass Norah mich hier mit Joe vermeintlich in flagranti erwischt hatte, aber der Vorfall saß mir noch immer in den Knochen. »Den gleichen Bereich haben wir ein weiteres Mal im anderen Flügel. Da ist er jedoch wesentlich tiefer und für die Tauchübungen ausgelegt«, erklärte ich, während ich mit ihm in Richtung der Umkleiden ging. Jedoch betrat ich diese nicht, sondern öffnete lediglich die Tür, damit Rick einmal reinschauen konnte. »Wir haben zwei Duschanlagen. Hier und dort drüben.« Ich deutete einmal durch die Tür und einmal zu den Kabinen in der Halle, ehe ich diese wieder schloss. Danach führte ich Rick in den anderen Flügel. »Hier fangen wir mit den Neulingen an, die gern tauchen würden, aber das wird dich nicht so interessieren, denke ich.«

»Was unterrichtest du denn?«, fragte Rick, als er an mir vorbeiging. Dabei berührte er mich mit der Schulter leicht an meinem Oberarm. Er war etwas kleiner als ich.

»Im Grunde alles.« Ich trat einen Schritt zurück und bot ihm genug Raum, um sich in Ruhe umzusehen.

»Kannst du mir dann nicht das Surfen beibringen?«, fragte Rick. Sein Adamsapfel hüpfte auf und ab.

»Theoretisch schon, aber vertrau mir, wenn ich dir sage, dass Joe der Beste ist. Mit ihm als Lehrer kann kaum etwas schiefgehen.« Aufmunternd lächelte ich ihm zu. »Er ist wirklich nett und sehr geduldig.«

Rick nickte und sah wieder zu Boden. Ich machte mir nichts daraus, sondern begleitete ihn nach draußen, wo ich ihm die Schwimmausrüstung zeigte. »Die Surfbretter werden von uns regelmäßig überprüft, gesäubert und gewartet. Wir versuchen immer auf dem neuesten Stand zu sein und geben nichts raus, was nicht qualitativ einwandfrei ist«, erklärte ich. »Du brauchst nichts an Ausrüstung mitbringen. Wir haben alles hier. Außer einer Badeshorts vielleicht.«

Rick nickte und presste die Lippen fest aufeinander, sodass sie weißlich schimmerten. »Mhm.«

»Hast du noch irgendwelche Fragen? Über den Preis zum Beispiel? Wir haben zwischendurch Aktionen, aber im Surfbereich laufen derzeit keine«, klärte ich ihn auf und dachte angestrengt darüber nach, ob wir für die nahe Zukunft etwas geplant hatten.

»Eine Sache hätte ich«, presste Rick hervor. Sein Blick huschte von mir immer wieder zum Strand zu den anderen Gästen. Niemand achtete auf uns. Generell war es bereits ziemlich spät, sodass nicht mehr sonderlich viele Menschen unterwegs waren. Das bedeutete, dass Norah jeden Moment kommen müsste, um mich zum Tanztraining abzuholen. Zumindest, sofern nicht spontan weitere Interessenten mit Fragen vor meiner Tür stehen würden.

»Ja?« Fragend warf ich Rick einen Blick zu, als er noch immer schweigend von einem Fuß auf den anderen trat. Rick sah an mir vorbei und kaute auf seiner Unterlippe rum, bevor er plötzlich auf mich zuging. Bevor ich reagieren konnte, fasste er mich an den Armen und zog mich zu sich, ehe er seine Lippen auf meine presste.

Erschrocken stieß ich ihn von mir und wischte mir entsetzt über den Mund. »Was soll das?«

»Du stehst doch auf Kerle?« Der Mann breitete die Arme aus und deutete auf sich. »Ich auch. Und ich bin ein Mann.«

Ich wusste nicht, was ich sagen sollte. Ungläubig starrte ich ihn an, entsetzt und schockiert zugleich. »Wie kommst du darauf?«

Rick wirkte mit jeder verstreichenden Sekunde zunehmend panischer. Sein Blick war gehetzt, seine Atmung zu schnell. »Na, ich dachte, dass wir zwei uns ja mal treffen könnten«, redete er hektisch weiter und lief so rot an, dass die Sommersprossen auf seinem Gesicht fast nicht mehr zu sehen waren.

»Es tut mir leid, aber du wirst da etwas falsch verstanden haben.« Ich lächelte entschuldigend, während der junge Typ aussah, als würde er jeden Moment in Tränen ausbrechen.

»Also findest du mich hässlich?«, jauchzte er.

»Nein«, protestierte ich eilig und versuchte ruhig auf ihn einzureden, aber er ließ mich nicht.

»Was ist es dann? Warum willst du nicht mit mir ausgehen? Ist es meine Nase? Ist sie zu groß?«

So etwas war mir im Leben noch nicht untergekommen. Der Junge wirkte, als wäre er total durch den Wind. »Ich stehe nicht auf Männer«, erklärte ich im ruhigen Ton. »Woher auch immer du diese Information hast, aber ich bin hetero.«

»Du bist hetero?«, echote der Typ laut und beruhigte sich schlagartig wieder. »Also ... stehst du auf Frauen?«

»Voll und ganz«, versicherte ich ihm und beobachtete irritiert, wie er sich gelassen das schulterlange, rote Haar zurückstrich. Sämtliche Schüchternheit war verschwunden. Jetzt sah er sogar gelassen drein, nahezu geerdet. Doch da war noch etwas. Ein seltsames Funkeln hatte sich in seinen Blick geschlichen. Es hatte etwas Arglistiges an sich.

»Mika?«

Mir wurde heiß und kalt zugleich. Das konnte nicht wahr sein. Niemals. Nie und nimmer. Doch ein Blick auf die Uhr zeigte mir, dass wir bereits nach achtzehn Uhr hatten. Als ich mich umdrehte, sah ich in große, mit Tränen gefüllte Augen.

»Sag mir, dass das nicht wahr ist«, hauchte sie. »Sag mir, dass du mich nicht die gesamte Zeit über angelogen hast.«

»Norah, bitte. Lass es mich erklären.«

»Was gibt es da zu erklären?«, fragte sie und wurde lauter. Eine erste Träne lief ihr über die Wange. »Mir hast du eindeutig gesagt, dass du auf Männer stehst. Mehrfach. Und zu Ron sagst du, dass du es nicht bist. Wen lügst du an?«

»Ron?«, echote ich und folgte ihrem Blick zu Rick. Nein. Nicht Rick. Ron. Ron, ihr ehemals bester Freund. Ron, der mit ihrer Rivalin tanzte. Ron, der mich vollkommen verarscht und bewusst in diese Situation geführt hatte.

Scheiße.

»Norah, es …« In dem Moment, in dem ich mich zu ihr umdrehte, wusste ich, dass es vorbei war. Der Schmerz in ihrer Miene war unvergleichlich.

»Es tut dir leid«, vollendete sie atemlos meinen Satz. »Das weiß ich. Aber ich weiß nicht, ob ich dir verzeihen kann.« Ich rechnete damit, dass sie davonlaufen würde, aber das tat sie nicht. Genauso wenig, wie sie mir eine Gelegenheit gab, mich zu erklären. Stattdessen wandte sie sich Ron zu. »Von dir bin ich am meisten enttäuscht.«

Rons gelassenes Auftreten verschwand schlagartig. Er fuhr zusammen, als hätte sie ihn geschlagen. »Norah«, murmelte er.

»Lass mich raten«, unterbrach sie ihn. »Cora hat dich auf mich angesetzt, habe ich recht? Bist du deswegen vor einiger Zeit bei mir gewesen und hast dich seither nicht mehr gemeldet? Weil du genug Informationen aus mir herausgeholt hast, um mich zu quälen?«

»Das lag gar nicht in meiner Absicht«, verteidigte sich der Rotschopf.

»Doch. Das lag es.« Norah wirkte plötzlich erschöpft. Sie ließ die Schultern hängen. Als ich zu ihr gehen wollte, wich sie einen Schritt zurück.

»Es tut mir leid. Ich wollte dich nicht verletzen. Wirklich nicht«, versicherte ich. »Ich habe nicht nachgedacht. Eins kam zum anderen und dann war die Lüge bereits draußen.«

»Nein«, stimmte sie mir zu. »Das hast du wirklich nicht, denn hättest du nachgedacht, hättest du von Anfang an ehrlich zu mir sein können. Glaubst du wirklich, ich hätte dir den Kopf abgerissen, weil du mich zurückgewiesen hast?« Sie schüttelte den Kopf. Enttäuschung sprach aus jeder ihrer Gesten. »Viel schlimmer ist jedoch, dass du so viele Wochen Zeit hattest, alles klarzustellen und es doch nicht getan hast.« Sie musterte mich, ehe sie sich abwandte.

»Vergib mir«, flüsterte ich.

»Ich brauche Zeit«, entgegnete sie kaum hörbar, bevor sie ging.

Traurig sah ich ihr nach, unschlüssig, ob ich ihr ihren Raum lassen oder ihr hinterherlaufen sollte. In solchen Situationen konnte ich mich als Mann nur falsch entscheiden.

»Tut mir leid«, murmelte Nicht-Rick.

»Halt die Klappe und verschwinde, bevor ich mich vergesse.« Ich ballte die Hände zu Fäusten und warf Ron einen wütenden Blick zu. Er fuhr sichtlich zusammen, bevor er seine Beine in die Hand nahm und weglief.

Das hatte ich ganz schön verbockt.

Unschlüssig setzte ich mich in den Sand und lehnte mich mit dem Rücken gegen die warme Mauer der Schwimm- und Tauchschule.

Es dauerte nicht lange, bis Joe mit der letzten Lehrgruppe zurückkam, die Surfbretter unter den Arm geklemmt. Als er mich sah, stellte er die Sachen schnell ab und lief auf mich zu. »Mika, was ist passiert?« Besorgt musterte er mich.

»Norah«, murmelte ich. Auf seinen ratlosen Blick hin verzog ich gequält das Gesicht. »Sie weiß es.«

»Sie weiß was?« Er runzelte die Stirn, bis sich seine Miene aufhellte, ehe sie sich wieder verdüsterte. Bestürzt ließ er sich neben mir in den Sand fallen. »Mist.«

»Das kannst du laut sagen.« Ich schloss die Augen und lehnte den Hinterkopf gegen die Wand.

»Hast du es ihr einfach so erzählt?«

Ich schüttelte den Kopf. »Nein. Ihr bester Freund war hier und hat mich geküsst.«

Joe lachte leise auf, ehe er verstummte und sich räusperte. »Sorry«, murmelte er.

»Schon gut.« Ich verzog das Gesicht und sah zu Joe. »Im Grunde bin ich selbst schuld. Wenn ich von Anfang an ehrlich zu ihr gewesen wäre, dann wäre das Ganze nicht passiert.«

Joe schwieg und stimmte mir damit wohl im Stillen zu. Ich war ihm dankbar dafür, dass er mir keine Floskeln wie *Ich hab's dir ja gesagt* entgegenbrachte, denn mir das unter die Nase zu reiben, würde niemandem etwas nützen. Am wenigsten mir.

»Was hast du jetzt vor?« Mitgefühl schwang in seiner Stimme mit.

»Warten.« Ich atmete tief durch die Nase ein und durch den Mund wieder aus. »Was anderes bleibt mir nicht übrig.«

»Du könntest mit ihr reden«, schlug Joe vor, woraufhin ich leise auflachte.

»Daran habe ich auch schon gedacht, aber glaubst du wirklich, dass sie mich gerade sehen will?«

Joe schwieg. Er schien über meine Worte nachzudenken. Nach einer Weile schüttelte er den Kopf. »Sie scheint dich echt gern zu haben.«

»Das hat sie. Gerade deswegen ist es so schlimm. Nicht nur, weil ich ihr etwas vorgemacht habe, sondern weil ich ihr jetzt das Gefühl gebe, dass sie nicht gut genug ist, damit ich ehrlich zu ihr sein kann. Verdammt, warum habe ich das getan?« Ich drückte mir die zu Fäusten geballten Hände gegen die Augen. Am liebsten hätte ich geschrien.

»Hör mal, ich muss mich jetzt um die Schüler und die Ausrüstung kümmern. Wir können danach gern was trinken gehen oder wir fahren zu mir und reden über alles, ja?« Joe legte mir die Hand auf die Schulter und stand auf. Fragend sah er zu mir runter. »Hat sie dich geohrfeigt?«

Irritiert schüttelte ich den Kopf. »Nein.«

Joes Miene hellte sich auf. »Dann ist noch nicht alles verloren.«

Ich verzog das Gesicht. »Um ehrlich zu sein glaube ich nicht, dass sie der Typ Frau ist, der einfach so zuschlagen würde.«

Joe schüttelte den Kopf. »Kann schon sein. Aber sieh es positiv. Es stehen keine Geheimnisse mehr zwischen euch. Oder zumindest keine wichtigen mehr, glaube ich.« Mit diesen Worten ging er zu den anderen und ließ mich mit meinen Gedanken zurück.

Eigentlich hatte er recht. Ich hatte nichts mehr vor ihr zu verbergen. Blieb zu hoffen, dass es noch nicht zu spät war, um ihr zu zeigen, dass ich sie gernhatte. Sie war mir ans Herz gewachsen. Auch damals schon, als wir uns geküsst hatten. Nur war es zu früh gewesen. Die Erinnerungen an damals hatten mich zu stark belastet. Genauso die Angst davor, erneut verletzt zu werden. Norah jetzt zu verlieren, würde ein großes Loch in mein Herz reißen, auch wenn ich es verdient hätte. Verflucht, vieles hatte ich verdient. Ihre Wut, ihren Zorn, ihre Enttäuschung. Aber ich hatte nichts getan, das unverzeihbar wäre. Es war eine Notlüge gewesen. Bestimmt hatte sie ebenfalls schon mal jemanden angeflunkert, um sich selbst oder jemand anderes zu schützen.

Gleichgültig, was kam, ich würde ihr beweisen, dass sie mir vertrauen konnte, denn ich hatte Norah gern. Vielleicht mehr, als ich mir selbst gestehen wollte.

Kapitel 14

Norah

»Er ist doch nicht schwul«, platzte ich heraus, noch bevor ich die Haustür hinter mir geschlossen hatte. Zielstrebig ging ich in die Küche, wo ich Piper am Tisch sitzend vorfand.

Meine Schwester sah verwundert von ihrem Kaffee auf. Sie nahm einen Schluck und stellte daraufhin die Tasse auf die dazu passende Untertasse. Sie trank meistens noch einen Espresso oder einen Cappuccino, bevor sie abends ein letztes Mal ins Restaurant fuhr. »Was ist passiert?« Aufmerksam musterte sie mich, ehe sie stockte. »Täusche ich mich oder sind deine Wangen gerötet? Hast du geweint?« Besorgt bedeutete sie mir mich ihr gegenüber zu setzen. Doch mir war nicht danach.

Aufgeregt lief ich in der Küche auf und ab. »Mika«, erklärte ich aufgebracht, ohne auf ihre Frage einzugehen. »Er hat mich angelogen. In Wahrheit ist er gar nicht schwul.« Es auszusprechen versetzte mir einen Stich. Ich presste den Mund fest aufeinander und unterdrückte die Tränen, die ich auf dem Weg nach Hause in Massen vergossen hatte. Eigentlich hätte ich leergeweint sein müssen.

Erst wirkte Piper verwundert, dann strahlte sie jedoch bis über beide Ohren. »Das sind hervorragende Neuigkeiten.«

»Nein«, entgegnete ich etwas zu harsch.

»Nein?«, wiederholte sie verwundert.

»Nein«, murmelte ich und wurde unsicher. »Vielleicht schon«, gestand ich kleinlaut und blieb stehen. Es war positiv, schließlich bedeutete es, dass ich vielleicht doch eine Chance bei Mika hatte, aber das war nicht mehr relevant. Immerhin wollte ich nichts mehr von ihm. Wir waren Freunde geworden. Mehr noch als das. Wir waren Tanzpartner. Auch wenn das eine das andere nicht ausschloss. »Dieser Mann macht mich wahnsinnig«, stieß ich aus und ließ mich in den Stuhl gegenüber von Piper fallen.

»Das tun sie alle.« Piper lächelte mir aufmunternd zu. »Soll ich dir einen Tee machen?« Als ich nickte, stand sie auf und ging zum Herd. »Du bist bestimmt gekränkt, habe ich recht?«, fragte sie, während sie nach einer Tasse griff und einen Teebeutel hineinfallen ließ.

»Ziemlich.«

»Und wütend«, mutmaßte Piper.

»Ja, das auch.« Obwohl ich gestehen musste, dass der erste emotionale Ausbruch abgeklungen war und ich mich allmählich beruhigte. Tatsächlich schämte ich mich sogar ein wenig dafür, am Ende doch weggelaufen zu sein.

»Und du magst ihn?«, bohrte Piper weiter nach.

Ich stöhnte auf. »Klar mag ich ihn. Er ist verdammt nett. Jeder mag ihn, so charismatisch, wie er ist.« Allen voran diese Kuh aus seinem Schwimmkurs, die eigentlich einen festen Freund hatte und Mika dennoch schöne Augen machte. Ich hatte ihren Namen verdrängt.

»Du weißt, worauf ich hinauswill.« Piper sah mich auffordernd an. Ja, das wusste ich, aber ich würde ihr nicht den Gefallen tun, es auszusprechen. Sie wartete, aber als ich nicht reagierte, verdrehte sie die Augen. »Wie wäre es, wenn wir morgen früh zu ihm in den Laden fahren und du dich mit ihm aussprichst?«

»Nein.« Entschieden schüttelte ich den Kopf. »Ich kann da nicht wieder hin.«

Piper starrte mich an, als wäre mir ein zweiter Kopf gewachsen. Verärgert runzelte sie die Stirn. »Das ist nun wirklich eine Lappalie. Es ist ja nicht gerade so, als hätte er dich mit einer anderen betrogen.«

Verärgert runzelte ich die Stirn. »Nein, natürlich nicht. Aber toll war seine Lüge auch nicht. Wenn Ron nicht gewesen wäre, hätte ich davon gar nichts mitbekommen.«

»Davon war nie die Rede«, erklärte Piper trocken. »Du bist wirklich dickköpfig. Und was hat Ron überhaupt damit zu tun?«

»Nicht nur ich«, verteidigte ich mich sofort und zog bedeutungsvoll eine Augenbraue hoch, woraufhin Piper ein genervt klingendes Schnauben ausstieß.

»Na gut. Das stimmt«, lenkte sie ein. Dennoch sah sie mich weiterhin auffordernd an.

Ich seufzte. »Ron hat ihn angegraben. Anscheinend war unser nettes Gespräch nur dafür gedacht, dass er herausfinden konnte, mit wem ich tanze. Er wollte ernsthaft ein Keil zwischen uns treiben.«

Piper starrte mich entgeistert an. »Wahnsinn. Ihr wart früher mal so gute Freunde. Traurig, wie widerwertig Ronald in Wahrheit ist. Damit hätte ich nie gerechnet.«

»Ich auch nicht«, murmelte ich und seufzte niedergeschlagen. Eine Weile schwiegen wir. Ich versank in meinen Gedanken darüber, wie frustrierend die Situation war. Meine Menschenkenntnis schien grottenschlecht zu sein. Oder zumindest meine Fähigkeit zu erkennen, wenn mich jemand anlog.

»Ich habe eine andere Idee.« Plötzlich schnappte sich Piper ihr Handy. Sie tippte etwas hinein, bevor sie es in ihrer Hosentasche verschwinden ließ. »Komm, wir gehen.«

»Wohin?« Misstrauisch beäugte ich meine große Schwester, stand jedoch auf. Als ich bemerkte, dass sie ihren Kaffee nicht einmal ausgetrunken hatte, wurde ich unruhig. »Was ist so wichtig, dass du sofort losmusst?«

»Du«, antwortete sie schlicht und musterte mich unergründlich. »Du bist meine kleine Schwester und ich muss auf dich aufpassen. Wenn es dazugehört, dass ich spontan all meine Pläne über Bord werfen muss, dann ist das so. Und jetzt komm. Wir haben nicht mehr viel Zeit, bevor es zu spät wird.«

»Wozu?«

Sie lächelte. »Das wirst du schon sehen.«

Ich folgte ihr nach draußen zu ihrem Wagen und stieg misstrauisch ein. »Du fährst mich jetzt nicht zu Mika, oder?«

Sie schüttelte den Kopf. »Nein, mach dir darüber keine Gedanken. Das musst du ganz allein klären, da werde ich mich nicht einmischen, so wie es unsere Mutter ständig getan hat.«

Bei dem Gedanken an zu Hause wurde mir schwer ums Herz. Ein unangenehmer Druck breitete sich in meiner Brust aus, wie es immer der Fall war, wenn ich an daheim denken musste. »Ich vermisse sie.«

»Das tue ich auch, aber wir werden sie ja in einigen Tagen bei den Qualifikationstänzen sehen.« Piper lächelte mir aufmunternd zu.

Als sie das ansprach, zuckte ich zusammen. Ich freute mich tierisch darauf, unsere Eltern wiederzusehen, aber es machte mich zugleich nervös. Insgeheim wollte ich ihnen beweisen, dass ich das Zeug zum Tanzen hatte. Es war nicht so, als ob sie mich nicht in meinem Vorhaben unterstützen würden. Mom hatte jedoch nie ein Geheimnis daraus gemacht, dass sie es lieber hätte, wenn ich eine normale Lehre machen würde. Einen sicheren Job. Das wünschte sie sich für mich.

Trotz dieser Gedanken nickte ich und murmelte ein »Okay«. Insgeheim war ich mir nicht mehr sicher, wie das mit dem Wettkampf aussah, aber ich sprach es nicht aus. Das würde nur zu einer unnötigen Diskussion führen. »Wo fahren wir hin?«, fragte ich in der Hoffnung, meine Gedanken in eine andere Richtung lenken zu können.

»Ans Meer.«

Sofort verkrampfte ich mich. Mein Magen zog sich derart zusammen, dass mir übel wurde. »Also doch zu Mika?« Meine Stimme klang selbst in meinen Ohren erstaunlich schrill.

Norah lachte. »Nein, du Dummerchen. Das habe ich dir bereits gesagt. Es gibt auch noch andere Orte als die Schwimm- und Tauchschule. Wir fahren zum Hafen.«

Ich runzelte die Stirn. »Was machen wir denn da?«

Piper verdrehte die Augen. »Wir suchen dir eine nette Stelle, an der du mit einem Anker am Bein vom Boot springen kannst«, sagte sie sarkastisch. »Jetzt warte doch mal ab. Du bist immer so ungeduldig.«

Ich seufzte, hielt jedoch den Mund und lehnte mich mit der Stirn gegen das kühle Fenster. Erschöpft schloss ich die Augen und ließ meine Gedanken ziellos umhertreiben. Während Piper losfuhr, lauschte ich dem dröhnenden Motor. Doch es dauerte nicht lange, bis wir wieder hielten und Piper mich am Arm berührte. »Wir sind da. Lass deine Sachen im Auto, die wirst du nicht brauchen.«

Benommen setzte ich mich auf und blinzelte den Schlaf aus den Augen. Obwohl es mir schwerfiel, fragte ich nicht erneut nach, was wir hier taten. Stattdessen schnallte ich mich ab, schnappte mir noch mein Handy und stieg aus, bevor ich Piper zu den Anlegestellen folgte.

Die warme, salzige Meeresbrise fuhr mir durch das Haar und wehte mir einige Strähnen ins Gesicht. Ich schob sie hinter das Ohr und beobachtete neugierig die Menschen. Einige Hafenmitarbeiter liefen geschäftig herum. Zumindest vermutete ich, dass es welche waren, da sie die gleichen Blaumänner mit einem Anker auf der Brust trugen. Vereinzelt schlenderten Familien an den Stegen entlang. Mütter und Väter mit kleinen Kindern in ihren Mitten, die aufgeregt auf die Schiffe zeigten.

»Wo ist er denn?«, murmelte Piper und lenkte meine Aufmerksamkeit fort von den kreischenden Möwen und den fluchenden Anglern, die ihre Netze entwirrten.

»Wer?«, fragte ich und reckte ebenfalls suchend den Hals.

Doch Piper antwortete mir nicht, sondern sah sich konzentriert um, ehe sich ihre Miene aufhellte. »Ah, da ist er ja. Jeff«, rief sie fröhlich und winkte. Ein stämmiger, stark gebräunter Mann stellte eine Kiste ab, bevor er sich uns zuwandte. Er trug eine Glatze und hatte ein Tattoo von einem kriegerischen Seepferd mit Panzerung auf dem Arm, auf dessen Bauch der Name Linda künstlerisch eingearbeitet war.

»Hey, Piper«, grüßte er sie, bevor er mit seinen stahlgrauen Augen zu mir sah. »Du musst Norah sein. Ich bin Jeff.« Er schüttelte meine Hand mit einem angenehm festen Druck.

»Hi.« Ich lächelte. Aus der Nähe erkannte ich, dass das Seepferd aus zahlreichen, filigran gearbeiteten Punkten bestand. Immer wenn er den Arm bewegte, schien es, als würde sich das Tier bewegen.

»Du willst also eins meiner Motorboote ausleihen?«, fragte er an mich gewandt.

Irritiert starrte ich ihn an, öffnete den Mund, schloss ihn dann aber wieder, ohne etwas gesagt zu haben. »Ähm …« Hilfesuchend sah ich zu Piper, die meinem Blick mit leuchtenden Augen begegnete.

»Ja, das will sie. Nur für eine Stunde«, erklärte sie an Jeff gewandt. Als sie meine Verwirrung zu bemerken schien, zwinkerte sie mir zu.

»Alles klar. Ich habe eins meiner Schätzchen bereits vorbereitet. Fährst du mit?«, fragte er an Piper gewandt, während er die Kiste öffnete. Als sie den Kopf schüttelte, holte er eine Schwimmweste raus und reichte sie mir. »Für den Fall der Fälle.« Er zwinkerte mir zu, bevor er zu Piper sah. »Die Papiere sind noch im Büro. Die müsste ich eben holen. Du weißt, dass abendliche Stunden einen Aufpreis kosten?«

Piper nickte. »Das weiß ich und es macht nichts.«

Ich errötete peinlich berührt, während ich die Weste anstarrte und über seine Worte nachdachte. Hoffentlich hatte Jeff nichts von meinem kleinen Vorfall am Meer gehört. Doch vermutlich wusste er von nichts, sonst hätte er mir bestimmt kein Motorboot überlassen. Wo wir wieder beim Thema wären. »Warum?«, fragte ich leise, als Jeff in einem kleinen Häuschen direkt am Steg verschwand.

»Weil du einen klaren Kopf brauchst. Was wäre da besser, als allein auf dem Meer zu sein?« Nachdem sie meinen skeptischen Blick bemerkt hatte, lächelte sie. »Du hast eine Schwimmweste. Außerdem ist für den Verleih nur erlaubt, dass du in dem abgegrenzten Bereich bleibst.« Sie deutete zu den schwimmenden Teilen, die üblicherweise markierten, bis wohin die Badegäste schwimmen durften, bevor es in den Bereich ging, in dem die Schiffe fuhren. Das beruhigte mich sonderlich wenig, da sie mit bloßem Auge kaum zu erkennen waren.

»Das ist ganz schön weit«, stellte ich mit flauem Gefühl im Magen fest. Dort würde mich keiner schreien hören, wenn ich von Bord gehen würde.

»Mach dir keinen Kopf.« Sie zwickte mir in die Seite und grinste, als ich einen Sprung weg von ihr machte.

»Es wundert mich, dass du mir so etwas buchst, obwohl ich vor Kurzem beinahe ertrunken wäre.« Ich rümpfte die Nase. »Gib zu, dass du mich loswerden willst.«

»Würde ich das wollen, hätte ich andere Wege gefunden, als dich zu ertränken«, erklärte Piper und lachte. »Süße, du wirst nicht allein sein. Glaubst du wirklich, dass Jeff um diese Zeit bei so einem Wellengang jemanden ohne Erfahrung einfach so aufs offene Meer rausfahren lässt?«

Ich sah sie verwirrt an. »Aber du kommst nicht mit.«

»Nein, aber Jeff.« Piper betrachtete mich mit einem belustigten Ausdruck auf ihrem Gesicht. »Er ist ein Stammkunde bei mir. Hin und wieder passe ich auf seine Tochter Linda auf, wenn er mal etwas mit seiner Frau allein unternehmen will. Er ist sehr zuverlässig und kompetent. Für ihn lege ich meine Hand ins Feuer.«

»Ich dachte, ich soll allein sein und nachdenken?«, fragte ich und legte den Kopf zur Seite.

»Das wirst du ja auch.«

»Jetzt verstehe ich gar nichts mehr. Gerade meintest du noch, dass Jeff mitkommt.« Doch als Piper mich mit einem breiten Grinsen bedachte, wusste ich, dass sie nichts weiter dazu sagen würde. Da brauchte ich weder zu diskutieren, noch zu nörgeln. Ihre Geduld war schier unerschöpflich.

»Also gut«, erklang eine tiefe Stimme hinter mir. Ich drehte mich um und sah zu Jeff, der Piper Papiere und mir eine Tube hinhielt. »Füll die bitte aus und leg sie mir dann auf den Tisch. In etwa einer Stunde sind wir wieder zurück. Und du«, jetzt wandte er sich mir zu, »solltest dich gut eincremen. Die Sonne ist auf offenem Meer nicht zu unterschätzen, gleichgültig, dass sie bald untergeht.«

Artig nahm ich die Sonnencreme entgegen und legte die Schwimmweste kurz auf dem Boden ab, bevor ich sämtliche freie Hautflächen mit dem cremigen Weiß einrieb. Dabei linste ich auf die Uhr. Wir hatten bereits neunzehn Uhr.

Piper nickte und nahm die Unterlagen entgegen. »Pass gut auf meine Schwester auf. Wenn ihr etwas passiert, lernst du mich kennen.« Sie sagte es zwar scherzhaft, aber mit ihrem Blick drückte sie eine unausgesprochene Drohung aus.

»Aye, Aye, Käpt'n.« Jeff zwinkerte Piper zu, bevor er mir bedeutete ihm zu folgen. Unsicher reichte ich meiner Schwester die Tube und drückte kurz ihre Hand, bevor ich losging.

Mir gefiel die Situation noch immer nicht. Mit jedem Schritt, den ich mich von Piper entfernte und dem Meer näher kam, wuchs die Übelkeit. Mein Herz raste, während das flaue Gefühl kein Ende zu finden schien.

»Nervös?« Jeff sah zu mir runter. Mir fiel erst jetzt auf, dass er mich um mehr als einen Kopf überragte.

»Ziemlich«, gestand ich leise. Unauffällig wischte ich mir die schweißnassen Handinnenflächen an der Hose ab.

»Brauchst du nicht zu sein. Wir haben kaum Wind und Wolken sind ebenfalls keine zu sehen. Außerdem bleiben wir in der Nähe vom Ufer. Keine Sorge, ich bin auf dem Wasser geboren worden. Sollte etwas passieren, bist du bei mir in sicheren Händen.« Er lächelte mich so warm an, dass ich gar nicht anders konnte, als es zu erwidern. Jeff strahlte inmitten der Wellen eine Gelassenheit aus, die ich mir zum Vorbild nehmen wollte.

Als wir am Ende des Steges ankamen, blieben wir vor gut ein Dutzend Schnellbooten in den verschiedensten Größen stehen. Einige Anlegestellen waren frei. Entweder waren sie unbesetzt oder die Boote waren verliehen, was aufgrund der Seile, dessen Enden fein säuberlich zusammengerollt auf dem Holdboden lagen, viel wahrscheinlicher war. Sie alle hatten ein besonderes Erkennungsmerkmal: Die Lackierung war in einem leuchtenden Bordeaux gehalten. Doch nicht nur das kennzeichnete sie als Besitztümer von Jeff. Das Besondere befand sich als Lackierung am Bug jedes einzelnen Bootes: Ein kriegerisches, goldenes Seepferd mit dem Namen Linda auf dem Bauch.

»Sind das alles deine?« Erstaunt sah ich mich um.

»So viele sind das doch gar nicht.« Er zwinkerte mir zu, bevor er nickte und stolz die Brust vorschob. »Aber ja. Ich habe damals mit einem kleinen Bötchen angefangen und mich langsam gesteigert. Mittlerweile besitze ich siebzehn Schönheiten. Da ist sogar eine Luxusjacht mit dabei. Ich hätte sie dir gern gezeigt, aber sie ist für die komplette Woche vermietet.«

Verwundert folgte ich ihm zu einem der kleineren Boote. Doch es war keines der Exemplare, bei denen jemand hinten sitzen und per Hand Gas geben musste, sondern so eines, das auch Joe und Mika besaßen: mit Schlüssel und Steuer.

Gleichgültig welches Boot ich betrachtete, jedes war poliert und gereinigt. Die Innenbereiche waren sauber, als hätte sie noch nie jemand betreten. Bei diesem Anblick wunderte es mich nicht, dass er Erfolg hatte. Wer seine Schätze derart pflegte, der hatte es verdient, davon gut leben zu können.

»Lehn dich nicht zu weit über den Rand hinaus, wenn wir fahren. In der Regel dürfte nichts passieren, aber du könntest ausrutschen und ins Wasser fallen«, erklärte Jeff, während er sich an den Seilen zu schaffen machte. »Zieh die Schwimmweste an. Sollte sie zu eng oder zu locker sitzen, kannst du sie wie bei einem Rucksack verstellen. Wenn dir schlecht wird, bitte Bescheid geben. Genauso, wenn du es mal langsamer oder auch schneller haben möchtest. Mein Baby mag zwar kleiner sein als seine Geschwister, aber es hat ziemlich viel drauf.« Jeff warf mir ein breites Grinsen zu und klopfte liebevoll gegen das Boot, als wäre es ein Pferd, das er lobte.

Ich nickte und zog artig die Schwimmweste über. Während Jeff die letzten Verankerungen löste, prüfte ich den Sitz und vergewisserte mich, dass ich nicht rausrutschten würde, falls ich über Bord gehen sollte.

»Komm, ich helfe dir.« Jeff hielt mir die Hand hin, die ich nur zu gern ergriff, um halbwegs elegant vom Steg in den Innenraum des auf dem leichten Wellengang gleitenden Bootes zu springen. Sofort setzte ich mich hin und hielt mich fest, als mir wieder schlecht wurde.

»Sicher, dass du das hier machen willst?« Jeff betrachtete mich skeptisch, bevor er sich zu mir gesellte und sich hinter das Steuer stellte.

»Keine Ahnung«, antwortete ich ehrlich. »Piper hat mich damit ziemlich überrascht.«

Jeff nickte. »Ich weiß. Aber wenn du nicht willst, dann musst du nicht.«

Für einen Moment überlegte ich tatsächlich den Trip abzusagen. Doch ich schüttelte den Kopf. »Ich bin bereits einmal bei jemand anderem mitgefahren und das war toll.« Warum ich dieses Mal so nervös war, wusste ich nicht. Womöglich, weil Mika nicht da war und mir nicht die notwendige Sicherheit vermittelte, die ich brauchte, um über meinen Schatten zu springen.

Jeff wartete noch einige Sekunden, bevor er nickte. »In Ordnung. Wir können jederzeit abbrechen und umkehren. Du musst nur ein Wort sagen und ich wende. Alles klar?« Als ich nickte, wandte er sich ab und startete den Motor. Dröhnend erwachte das Ungetüm zum Leben. Sofort hielt ich den Griff stärker umklammert, der am Rand befestigt war. Mein Herz raste nicht, es hüpfte. Hoch, runter. Hoch, runter. Und mein Magen tat es ihm gleich.

»Dann los.« Jeff lenkte uns geschickt an den anderen Booten vorbei, ohne mit ihnen zusammenzustoßen. Immer wieder sah er zu mir, bevor er etwas mehr Gas gab. Zunächst fuhren wir auf das offene Meer hinaus. Je länger er auf die Unendlichkeit zusteuerte, desto unsicherer wurde ich. Obwohl das Wasser ruhig war, beschlich mich das Gefühl, seekrank zu werden. Und das, obwohl wir nicht durchgeschüttelt wurden, sondern über die Wellen hinwegglitten. Erst als Jeff das Steuer zur Seite schob und wir horizontal zum Ufer fuhren, wurde es ein wenig holpriger.

»Was führt dich eigentlich hierher?«, fragte Jeff. »Ich habe Piper seit ein paar Monaten nicht mehr gesehen. Mein letzter Stand ist, dass du sie besuchen wolltest. Dass du schon hier bist, wusste ich gar nicht.«

»Das Tanzen«, erklärte ich. »Ich hatte einen Platz bei Madame Loria sicher und bin mit meinem damaligen Tanzpartner hierhergezogen.«

Jeff nickte. »Ah. Interessant.« Er warf mir einen kurzen neugierigen Blick zu, bevor er auf den Weg achtete.

Er stellte mir immer wieder Fragen. Wie ich es in Australien fand, wie das Training war, was ich von Pipers Restaurant hielt. Lauter Belanglosigkeiten.

Ohne es überhaupt zu wollen, begann ich zu erzählen. Erst antwortete ich nur auf seine Fragen, bis ich von selbst das Thema wechselte. Unbewusst erzählte ich ihm alles. Davon, wie Ron und ich in Australien angekommen waren. Wie fremd es für uns gewesen war. Von seinem Verrat und meiner Feindschaft zu Cora. Auch von Mika und meinem Gefühlschaos berichtete ich.

Erst als ich eine Pause machte und Luft holte, bemerkte ich, dass sich mein Magen beruhigt hatte. Allmählich überkam mich der Verdacht, dass Jeff mich bewusst zum Reden gebracht hatte, um mich abzulenken.

»Das klingt alles nach ziemlich großem Mist«, kommentierte Jeff.

»Das kannst du laut sagen.« Ich seufzte und sah mich um. Wir waren noch immer in der Nähe des Ufers, wenn auch etwas weiter weg als zu Beginn. Einen Moment schwiegen wir. Dabei lauschte ich dem Dröhnen des Motors und dem Rauschen der Wellen, die platschend gegen das Boot knallten.

»Lust, etwas schneller zu fahren?«, fragte Jeff unerwartet.

Ich überlegte, bevor ich nickte. »In Ordnung.«

»Dann halt dich gut fest.«

Kaum dass ich seiner Aufforderung nachgekommen war, gab Jeff Gas. Von einem Moment auf den anderen schossen wir derart schnell über das Meer, dass mir das Herz stehenblieb. Automatisch hielt ich den Atem an und riss die Augen auf. Ein Kloß bildete sich in meinem Hals, als das Boot über eine größere Welle sprang und etwas härter landete. Doch je schneller wir wurden, desto aufregender wurde es. Als hätte jemand einen Schalter umgelegt, fing ich zu lachen an. Herzhaft, laut und glücklich. All der Stress fiel von mir. Sämtliche Sorgen waren für den Moment vergessen. Es gab nur noch mich und das Gefühl, wie eine Göttin über das Meer zu fliegen. Euphorie überrollte mich, während mein Haar peitschend zurückgeweht wurde.

Viel zu schnell wurden wir wieder langsamer, bis wir in einem gemächlichen Tempo auf eine kleine Insel zufuhren.

»Na, wie war das?« Jeff drehte sich halb zu mir um und grinste breit. Mir war gar nicht aufgefallen, dass er sich irgendwann eine große Sonnenbrille auf die Nase geschoben hatte.

»Wundervoll«, stellte ich fest und grinste breiter. In diesem Augenblick war ich froh, dass ich Sonnencreme aufgetragen hatte, denn noch immer war keine einzige Wolke in Sicht. Obwohl es schon relativ spät war, drückte die

Sonne und brannte ein wenig auf der Haut. Die heißeste Zeit des Sommers stand vor der Tür.

»Wir machen eine kurze Pause«, erklärte Jeff. Dabei leuchteten seine Augen seltsam. Als hätte er einen Plan. Erst verstand ich nicht, warum er mich so merkwürdig ansah, aber nachdem ich realisiert hatte, wo wir uns befanden, sackte mir das Herz in die Hose.

Von allen erdenklichen kleinen Inseln, die es hier zu Hauf gab, musste er mich ausgerechnet zu dieser bringen. Insgeheim hoffte ich, dass ich mich irrte, aber je länger ich mich umsah, desto sicherer wurde ich mir. Die Gewissheit verfestigte sich, während wir anlegten und ich denselben Blick auf die Küste hatte wie damals. Dieselben Bäume, derselbe Winkel, dieselbe Mulde, die als Anlegestelle diente. Wobei es vielmehr der Ort war, an dem die Boote leichter ans Land gezogen werden konnten, bevor sie mit einem Strick gesichert wurden, der so dick war wie meine Faust und am anderen Ende an einer gigantischen Palme befestigt war.

Jeff sprang aus dem Wasser und watete über den Kies. Dabei zog er ein zweites Seil hinter sich her, das vorne am Boot befestigt war. Das andere Ende wickelte er um einen Baum, der direkt am Wasser stand, bevor er den Strick von der Palme ergriff und diesen zusätzlich befestigte. Doppelt hielt besser.

Ich schlüpfte aus meinen Schuhen und zog den Hosensaum so weit hoch, wie es mir möglich war, bevor ich zaghaft nach hinten trat. Von dort aus stieg ich vorsichtig aus. Als ich in das kühle Nass sprang, fuhr ich zusammen. Unfassbar, dass ich darin über eine Stunde geschwommen war. Erst jetzt wurde mir bewusst, wie warm mich der Neoprenanzug gehalten hatte.

»Sollte etwas sein, dann findest du mich hier. Wenn du so weit bist, fahren wir zurück, aber lass dir nicht zu viel Zeit. Die Sonne geht bald unter und vorher will ich wieder zurück sein.« Jeff nickte mir zu, ehe er an Land schlenderte und sich in den Sand plumpsen ließ. Er zückte sein Handy aus der Jackentasche und versank vor dem Display.

Ich wandte mich ab und ging ans Ufer. Meine Hose war bis zu den Knien nass und klebte an meinen Beinen. Immerhin war es mittlerweile warm genug, dass ich mich dennoch nicht erkälten würde. Zumindest hoffte ich das.

Die Insel war nicht sonderlich groß. Im Gegenteil. Ich konnte von hier aus das andere Ende sehen, das nur fünf bis zehn Gehminuten entfernt sein dürfte. Dennoch genoss ich den Frieden und die Ruhe. Bis auf das Meeresrauschen war nichts zu hören. Nicht einmal Möwen. Ich ging über den teils sandigen, teils steinigen Weg am Ufer, bis ich auf der anderen Seite ankam. Unschlüssig blieb ich stehen und betrachtete die ewigen Weiten der See.

»Was mache ich nur?«, fragte ich mich selbst und schloss die Augen. Tanzen. Das war bisher die Antwort gewesen. Einen Partner hatte ich. Ungeachtet der Lüge wollte ich noch immer mit Mika an den Qualifikationswettkämpfen teilnehmen. Je länger ich darüber nachdachte, desto mehr wurde mir mein kindisches Verhalten bewusst. Trotz stand mir nicht. Genauso wenig falsche Eitelkeit. Ich öffnete die Augen, sah zur Seite und lächelte. Hier hatten wir eine wundervolle, wenn auch kurze Zeit verbracht. Doch nicht nur hier. Jeder Tag an Mikas Seite war wunderschön gewesen. Er hatte mir gezeigt, was es hieß, das Tanzen wirklich zu lieben und es nicht nur lieben zu wollen. Schon immer hatte ich Spaß daran gehabt, mich unter dem Klang verschiedener Lieder zu bewegen. Aber erst durch Mika hatte ich gelernt, mit mir selbst ins Reine zu kommen und auch mal einen anderen Weg einzuschlagen. Nicht den, den jeder nahm, sondern abseits des Pfades mein Glück zu versuchen. Das tat er nicht nur mit der Liedauswahl, sondern mit unzähligen anderen Gesten.

Allmählich wurde mir bewusst, warum mich seine Lüge so hart getroffen hatte. Und die Antwort gefiel mir nicht. Doch sie entsprach der Wahrheit, die ich mir bislang verboten hatte einzugestehen.

Langsam ging ich zu Jeff, woraufhin er aufstand. »Hast du Klarheit gefunden?« Als ich nickte, wirkte er zufrieden. »Gut. Dann sollten wir wieder fahren.«

»Das sollten wir«, stimmte ich ihm zu. »Danach muss ich dringend mit jemandem reden.«

Wir begaben uns auf das Boot. Während ich mich so setzte, dass ich auch bei Schwankungen nicht gleich über Bord gehen würde, löste Jeff das Seil.

Dieses Mal gab er sofort ordentlich Gas. Mir schien, dass wir teilweise noch schneller waren als auf dem Hinweg, aber es störte mich nicht. Manchmal musste ich die Kontrolle abgeben, um glücklich zu sein.

Nachdem wir wieder zurück waren, bedankte ich mich bei Jeff und Piper, ehe ich allein loslief.

»Norah, deine Schuhe!«

Ich sah über die Schulter zu Piper, ohne mein Tempo zu drosseln. »Nimm sie bitte mit«, rief ich ihr zu, ehe ich abbog und auf den Strand zusteuerte.

Mein Sprint nahm ein jähes Ende, als ich den Sand erreichte. Zwar lief ich noch immer, aber dadurch, dass ich regelmäßig in der Masse versank, musste ich langsamer werden, damit ich nicht umknickte. Obwohl ich aus der Puste war, eilte ich weiter. Die Hosenbeine klebten an meinen Knien und trockneten äußerst langsam. Meine Waden und Schienbeine kribbelten, weil Sandkörner daran klebten. Aber das war mir egal. Ich musste mit Mika reden und mich für mein dämliches Verhalten entschuldigen.

Als ich endlich an der Tauch- und Schwimmschule ankam, brannte meine Lunge. Mein Gesicht glühte und Schweiß lief mir an der Schläfe hinab. Aber das war egal. Allein der Gedanke an Mika trieb mich voran. Also schleppte ich mich weiter und ging um die Ecke, als ich Stimmen hörte. Erst störte ich mich nicht daran, bis ich erkannte, wer da sprach. Joe und Mika, auch wenn ich nicht verstand, was genau sie sagten. Als ich einen Blick ins Gebäude werfen wollte, stellte ich fest, dass die Tür abgeschlossen war. Ohne groß darüber nachzudenken, ging ich weiter und stellte schnell fest, dass die die beiden sich wohl hinter dem Gebäude befanden.

Unschlüssig blieb ich stehen, ohne zu wissen, was ich tun sollte. Entschieden drückte ich die Schultern zurück und nahm all meinen Mut zusammen, um mich Mika zu stellen … bis ich meinen Namen hörte und verharrte.

Eigentlich war es nicht meine Art. Das gehörte sich nicht. Doch ich lehnte mich gegen die Wand, schloss die Augen und lauschte.

Kapitel 15

Mika

»Norah geht nicht dran.« Ich runzelte die Stirn und tippte auf die Wahlwiederholungstaste, bevor ich mir das Handy ans Ohr drückte. Nervös ging ich auf und ab. Dabei sah ich erst zur Tauch- und Schwimmschule, bevor ich mich angespannt der Wiese zuwandte. Dorthin, wo ich die Slackline angebracht hatte. Die Erinnerung war schön und schmerzhaft zugleich. Es klingelte einmal, zweimal, dreimal. Als nach etwa zwanzig Sekunden die Mailbox ansprang, legte ich auf. Missmutig starrte ich den Namen auf dem Display an, ohne zu wissen, wie ich Norah erreichen sollte.

»Vielleicht ist sie unterwegs?« Joe sah mich aufmunternd an.

»Sonst ist sie immer am Handy. Zumindest sieht sie die Nachricht immer sofort.« Besorgt runzelte ich die Stirn und wandte mich meinem besten Freund zu. »Hast du die Nummer von ihrer Schwester?«

»Piper?« Joe verzog das Gesicht. »Sie hat mir eine gegeben, aber es hat sich als die vom Waschsalon am anderen Ende der Stadt herausgestellt.«

Es fiel mir schwer, mir bei seiner Offenbarung ein breites Grinsen zu verkneifen. »Allem Anschein nach hast du jemanden gefunden, der deinem Charme nicht gleich bedingungslos verfallen ist.«

»Scheint so.« Joe runzelte missbilligend die Stirn.

»Und?«, fragte ich mit einem neckenden Unterton. »Wie fühlt es sich an, auch mal was für seine Lorbeeren tun zu müssen?«

»Als ob ich sonst nie um Frauen werben müsste.« Empört rümpfte Joe die Nase. Als er meinen Blick bemerkte, der gewiss meine Belustigung widerspiegelte, zuckte er ergeben mit den Schultern. »Es ist ungewohnt«, gestand er. »Aber irgendwie fühlt es sich gut an.«

»Vielleicht wirst du endlich erwachsen und hörst auf, jedem Rock hinterherzuschauen, der an dir vorbeistolziert.« Als Joe das Gesicht verzog, fühlte ich mich in meiner Vermutung bestätigt: Er war noch immer in Piper verknallt. Mir war klar, dass es nicht fair war, ihn zu ärgern, jetzt, da er jemanden wiedergefunden hatte, den er seit geraumer Zeit mochte. Dennoch tat es gut zu sehen, dass selbst der größte Draufgänger der Stadt bei seiner Herzdame nicht so mühelosen Erfolg verzeichnete wie sonst.

Was mich wieder zu meinem Grundproblem führte und zwar zu der Frau, die mir nicht länger aus dem Kopf gehen wollte und die sich partout nicht bei mir meldete. Allein wenn ich an Norah dachte, wurde mir flau im Magen. Gewissensbisse wegen meiner Lüge nagten an mir. Gleichgültig, was ich tat oder wie ich mich abzulenken versuchte, sie wurden nicht weniger.

»Meinst du, ich sollte zu ihr fahren?« Ohne darüber nachzudenken, wählte ich erneut Norahs Nummer und drückte mir den Hörer ans Ohr. Dieses Mal sprang sofort die Mailbox an. »Verflucht.« Norah schien wütender zu sein, als ich bislang angenommen hatte.

»Alter, du wirkst gerade wie so ein kranker Stalker.« Als ich Joe einen finsteren Blick zuwarf, hob er beschwichtigend die Hände. »Soll ich dich hinfahren?«

Ich dachte über seinen Vorschlag nach, bevor ich den Kopf schüttelte. »Es wäre vielleicht besser, wenn ich ihr noch etwas Zeit gebe, über mein … Outing nachzudenken.« Bei dem Wort verzog ich das Gesicht. Niemals hätte ich daran gedacht, dass ich einmal in so eine Situation kommen würde.

»Okay. Aber lass dir nicht zu viel Zeit, sonst könnten ihr weitere Dinge auffallen, die sie kacke an dir findet.« Joe musterte mich skeptisch von Kopf bis Fuß, während er dies sagte.

»Was stimmt nicht an mir?« Als Joe mich ausdruckslos anstarrte, wurde ich unruhig. »Also?« Doch er schwieg weiterhin. Statt mich zu beruhigen, zog er die Augenbrauen zusammen und musterte mich intensiver. Allmählich steigerte sich das flaue Gefühl in meinem Magen zu einer ausgewachsenen Übelkeit. »Himmel, Joe! Was ist es?«

Er öffnete den Mund, aber antwortete nicht sofort. Stattdessen zog er die Pause in die Länge und sah ernster drein. »Es ist nicht so einfach, es dir zu sagen«, gestand er und betonte jede einzelne Silbe. »Schließlich bist du mein bester Freund.«

»Rück endlich mit der Sprache raus.« Allein der Gedanke, dass ich Norah unbewusst noch mehr Gründe gegeben haben könnte, mich zu meiden, ließ mich beinahe durchdrehen. »Joe, bitte.«

»Dein Gesicht«, antwortete Joe trocken, ohne mit der Wimper zu zucken.

»Mein Gesicht?«, wiederholte ich irritiert. »Was stimmt daran nicht?« Allmählich dämmerte mir, was Joe für ein Spiel abzog.

»Sieht scheiße aus«, erklärte er. Dabei wirkte Joe so ernst, als hätte er mir gesagt, dass ich unheilbar krank sei.

»Danke, du mich auch.« Ich verdrehte verärgert die Augen. Er hatte mich grundlos beunruhigt. Angespannt wandte ich mich ab und stampfte los, in Richtung des Stegs.

»Dein Hintern«, rief Joe mir hinterher.

»Was ist damit?«, fragte ich, ohne langsamer zu werden.

»Er ist zu flach«, erklärte Joe. Dieses Mal zitterte seine Stimme leicht. Ein Hinweis darauf, dass er jeden Moment anfangen würde zu lachen.

»Danke. Jetzt weiß ich, dass du mir auf den Arsch starrst.« Ich blieb stehen und musterte ihn verärgert.

»Na, wenn ich schon dein Alibi-Freund bin, muss ich auch was zum Glotzen haben. Nur ist da das Problem, dass an dir zu wenig dran ist«, neckte mich Joe munter weiter.

»Sei doch ruhig«, brummte ich und hob den Arm, um meine Augen vor der tiefstehenden Sonne abzuschirmen. Es würde nicht mehr lange dauern, bis sie untergehen und den Strand in Dunkelheit tränken würde. Als ich mich an das verhältnismäßig grelle Licht gewöhnt hatte, marschierte ich zielgerichtet weiter. Ich war ohne Auto zur Arbeit gekommen, weshalb ich den Weg nach Hause zu Fuß antreten musste.

»Ach komm, jetzt sei keine Zicke«, flötete Joe und folgte mir im Laufschritt. »Oder hast du deine Tage?«

»Halt endlich die Klappe.«

»Ich will dich nur aufmuntern«, verteidigte sich Joe kleinlaut.

»Funktioniert hervorragend«, murmelte ich und seufzte. Ich wusste, dass er es auf seine verdrehte Art gut mit mir meinte, aber mir war nicht nach Scherzen zumute.

Es fühlte sich beinahe nach einem Reflex an, als ich das Handy erneut hervorzog und mechanisch die Wahlwiederholung betätigte. Ohne große Hoffnung hielt ich mir das Smartphone ans Ohr. Dieses Mal ging die Mailbox nicht sofort dran. Stattdessen hörte ich das vertraute Tuten. Einmal. Zweimal. Dreimal. Innerlich bereitete ich mich auf die Computerstimme vor, die mir in neutraler Tonlage mitteilen würde, dass mein Gesprächspartner derzeit nicht erreichbar sei.

»Mika?«

Beinahe hätte ich aufgelegt. Ich erstarrte und hielt die Luft an, bevor ich sie wieder ausstieß. »Norah«, presste ich hervor. Mein Mund wurde trocken, die Worte, die ich mir stundenlang zurechtgelegt hatte, flogen davon, als hätte es sie nie gegeben. »Hi«, stammelte ich und schlug mir aufgrund meiner Dummheit die Hand gegen die Stirn.

Joe trat näher und musterte mich neugierig. Verärgert winkte ich ihn weg, was ihn nicht zu stören schien. Im Gegenteil, er rückte noch näher und hielt sein Ohr von der anderen Seite ans Handy, um mitzuhören. Genervt stieß ich ihn zurück und ging ein paar Meter weiter, in der Hoffnung, dass er mir meine Privatsphäre gönnte.

»Ist irgendetwas?«, fragte Norah. Ihre Stimme klang gepresst. Als müsste sie ihre Gefühle kontrollieren. Anscheinend war sie noch immer wütend auf mich. Diese Erkenntnis sorgte dafür, dass mein Herz schmerzhaft in der Brust pochte.

»Es tut mir leid«, platzte es aus mir heraus. »Wirklich. Alles. Ich hätte dich niemals belügen dürfen. Keine Ahnung, warum ich das gemacht habe.«

Schweigen begrüßte mich. Das Einzige, was ich als Antwort erhielt, war ihr leiser Atem. Hätte ich ihn nicht gehört, wäre ich mir sicher gewesen, dass sie nicht mehr dran war.

»Mika, ich …« Sie beendete den Satz nicht, sondern verstummte.

Mein Magen zog sich zusammen. Es fühlte sich an, als würde ein Dämon seine Klauen in meine Gedärme treiben und sie ordentlich zerfetzen. »Irgendwie habe ich die erste Ausrede genutzt, die mir in den Kopf gekommen ist, nachdem du mich geküsst hast. Warum ich es getan habe, kann ich dir auch nicht sagen. Vermutlich war ich überfordert. Ein beschissenes Gefühl.« Als ich mich an den Tag oben am Restaurant zurückerinnerte, verzog ich das Gesicht. »Eigentlich fand ich es schön«, gestand ich heiser.

»Mich anzulügen?«

»Nein!« Ich schrie das Wort beinahe und fuhr zusammen. Eine Mutter ging mit ihrer Tochter an mir vorbei und warf mir einen verärgerten Blick zu. Entschuldigend hob ich eine Hand und zog die Schultern hoch. »Das meinte ich nicht«, fügte ich leiser hinzu. Mein Herz raste und schien durch meine Brust herausspringen zu wollen.

»Ach? Schon wieder am Flunkern?«, fragte sie spitz. Ihre Stimme klang angespannt und verärgert.

»Niemals«, versicherte ich schnell.

»Sag niemals nie, schließlich hast du es bereits einmal getan«, entgegnete sie kühl.

Ich schluckte schwer und suchte fieberhaft nach einer Möglichkeit, ihr zu beweisen, dass ich es ernst meinte. Doch mir fiel nichts ein. Mein Kopf war wie leergefegt. Bis ich Norah kichern hörte. Langsam dämmerte mir, dass sie mich reingelegt hatte. »Das war nicht lustig.«

»Nicht?«

»Nein.« Ich atmete zittrig aus. »Ich hatte Angst, dass du wütend auf mich bist und kein Wort mehr mit mir wechseln wirst.« Das Geständnis kam mir überraschend leicht über die Lippen.

»Und dennoch grinst du.«

Ertappt fuhr ich zusammen und sah mich sofort um. »Woher weißt du das?« Meine Mundwinkel zuckten, als ich realisierte, was das zu bedeuten hatte. »Du bist gekommen«, flüsterte ich. Eine Welle der Erleichterung durchflutete mich.

»Ja«, antwortete sie heiser.

»Wo bist du?«

»Such mich.«

Aufgeregt ging ich los und sah mich nach ihr um.

»Was ist los, Mika?« Joe folgte mir wie ein Entenküken seiner Mutter.

Ich ignorierte ihn. »Gib mir einen Hinweis«, bat ich und blickte zur Tauch- und Schwimmschule.

»Kalt«, raunte sie. Als ich die Richtung wechselte, bestätigte sie mich mit einem »Warm.« Doch je wärmer es wurde, desto mehr ging ich auf das offene Meer zu.

Ich lachte leise auf und schüttelte den Kopf. »Lügst du mich etwa an?« Ohne auf ihr »Kalt, kälter, Arktis« einzugehen, drehte ich mich um und joggte los. Den Hörer hielt ich dabei weiterhin an mein Ohr gedrückt. Dann sah ich jemanden um die Ecke unserer Anlage verschwinden. Kurzentschlossen lief ich einmal um das Gebäude der Tauch- und Schwimmschule herum, aber dort war niemand. Das Grinsen auf meinen Lippen verblasste, als ich stehen blieb und auf der Suche nach Norah den Hals reckte. »Ich hätte schwören können, dass ich dich gesehen habe.«

»Vielleicht hast du mich wieder mit jemandem verwechselt?«, neckte sie mich.

»Nein. Du bist unverwechselbar«, entgegnete ich ehrlich.

»Bin ich das? Genauso wie damals am Strand mit der Frau, die mir so furchtbar ähnlich gesehen hat?«

Ich hörte den belustigten Unterton in ihrer Stimme und verzog das Gesicht. »Du weißt genau, dass du ganz anders aussiehst als diese Frau.« Besser. Viel besser sogar.

»Dann hättest du mich doch nicht verwechselt.« Sie lachte. Das Spielchen schien ihr zu gefallen.

»Norah, du bist unglaublich«, murmelte ich.

»Unglaublich ätzend?«, riet sie.

Ich lachte heiser. »Nein«, entgegnete ich sanft. »Unglaublich bezaubernd.« Obwohl mir bewusst war, dass es keine gute Idee war, entschied ich mich dafür, mein Herz sprechen zu lassen. »Seit ich dich aus dem Meer gerettet habe, konnte ich nur noch an dich denken. Du bist eine sehr gute Freundin geworden. Mehr als das, du bist meine Tanzpartnerin. Niemals hätte ich daran geglaubt, mich je wieder einer Frau anvertrauen zu können, bis du in mein Leben geschneit bist. Gleichgültig, was irgendjemand behauptet; so wie du bist, bist du perfekt. Mit all deinen Fehlern.«

»Du weißt, dass sich das widerspricht?« Sie klang anders. Ihre Stimme zitterte. Aber das war es nicht, was mich aufhorchen ließ. Sondern die Echtheit des Klangs. Langsam drehte ich mich um und ließ den Arm sinken.

»Ja«, flüsterte ich. »Das weiß ich. Liegt nicht gerade im Makel die Vollkommenheit?«

Norah stand mir gegenüber. Keine fünf Meter entfernt. Ohne nachzudenken, rannte ich los und fing sie auf, als sie mir in die Arme sprang. Ich wirbelte sie einmal herum, bevor ich ihren zierlichen Körper fest an meinen drückte und meine Nase in ihrem Haar vergrub. »Vergib mir«, bat ich leise.

»Es gibt nichts zu verzeihen.« Sie hielt meinen Oberkörper umklammert und presste die Wange auf meine Brust. »Ich habe überreagiert. Es war eine einzelne Lüge, die noch nicht einmal von großer Bedeutung ist.« Sie hob den Blick und sah mich mit strahlenden Augen an, was allein von ihrem breiten Lächeln übertroffen wurde. »Bleiben wir Tanzpartner?«, fragte sie hoffnungsvoll.

»Natürlich.« Sanft strich ich ihr eine Strähne aus dem Gesicht. »Zumindest, sofern du mich noch willst.«

Wir sahen einander an. Ich versank in ihrem Blick, in ihrem Lächeln, in dem Moment. Doch als ich daran dachte, dieses Mal die Initiative zu ergreifen und sie zu küssen, wurden wir von einem Räuspern unterbrochen. Sofort hob ich den Blick und begegnete dem von Joe. Unauffällig bedeutete ich ihm zu verschwinden, aber entweder wollte er mich nicht verstehen oder tat es tatsächlich nicht.

»Hier ist ein Anruf für dich.« Seine versteinerte Miene bewies, dass es dringend war.

»Wer ist es?« Angespannt runzelte ich die Stirn und ließ Norah widerwillig los.

»Du weißt wer.« Joe lächelte freudlos.

Ich sah Norah entschuldigend an. »Geh ruhig.« Sie nickte mir zu. »Ich warte hier.«

»Danke.« Obwohl alles in mir danach schrie, es nicht zu tun, trat ich einen Schritt zurück. Ohne auf Norahs fragenden Gesichtsausdruck einzugehen, nahm ich das Handy von Joe entgegen und hielt es mir ans Ohr. »Hallo? Mika hier. Wer ist da?« Ich ging in Richtung der Tauch- und Schwimmschule, um mich der Sache in Ruhe zuzuwenden.

»Hallo, Mika. Erinnerst du dich noch an mich?«

Als ich die Stimme hörte und in meinem Verdacht bestätigt wurde, zog sich mein Magen zu einem festen Knoten zusammen.

»Was willst du?«, fragte ich verärgert.

»Das, was ich schon immer wollte«, kam die Antwort von der anderen Seite der Leitung.

Ich schloss die Augen und wusste, dass der gesamte Tag ein Fehler gewesen war.

Kapitel 16

Norah

Ich wartete geduldig darauf, dass Mika fertig war. Doch er kam und kam nicht. Als ich Joe einen fragenden Blick zuwarf, zuckte dieser mit den Schultern.

»Vielleicht sollte ich nachschauen, was er so lange treibt.« Joe wirkte nervös; das Lächeln wollte ihm nicht so gelingen, wie es sonst der Fall war. Außerdem mied er meinen Blick und verlagerte alle paar Sekunden das Gewicht auf das jeweils andere Bein.

»Eine gute Idee«, stimmte ich ihm zu. Seine Unruhe ging allmählich auf mich über. Irgendetwas stimmte nicht. Das Gefühl verstärkte sich, als Joe im Laufschritt zum Gebäude eilte.

Irritiert runzelte ich die Stirn. Das Verhalten beider Männer war seltsam. In dem einen Moment war Mika mir nah, im nächsten verschwand er ohne eine Erklärung. Es hatte gewiss seine Gründe, warum er sich so verhielt. Vermutlich welche, die mich nichts angingen, weshalb ich versuchte die Situation gelassen zu nehmen. Ein Vorhaben, das mir nicht sonderlich gut gelang. Mika musste sich nicht vor mir rechtfertigen. Dennoch war ich neugierig und würde gern wissen, wer ihn so spät anrief. Insbesondere, weil er sich anscheinend genötigt fühlte, das Telefonat allein zu führen.

Doch das war nicht der primäre Grund meiner Unzufriedenheit. Vielmehr lag es daran, dass der erhoffte Kuss ausgeblieben war. Sein Verhalten mir gegenüber hatte mir schon wieder Hoffnungen gemacht.

Ich seufzte und vertrieb diesen Gedanken. Nur weil Mika nicht schwul war, hieß das noch lange nicht, dass er automatisch an mir interessiert war. So schwer es mir fiel, aber ich würde die reine Freundschaft zwischen uns akzeptieren müssen. So wie ich es bislang getan hatte.

Nachdem ich fünf weitere Minuten allein auf Mika gewartet hatte, entschied ich mich zum Handeln. Wenn er nicht zu mir kam, kam ich eben zu ihm.

Langsam ging ich los. Obwohl ich mir Zeit ließ, um Mika die Gelegenheit zu geben, wieder zu mir zu kommen, kam ich dem Gebäude schnell näher. Als ich die Ecke erreichte, hinter der Mika und Joe verschwunden waren, hörte ich endlich seine Stimme.

»Sie ist ätzend.«

Irritiert runzelte ich die Stirn und wurde langsamer. Nur noch wenige Schritte, bis ich Mika würde sehen können.

»Komm schon. Sie ist im Grunde ganz süß«, entgegnete Joe mit einem versöhnlich klingenden Tonfall. »Es sah zumindest so aus, als wärst du glücklich mit ihr.«

»War ich auch, bis sie sich langsam verändert hat.«

»Stell dich nicht so an.« Joe schnaubte. »Du hättest zumindest in Ruhe mit ihr reden können.«

»Das sagst du nur, weil du ihre Schwester flachlegen wolltest«, entgegnete Mika spitz. Er wirkte verärgert.

Verwirrt blieb ich stehen. Eigentlich war lauschen nicht meine Art. Es war unhöflich und gehörte sich nicht. Irgendetwas in mir bewog mich jedoch dazu, meine Prinzipien über Bord zu werfen und es schon wieder zu tun.

Zum einen, weil sich das Gespräch womöglich um mich drehte, zum anderen, weil Mika das Telefonat eindeutig beendet hatte und dennoch nicht zurückgekommen war. Beides lieferte mir keinen Grund, um ihn und Joe zu belauschen, aber meine Beine gehorchten mir nicht länger. Genauso wenig mein Herz, das mit jedem weiteren Schlag mehr wehtat.

»Ganz im Ernst. Ich habe wirklich gern getanzt, aber sie macht es mir nicht einfach. Allein bei dem Gedanken an ihr Parfum, das teilweise noch immer an meinen Klamotten klebt, wird mir schlecht.«

Unauffällig hob ich den Arm und roch an mir. So penetrant roch ich nicht. Ja, manchmal übertrieb ich es mit dem Einsprühen, aber ich hatte bislang angenommen, dass es Mika nicht stören würde. Anscheinend hatte ich mich geirrt. Oder er redete nicht über mich, was ich für wahrscheinlicher hielt. Womöglich erfuhr ich heute etwas über seine letzte Tanzpartnerin? Diejenige, die schuld daran war, dass er mit dem Tanzen aufgehört hatte.

»Mika.« Ein Seufzen folgte. »Du hast sie gern. Das sieht ein Blinder mit Krückstock.«

»Hatte ich«, korrigierte Mika ihn. »Bis ich sie näher kennengelernt habe. Ich meine, ich habe sie zum Tauchen mitgenommen und ihr alles gezeigt, was ich wusste. Aber wie dankt sie es mir? Indem sie mich bedrängt und einfach auftaucht, wie sie lustig ist. Diese Frau kann mir gestohlen bleiben. Sie soll dahin, wo der Pfeffer wächst und mich in Ruhe lassen. Glaubt sie wirklich, dass sie nur mit ihren Kulleraugen klimpern muss, um mich um den Finger zu wickeln? Dass ich so anspruchslos bin? Ja, ich habe Mist gebaut und dazu stehe ich auch. Aber das heißt noch lange nicht, dass ich weiterhin so tun muss, als würde ich ihre Anwesenheit ertragen können. Irgendwann ist Schluss.«

»Hör auf so zu schreien«, zischte Joe.

»Das tue ich nicht«, knurrte Mika. Ich hörte, wie er heftig ein- und wieder ausatmete. Dann fuhr er in einem etwas ruhigeren Ton fort: »Sie erwartet, dass ich sie küsse und wir ein Paar werden. Mehr will sie nicht von mir.«

»Sie möchte mit dir tanzen«, entgegnete Joe kaum hörbar.

»Worauf ich echt keine Lust mehr habe. All die Zeit habe ich mir den Arsch aufgerissen und Madame konnte schön alles Vorgekaute für sich nutzen.«

Mikas eisiger Zorn traf mich beinahe körperlich. Ich zitterte. Mir wurde übel. Tränen brannten mir in den Augen, während ich taumelte und mich gegen die Wand lehnte. Nein. Er redete nicht über mich. Es musste etwas mit dem Telefonat zu tun haben. Eine andere Möglichkeit gab es nicht.

»Norah wird dir kein weiteres Mal verzeihen«, murmelte Joe. Unwillkürlich hielt ich die Luft an, um kein Wort zu verpassen.

»Nein, das wird sie nicht.« Mika seufzte.

»Was ist mit den Qualifikationstänzen?«, bohrte Joe nach. »Du weißt, wie wichtig sie sind. Denk noch mal darüber nach.«

»Na und? Da gibt es Nichts zum Nachdenken. Hätte sie sich halt nicht mit ihrem Tanzpartner zerstreiten sollen. Es ist nicht meine Schuld, wenn sie zu dumm ist, um ihn halten zu können. Wenn sie ihn an eine andere verloren hat, kann sie nicht ernsthaft erwarten, dass ich ihre zweite Geige spiele. Sie wird schon sehen, wo sie bleibt, wenn ich nicht auftauche, um sie zu retten.«

Etwas in mir zerbrach. Etwas, von dem ich bis vor Kurzem nicht gewusst hatte, dass es da war. All die Vorfreude war dahin. Die Hoffnung. Die Gefühle. Wenn ich bisher gehofft hatte, dass er nicht über mich sprach, dann war ich mir jetzt sicher.

Langsam rutschte ich die Wand entlang zu Boden und starrte in die Dunkelheit. Die dicken Wolken ließen kein Licht durch. Weder das von den Sternen, noch das vom Mond. Es spiegelte mein düsteres Inneres wider.

»Was willst du machen?«, fragte Joe.

»Ich weiß es nicht. Aber eines steht fest: Dieser Tag hat mir bewiesen, dass ich nichts für sie empfinde und es auch nie getan habe, obwohl ich es bis zum Schluss geglaubt habe. Mir ist egal, was aus ihr wird. Es wird Zeit, an mich selbst zu denken.«

»Willst du sie wirklich ins offene Messer laufen lassen?«

Mika seufzte. »Es ist eigentlich nicht meine Art, jemanden derart bloßzustellen, aber es geht nicht anders. Sie wird nie begreifen, dass sie keine Chance bei mir hat, wenn ich es ihr nicht eindeutig zeige.«

Joe schwieg, bevor er einen seltsamen Laut ausstieß, der sich zustimmend anhörte. »Du hast recht. Ich hoffe sehr, dass Norah das genauso sehen wird.«

»Das wird sie«, murmelte Mika. Dabei klang er jedoch nicht allzu zuversichtlich. »Ich hoffe es zumindest. Sie kennt diese Seite nicht an mir, aber es ist notwendig, dass sie sie kennenlernt. Norah muss verstehen, auf wen sie sich eingelassen hat.«

»Und es gibt keine andere Möglichkeit, um es ihr anderweitig zu zeigen?« Joe klang skeptisch.

»Doch. Aber es ist einfacher, es ihr zu zeigen, als mit ihr darüber zu reden.«

Joe gab ein Grunzen von sich. »Dann hoffe ich, dass du recht hast. Wo wir gerade dabei sind – Wir sollten wieder zu ihr gehen. Sie wartet die ganze Zeit auf uns.«

Als ich Schritte hörte, hielt ich die Luft an und drückte mich stärker in den Schatten. Vage erkannte ich zwei Gestalten, die einige Meter weiter an mir vorbeigingen. Hier würden sie mich nicht sehen, denn kaum dass die Sonne untergegangen war, konnte ich kaum noch die Hand vor Augen erkennen. Es war furchtbar schnell gegangen. Schneller, als ich es gewohnt war. Beinahe so, als würde mir die Natur helfen wollen, mich vor einem miesen Feigling wie Mika zu verstecken.

»Norah?«, rief Joe.

»Norah, wo bist du?«, stimmte Mika in die Suche mit ein.

»Vergiss es«, flüsterte ich kaum hörbar. Meine Stimme zitterte wegen der Tränen, die ich vergoss. Angespannt kniff ich die Augen zusammen und presste mir die zu Fäusten geballten Hände gegen das Gesicht. Sie durften mich nicht finden. Sonst würden sie wissen, dass ich sie belauscht hatte, dass ich endlich wusste, wer Mika wirklich war. Ein mieser, verlogener Mistkerl, in dem ich mich gewaltig getäuscht hatte.

Und es tat weh. Es zerriss mich zu wissen, auf was ich mich eingelassen hatte, an wen ich mein Herz verloren hatte. Das Unausweichliche war passiert. Ich hatte mich verliebt und mir selbst das Herz gebrochen.

Es dauerte eine Weile, bis ich mir sicher war, dass Mika und Joe verschwunden waren. Entweder suchten sie mich woanders oder hatten es aufgegeben mich finden zu wollen. Als ich einen Blick auf mein Handy warf, fand ich sechs verpasste Anrufe vor. Vier von Mika und zwei von einer mir fremden Nummer. Womöglich von Joe. Als ich noch fünf weitere Minuten in meinem zunehmend kälter werdenden Versteck ausgeharrt hatte, stand ich mühselig auf. Es kostete mich eine Menge Kraft, um mit zitternden Knien einen Schritt vor den anderen zu setzen.

Es brauchte vier Versuche, bis ich genug erkannte, um meine Schwester in meinem Telefonbuch zu finden und auf den grünen Hörer zu drücken.

»Hallo?«

»Piper«, presste ich hervor und brach in Tränen aus. Es fühlte sich so an, als hätte ich allein ihre Stimme hören müssen, um den letzten Rest an Kontrolle zu verlieren.

»Norah? Was ist passiert? Bist du in Ordnung? Wo bist du?« Eine Frage nach der anderen schoss aus ihr hervor. Ich hörte ihr die Sorge und die unterschwellige Panik an. Verständlich, schließlich kam es nicht häufig vor, dass ich weinend bei ihr anrief.

»Am Strand«, presste ich zwischen einzelnen Schluchzern hervor. Mühselig atmete ich ein und wäre beinahe an meinem eigenen Schnodder erstickt. »Mika, er ... Piper, hol mich bitte ab. Bitte.«

»Bleib wo du bist, ich bin unterwegs.« Im Hintergrund hörte ich, wie Piper etwas zu jemandem sagte. Was genau, konnte ich nicht verstehen. Geschirr klapperte, während zahlreiche Stimmen einander irgendetwas zuriefen. Piper befand sich noch im Restaurant. Doch bevor ich etwas sagen konnte, legte sie auf.

Mir blieb nichts anderes übrig, als auf meine große Schwester zu warten. Ich sah mich um, aber Mika war nirgends zu finden. Generell konnte ich nicht viel erkennen. Ich beschloss den Steg hoch in Richtung Straße zu gehen und zu riskieren, ihm über den Weg zu laufen. Fröstelnd schlang ich die Arme um meinen Körper und warf immer wieder einen Blick zurück, während ich den Hang hochmarschierte.

Als ich oben ankam und endlich den Schein einer Laterne genoss, stellte ich fest, dass ich tatsächlich allein war. Keine Menschenseele befand sich länger am Strand. Selbst der Parkplatz war leer. Ich ging weiter, bis ich eine Biegung erreichte und Stimmen hörte. Unschlüssig blieb ich stehen und sah mich nach den Menschen um, die zweifelslos irgendwo in der Nähe sein mussten. Lange suchen musste ich nicht, denn weiter oben in Richtung des Restaurants, in dem Mika und ich gegessen hatten, war es belebter. Eine Tatsache, die mich beruhigte.

Statt weiterzugehen beschloss ich, mich auf eine niedrige Mauer zu setzen und auf meine Schwester zu warten. Immer wieder glitten meine Gedanken zu Mika und zu dem, was ich gehört hatte. Zu seinen Worten, von denen ich mir so sehr wünschte, dass sie sich nicht auf mich beziehen würden. Doch er hatte meinen Namen genannt, hatte über die Qualifikationstänze gesprochen, die in wenigen Tagen anstanden, über Fehler, die er begangen hatte. Alles deutete auf unsere gemeinsame Situation hin. Gleichgültig, ob ich diese Tatsache akzeptierte oder nicht, sie war da und sie war real. Wie hatte ich mich dermaßen in ihm täuschen können?

Ich seufzte und vergrub das Gesicht hinter den Händen. Tränen kullerten mir über die Wangen, aber ich wischte sie nicht weg. Es wäre zwecklos, da sich bereits neue ihren Weg nach draußen bahnten.

Allmählich verlor ich das Zeitgefühl. Da ich den Akku meines Handys nicht unnötig strapazieren wollte, widerstand ich dem Drang, alle zwei Minuten das Display zu entsperren und die dahinkriechende Zeitanzeige anzustarren. Stattdessen beobachtete ich die Raucher, die immer wieder das Gebäude verließen. Manche kamen zu zweit oder zu dritt. Andere wiederum starrten gebannt auf ihre Handys. Mein Magen zog sich Übelkeit erregend zusammen, als ich mich an den Tag zurückerinnerte, als Mika mich in das Restaurant entführt hatte.

Eine gefühlte Ewigkeit später hörte ich ein sich näherndes Auto. Kurz darauf wurde ich von grellen Scheinwerfern geblendet. Ich blinzelte hektisch und hob die Hand, um meine Augen vor dem Licht zu schützen. Als der Wagen quer vor mir zum Stehen kam, senkte ich den Arm.

»Norah!« Die Tür auf der Fahrerseite wurde aufgerissen und eine kreidebleiche Piper sprang heraus. Nur wenige Schritte später war sie bei mir und riss mich heftig an die Brust. »Himmel, da bist du ja«, flüsterte sie und drückte mich noch stärker, bis ich das Gefühl hatte, jeden Moment zu ersticken.

»Ich bekomme keine Luft«, nuschelte ich. Sofort wurde ihre Umklammerung etwas lockerer, aber loslassen tat sie mich nicht. Das wollte ich auch gar nicht. Stattdessen schloss ich die Augen und genoss die Geborgenheit in den Armen meiner großen Schwester. »Danke fürs Abholen«, flüsterte ich erstickt.

»Jederzeit«, sagte sie leise. Sie drückte mich ein letztes Mal, bevor sie mich losließ und skeptisch musterte. Ich war mir sicher, dass sie etwas sagen würde, aber sie überraschte mich, indem sie mir lediglich mit einem Kopfnicken bedeutete, dass ich einsteigen sollte.

Mit hängenden Schultern schlurfte ich zur Beifahrerseite und öffnete die Tür, bevor ich mich mental erschöpft in die Polster fallen ließ. Kommentarlos setzte sich Piper neben mich und gab Gas.

Auf dem Heimweg sagte sie nichts. Ich schwieg ebenfalls. Kein Wort der Welt könnte ausdrücken, was ich in diesem Moment empfand. Die Enttäuschung, getarnt in der bodenlosen Leere meiner selbst. Wie melodramatisch das klang.

Als wir zu Hause ankamen, ging Piper ohne Umschweife in die Küche und füllte den Teekessel mit Wasser, bevor sie diesen auf den Herd stellte. Altmodisch, aber sie liebte dieses Ding.

»Was ist passiert?« Piper drehte sich zu mir um. Als sie mich ansah, erstarrte sie. Jetzt, im hellen Licht der Küchenleuchte, musste ich noch schrecklicher und verheulter aussehen, als ich mich fühlte. Ehe ich mich's versah, zog mich Piper erneut in eine feste Umarmung und summte leise ein Lied, das Mom uns in unserer Kindheit oft vorgesungen hatte. Ich wusste nicht, wie es hieß oder ob es überhaupt einen Namen trug. Doch es fühlte sich nach Heimat an. Nach Familie. »Es wird alles gut«, versicherte sie mir, während ich meine Tränen auf ihrer Bluse verteilte. »Gleichgültig, was passiert ist: Wir werden es gemeinsam meistern.«

»Hoffentlich«, presste ich hervor. Irgendwann würde die Wunde versiegen. Es würde nicht heute sein, das wusste ich. Vermutlich auch nicht morgen. Doch vielleicht würde ich in einer Woche auf der Couch sitzen und sagen können, dass alles so gekommen war, wie es kommen musste. Dass es gut so war.

Vielleicht.

Vielleicht nicht.

***

In den darauffolgenden Tagen herrschte Funkstille zwischen Mika und mir.

Er hatte mich nicht ein einziges Mal angerufen und das, obwohl die Qualifikationstänze kurz bevorstanden. Nur noch ein Tag, bis ich endgültig vor dem Nichts stehen würde. Mittlerweile war ich mir sicher, dass sich Mika gegen mich entschieden hatte und es sich bei dem Gespräch zwischen ihm und Joe tatsächlich um mich gehandelt hatte, denn er reagierte weder auf meine Anrufe, noch auf meine Nachrichten über WhatsApp oder SMS. Gestern war ich sogar zum Strand gefahren, aber es hatte ein Schild mit der Information an der Tür gehangen, dass die Tauch- und Schwimmschule vorläufig geschlossen sei.

»Immer noch nichts?« Piper setzte sich zu mir ins Wohnzimmer. Aus dem Augenwinkel bemerkte ich, dass sie mich beobachtete. Doch ich sah weiterhin durch die Balkontür nach draußen, statt mich ihr zuzuwenden.

Dicke, schwarze Wolken versammelten sich am Himmel. Das taten sie bereits seit der Nacht, in der ich das Gespräch zwischen Mika und Joe belauscht hatte. Ich wusste nicht, ob ich die vergangenen Nächte wegen meiner Gedanken oder aufgrund des peitschenden Unwetters samt Donnergrollen schlaflos verbracht hatte. Vermutlich war es eine Mischung aus beidem.

»Nein.« Enttäuscht ließ ich die Schultern hängen. Der erste Regentropfen benetzte das Glas der Balkontür. »Er gibt mir nicht einmal die Gelegenheit, mit ihm zu reden. Dabei kann er unmöglich wissen, dass ich gehört habe, was er zu Joe gesagt hat.« Oder er ahnte es. Vielleicht mied er mich gerade deswegen, weil er die Konfrontation scheute. »Er hat sogar die Schule geschlossen«, fügte ich niedergeschlagen hinzu.

Sofort richtete sich Piper auf. Mit einem fragenden Blick musterte ich sie und bemerkte die Anspannung, die sich sogleich über sie gelegt hatte. »Bist du dir sicher, dass nichts passiert ist?«, fragte sie. »Sie machen nur im Winter für zwei Wochen zu. Frühjahr bis Herbst haben sie durchgängig geöffnet. Meistens haben sie zu dieser Zeit zusätzliche Trainer, die die Öffnungszeiten abdecken, weil jetzt die Phase mit den ganzen Touristen anfängt«, erklärte sie. Ein alarmierter Tonfall hatte sich in ihre Stimme geschlichen und machte mich nervös.

Mir lief es eiskalt den Rücken runter, als ich daran dachte, dass Mika etwas passiert sein könnte. »Glaubst du, dass etwas geschehen ist?«

»Ich weiß es nicht, aber es ist nicht auszuschließen.« Piper biss sich auf die Unterlippe.

Ohne zu zögern, schnappte ich mir mein Handy und betätigte die Wahlwiederholungstaste. Obwohl ich keine Hoffnung hegte, dass es dieses Mal anders sein würde, betete ich, dass Mika dranging. Es klingelte einmal. Zweimal. Dreimal. Viermal.

Ich wusste, dass nach dem fünften Klingeln die Mailbox anspringen würde.

»Hallo?«

Mein Herz sank mir in die Hose. Wie ein Fisch an Land öffnete ich den Mund, ohne einen Ton hervorzubringen. Piper sah mich mit fragendem Blick an, aber ich schaffte es nicht, ihr zu antworten oder mich überhaupt zu bewegen.

»Wer ist da?«

Mein Herz zog sich krampfhaft zusammen. Hatte er meine Handynummer gelöscht? »Mika?«, hauchte ich. »Ich bin es. Norah.« Stille.

»Norah«, murmelte er. Er klang seltsam. Im Hintergrund hörte ich Stimmen und Musik. Eine Feier? Reagierte er deswegen nicht? Jemand sagte etwas. Das Einzige, was ich verstand, war sein Name. Von einer weiblichen Stimme. »Ich habe gerade keine Zeit«, erklärte Mika. Bevor ich etwas sagen konnte, hatte er die Verbindung unterbrochen.

Entgeistert starrte ich erst mein Handy, dann Piper an. »Er hat einfach aufgelegt.«

Die Art, wie sie mich mitleidig ansah, verschlimmerte meine Befürchtungen. »Das tut mir leid.«

Fassungslos ließ ich die Hand sinken und starrte geradeaus, ohne etwas wahrzunehmen. »Also doch«, murmelte ich. »Er hat wirklich mich gemeint.« Ich spürte, dass Piper die Arme um mich legte und dass es nass auf meinen Wangen wurde, aber ich realisierte nicht warum. Stattdessen verharrte ich in einer emotionalen Starre.

Kapitel 17

Mika

Ich verzog das Gesicht und sah mit Bedauern auf mein Handy, bevor ich es schnell wegsteckte. So leid es mir tat, aber ich hatte keine Zeit, um Norah zu erklären, wo ich mich befand. Das war der Nachteil daran, wenn man Rettungsschwimmer war: Man musste schnell handeln und konnte sich nicht abmelden. Das ging bereits seit Tagen so. Ein Unfall nach dem anderen geschah, ein Einsatz folgte dem nächsten.

»Da entlang«, erklärte Joe und zeigte in die Richtung, in die wir mussten. Die Partygäste standen in Grüppchen zusammen und unterhielten sich leise. Immer wieder sahen sie zu uns, während wir im Eiltempo in Richtung Strand liefen. Immerhin hatte irgendjemand endlich die Musik ausgeschaltet. Sie hatte so laut gedröhnt, dass ich meine eigenen Gedanken kaum hatte hören können.

»Da sind sie«, erklärte mir July. Sie war diejenige, die diese Feiern plante und veranstaltete. Tränen benetzten ihre Wangen und verschmierten das Make-up.

Als ich über einen Baumstamm sprang, spürte ich das Handy in der Hosentasche. Erneut bekam ich Gewissensbisse, weil ich Norah dermaßen abgewürgt hatte, aber mir blieb keine andere Wahl. Ich durfte mich nicht ablenken lassen. So schwer es mir fiel, ich verdrängte die Gedanken an Norah und konzentrierte mich auf das, was in diesem Augenblick wichtiger war.

»Das Schiff ist dort hinten«, erklärte mir die Frau. Mit besorgter Miene deutete sie in Richtung des Steges, der in das offene Meer hineinragte. Als ein starker Windstoß kam, geriet sie ins Taumeln. Bevor ich nach ihr greifen konnte, hatte sie sich wieder gefangen.

Joe sah mich beunruhigt an. Ernst nickte ich ihm zu, bevor wir Seite an Seite im Laufschritt weitereilten. Der große Rucksack auf meinem Rücken behinderte mich nur minimal. Die Ausrüstung, die ich bei mir trug, war zwar schwer, aber ich war solche Art von Einsätzen gewohnt.

»Wir sollten uns beeilen«, sagte Joe und warf dabei einen Blick nach oben, bevor er wieder auf den Holzsteg sah. Dieser wackelte unter unseren Schritten. Zeitweise fühlte es sich so an, als würde er jeden Moment unter unseren Füßen wegbrechen. Ich sah uns bereits in die peitschenden Wellen stürzen und selbst zum Opfer der Naturgewalt werden. Zwar war das Wasser an dieser Stelle nicht allzu hoch, aber dafür gab es zahlreiche scharfkantige Felsen. Es brauchte einen einzigen heftigen Wellenschlag, um einem Menschen den Garaus zu machen. Etwas, das ich gewiss nicht wollte.

»Wir sind fast da«, rief ich ihm zu. Obwohl der Weg zum Schiff unter solchen Bedingungen nicht leicht war, stellte diese Aufgabe das kleinste Problem dar. Die wahre Gefahr stand uns erst bevor.

»Das klappt schon«, murmelte Joe. Ich wusste nicht, ob er es an mich oder an sich selbst gerichtet hatte. Im Grunde war es auch egal.

»Sie sind die Rettungsschwimmer?«, fragte ein stämmiger Mann mit dichtem, grauem Bart, während er uns entgegenkam. Seine kleinen, dunklen Augen hatten Ähnlichkeit mit denen von Möwen. Schwarz und kugelrund.

»Das sind wir.«

»Kapitän Loras«, stellte er sich vor und nickte uns zu. »Dann mal rauf aufs Deck.« Der Besitzer des Schiffes bedeutete seiner Mannschaft uns an Bord zu holen. Zwei Männer nahmen uns die Rucksäcke ab und halfen uns auf das Schiff. Unterdessen sorgte die restliche Mannschaft dafür, dass wir sofort losfahren konnten.

Von Weitem hatte das Gefährt klein ausgesehen, aber jetzt erkannte ich, dass es sich um ein großräumiges Rettungsschiff handelte. Eines der zahlreichen Exemplare, die für die Bergung auf hoher See genutzt wurden.

»Von wie vielen Opfern wissen wir?«, fragte ich an den Kapitän gerichtet. Erste Regentropfen trafen auf mein Gesicht. Die Wolken zogen sich stärker zusammen und der Wind nahm an Kraft zu. Viel länger hätte das Schiff nicht auf uns warten können. Bereits jetzt lief es Gefahr, gegen den Steg gedrückt zu werden.

Der Kapitän warf mir einen finsteren Blick zu »Ich weiß es nicht. Wir müssen uns auf das Schlimmste gefasst machen.«

Während die Mannschaft dafür Sorge trug, dass wir zum Ort des Geschehens kamen, begleiteten wir den Kapitän in den inneren Bereich, was aufgrund der immer höher werdenden Wellen mehr ein Taumeln als ein Gehen war. Ständig mussten Joe und ich uns irgendwo festhalten. Unterdessen marschierte Kapitän Loras zügigen Schrittes auf die Tür zu. Dabei wirkte jede Bewegung so gelassen, als befände er sich auf festem Boden. Ein wenig beneidete ich ihn um seine leichtfüßigen Schritte, aber vermutlich hätte ich ebenfalls kein Problem an Deck, wenn ich Jahrzehnte darauf verbracht hätte.

»Was genau ist passiert?«, fragte Joe, als wir im Innenraum waren. Wir stellten uns neben Kapitän Loras, während dieser den Steuermann ablöste und die Lenkung übernahm.

»Bislang wissen wir lediglich, dass es ein Schiffsunglück gab«, fügte ich hinzu und stützte mich am Fenster ab. Der Regen wurde stärker und peitschte die Tropfen wie Geschosse gegen das Glas.

»Es ist eines dieser Partyboote, die sich vermehren wie Schnecken«, antwortete Kapitän Loras und verzog das Gesicht, als hätte er auf eine Zitrone gebissen.

Joe zog eine Augenbraue hoch und sah zu mir. »Ich dachte, dass die Partysaison erst in einem Monat anfängt?«, fragte er.

»So ist es auch«, bestätigte der Kapitän. »Derzeit ist der Wellengang ungewöhnlich stark für die Jahreszeit, weshalb keine Fahrten angeboten werden. Es muss sich also um einen Anfänger oder einen Vollidioten handeln. Kein Seemann mit Grips würde freiwillig die See erzürnen.« Loras stieß die Luft energisch aus und schüttelte den Kopf. Seine Augen funkelten wütend. »Sie sind zu nah an eine der kleineren Inseln gekommen, die von Unterwasserfelsen umgeben sind.«

»Aufgeschlitzt wie die Titanic«, sagte Joe. Seine Miene hatte sich versteinert.

»So in etwa, aber nur nicht so tragisch. Wir müssen sie bergen und brauchen dafür Ihre Hilfe. Wir wissen nicht, ob jemand verletzt ist, aber bei dem Wetter schadet es nicht, wenn wir erfahrene Leute mit an Bord haben.«

Ich nickte und hielt den Blick nach draußen gerichtet. Erste Blitze zuckten über den Himmel und durchzogen die nahezu schwarzen Wolken mit goldenen Fäden. Erstes Donnergrollen drohte Unheil an.

»Wie weit ist diese Insel entfernt?« Joe wirkte nervös. Ich konnte es ihm nicht verübeln. Mir war auch nicht wohl bei dem Gedanken, während dieses Wetters auf offener See zu sein. Es war lebensgefährlich, aber irgendjemand musste diese Menschen von der Insel holen, bevor Schlimmeres geschah.

»Fünf Minuten Fahrt.« Der Kapitän linste zu Joe und grinste. »Machst du dir in die Hosen, Junge?«

»Ich war schon bei einigen Rettungseinsätzen dabei, aber nicht bei so einem Unwetter. Haben Sie keine Angst?«, hinterfragte er mit ungläubigem Tonfall.

»Weswegen? Weil es etwas regnet? Nein. Ich bin bei Schlimmerem allein gesegelt.« Er lachte, wobei sein Bauch zu vibrieren schien. Seine tiefe Stimme dröhnte mir in den Ohren.

»Wie viele waren an Bord?«, fragte ich und versuchte nicht darauf zu achten, dass die Wellen immer höher gingen. Eine klatschte genau in diesem Augenblick so stark gegen das Schiff, dass es einen harten Schlag gab. Gerade noch rechtzeitig hielt sich Joe fest, sodass er nicht mit dem Kapitän zusammenstieß.

»Zwei Dutzend Betrunkene und zwei Leute, die den Mist veranstaltet haben.« Loras kniff leicht die Augen zusammen, bevor er das Kinn vorreckte. »Da sind wir schon.«

Ich folgte seinem Blick, konnte aber nichts erkennen. Egal, wie sehr ich mich bemühte, ich sah nur Wasser, Schwärze und zwischendurch einige Blitze in weiter Ferne. Erst bei einem weiteren, näheren grellen Aufbegehren des Himmels erkannte ich unser Ziel. Etwas ragte aus dem Wasser. Etwas, das stark nach einem halb gesunkenen Schiff aussah.

»Dann wollen wir die Rettung starten«, brummte Loras, ehe er ein tiefes Lachen ausstieß. Es klang abwertend. Wenn ich mir seinen Gesichtsausdruck besah, war es wohl eher Abneigung.

»Wie viele solcher Einsätze machen Sie?«, fragte ich neugierig.

»Zu viele«, erklärte der Kapitän und zog die buschigen Augenbrauen zusammen. »Das häuft sich von Jahr zu Jahr mehr. Die Touristen haben sie nicht mehr alle. Statt sich die Köpfe am Land vollzusaufen, müssen sie es am Wasser tun und riskieren dabei, wie Steine unterzugehen.«

Im Grunde musste ich ihm recht geben. Generell hielt ich nichts von Alkoholgelagen. Insbesondere dann nicht, wenn Wasser in der Nähe war.

»Seid ihr bereits umgezogen?«, fragte Kapitän Loras, während er den Blick geradeaus gerichtet hielt.

»Wir haben die Taucheranzüge unter den Klamotten an«, bestätigte ich.

»Dann runter mit den Sachen. Wir werden jeden Moment ankommen und euch in die Boote stecken. Keine Sorge«, fügte er hinzu, als das Schiff plötzlich von einer Welle hochgerissen wurde und dann gefühlt eine Ewigkeit im freien Fall war, bevor wir so hart auf der Wasseroberfläche aufkamen, dass ich beinahe den Halt verloren hätte. »Ihr werdet von mir nicht als Haifischfutter über Bord geworfen. Das wäre bei den ganzen Klippen der reine Selbstmord. Wir fahren einmal um die Insel herum. Auf der anderen Seite gibt es eine Sandfläche ohne Felsen. Dort werdet ihr in jeweils einem Boot mit zwei meiner Männer runtergelassen. Sie übernehmen die Steuerung, ihr den Holdienst für diese Deppen.«

Joe sah mich missmutig an. Wenn man dem Kapitän so zuhörte, könnte man leicht den Eindruck bekommen, dass unsere Aufgabe eine Kleinigkeit war. Doch das war sie nicht. Sie war lebensgefährlich. Wenn wir die Situation unterschätzten, könnten wir ganz leicht unser Leben lassen. Etwas, das ich nicht vorhatte.

»Beeilen Sie sich«, wies uns der Kapitän an.

Obwohl ich den Widerwillen in Joes Blick sah, nickte dieser, bevor er mir bedeutete ihm nach draußen zu folgen. Es war nicht mein erster Einsatz, um Menschenleben zu retten, aber es war der erste, der unter solchen Wetterbedingungen geschah. Joe war noch nicht ganz so erfahren wie ich, aber er war seit gut einem Jahr mit dabei. In der Regel waren wir es, die am nächsten Tag nach Überlebenden suchten und das Taucherteam unterstützten. Manchmal halfen wir beim Transport. Direkt am Tag des Geschehens war ich länger nicht mehr dabei gewesen.

Entschlossen taumelte ich über das stark schwankende Deck in Richtung eines der Rettungsboote und krabbelte mühsam hinein. Als das Schiff plötzlich von einer neuerlichen Welle hochgehoben und wieder ins Wasser fallen gelassen wurde, begann alles zu schwanken. Der Schrei blieb mir in der Kehle stecken, als ich das Gleichgewicht verlor. Verzweifelt ruderte ich mit den Armen, aber als auch noch der Wind an meinem Körper zerrte, verlor ich den Kampf. Doch bevor ich kopfüber über Bord gehen konnte, packte mich jemand am Arm und riss mich zurück.

Mit rasendem Herzschlag ließ ich mich sofort in die Hocke fallen und hielt mich an einem Seil fest, mit dem das Motorboot am Schiff befestigt war.

»Alles okay?« Ein älterer Mann mit Schnauzbart sah mich besorgt an.

»Ja, danke.« Ich schaffte es nicht zu lächeln. Dafür war mir zu übel. Manchmal wünschte ich mir, dass das Leben mehr wie ein Film wäre, bei dem die männlichen Protagonisten ohne Furcht dem Unwetter die Stirn boten. Aber dem war nicht so. Ich war weder ein ausgedachter Held, noch ein sonderlich begabter Lügner, der sich selbst oder anderen vorgaukeln konnte, dass alles in bester Ordnung war.

»Du solltest besser auf die Wellen aufpassen. Ich dachte, dass ihr Surferjungs das draufhabt.« Der Mann zog eine dicke Augenbraue hoch und grinste. Ein Zahn fehlte ihm.

»Eigentlich ist das auch so«, antwortete ich missmutig und erntete einen amüsierten Blick.

Der Wind nahm unterdessen weiter zu und pfiff uns um die Ohren. Mir fiel es zunehmend schwerer, etwas zu hören. Hinzu kam die Problematik, dass der Regen mit jeder vergehenden Minute an Kraft zulegte. Er peitschte mir ins Gesicht, gegen den Rücken und in den Nacken. Ich war von Kopf bis Fuß durchnässt. Fast so, als wäre ich bereits im Meer gewesen. Dabei kam der Part erst noch.

»Bereit?«, fragte mich der Mann und sprang geschickt ins Boot. Obwohl alles wackelte, taumelte er nicht, sondern ließ uns gelassen über eine Fernbedienung runter.

»Sollten wir nicht zu dritt sein?«, fragte ich, statt ihm zu antworten.

»Aye, aber wir waren nicht schnell genug. Das Unwetter nähert sich viel zu schnell. Wir müssen uns beeilen und die Leute an Land bringen, bevor es richtig anfängt.«

Mir wurde flau im Magen, als mir die Bedeutung seiner Worte bewusst wurde. Angespannt nickte ich und sah zu unserem Ziel. Zumindest versuchte ich es, denn der Regen trübte meine Sicht. Die Insel war nicht mehr weit entfernt, aber sie war kaum mehr als ein grauer Umriss hinter dem runterdonnernden Nass.

»Gut festhalten«, wies mich der Mann an. Kaum dass wir auf der Meeresoberfläche ankamen, traf uns eine Welle. Bei dem lauten Knall, der beim Zusammenprall zwischen unserem Motorboot und dem Schiff erklang, fuhr ich stark zusammen. Ein heftiger Ruck ging durch meinen Körper. Nervös leckte ich mir über die Lippen und schmeckte Salz.

»Das ist lebensmüde«, murmelte ich. Der Mann sagte nichts. Vermutlich hatte er mich nicht gehört.

Am liebsten wäre ich umgekehrt, wäre an Bord geblieben und hätte den Kapitän angefleht umzudrehen. Stattdessen spielte ich den Helden und reckte den Hals, auf der Suche nach den Überlebenden.

»Das wird eine holprige Fahrt«, rief mir der Mann zu und zog die Kappe enger ins Gesicht, sodass sein dunkelbraunes Haar nicht mehr zu sehen war.

Ich schluckte schwer, entgegnete jedoch nichts. Stattdessen ließ ich mich in den Zwischenraum der einzelnen Sitzgelegenheiten sinken, damit ich nicht ausversehen über Bord ging. Dass mir dadurch immer wieder eisiges Salzwasser ins Gesicht spritzte, nahm ich billigend in Kauf. Besser so, als ins Meer zu fallen und draufzugehen.

»Dann mal los«, murmelte der Mann, der sich mir bislang nicht vorgestellt hatte, was mir erst jetzt auffiel. Ich selbst hatte ebenfalls nicht daran gedacht, ihm meinen Namen zu nennen. Sollte etwas schiefgehen, würde ich mit einem mir vollkommen Fremden sterben. Ich schluckte schwer und verdrängte den Gedanken. Stattdessen tauchte vor mir das ebenmäßige Gesicht meiner Tanzpartnerin auf. Gewissensbisse nagten an mir, aber ich durfte mich nicht davon beirren lassen. Mühsam verdrängte ich jedweden Gedanken an Norah und konzentrierte mich auf das Hier und Jetzt.

Der Motor erwachte brüllend zum Leben, als der Namenlose einmal fest an einem Seil zog. Augenblicklich schossen wir nach vorn. Der Ruck riss mich zurück, sodass ich schmerzhaft mit dem Rücken gegen eine Sitzbank knallte. Obwohl es höllisch wehtat, war ich froh drum, denn hätte ich auf einer der Sitzgelegenheiten gesessen, wäre ich vermutlich mit einer Rückwärtsrolle ins Wasser geflogen.

Mühsam richtete ich mich auf und hielt mit beiden Armen die Bank vor mir umklammert. Es kostete mich jede Menge Anstrengung, die Augen zumindest zur Hälfte geöffnet zu halten, denn neben dem Regen wurde ich ständig von einer Welle mitten ins Gesicht getroffen. Mein Mund wurde trocken, die Lippen fühlten sich spröde an. Immer wenn ich blinzelte, brannte es, als hätte mir jemand Säure ins Gesicht gekippt.

»Halte durch, wir sind gleich da«, schrie mir der Mann zu. Zumindest glaubte ich, dass er das gesagt hatte, denn seine Worte wurden vom tosenden Wind verschluckt.

»Da!« Ich hob den Arm und deutete nach vorn. Doch der Mann fuhr nicht zur Insel, sondern in einem großen Bogen daran vorbei. Irritiert ließ ich die Hand sinken und umklammerte gerade rechtzeitig die Bank, als wir plötzlich eine große Welle erreichten. Aber sie schlug nicht über uns ein, sondern nahm uns mit. Was zwangsläufig eines bedeutete … Gerade rechtzeitig richtete ich mich auf, als bereits das Gefühl der Schwerelosigkeit eintrat. Es hielt nur wenige Augenblicke an, in der wir fielen. Als die Welle unter uns zusammenbrach, kamen wir heftig auf. Der Aufprall ging mir durch Mark und Bein. Schmerzen schossen mir die Wirbelsäule entlang, doch ich biss die Zähne zusammen, um nicht zu schreien. Stattdessen warf ich einen Blick über die Schulter und stellte fest, dass der Steuermann noch immer wie angekettet an seinem Platz saß. Bewunderung für dieses Können stieg in mir auf. Es musste jahrzehntelange Erfahrung sein, die ihn dieses Wetter meistern ließ.

Plötzlich wendete er. Sofort wandte ich mich wieder nach vorne und sah, dass wir die andere Seite der Insel erreicht hatten. Vage erkannte ich ein Boot, das bereits an Land war. Menschen standen im Wasser und kletterten hinein. Lautes Dröhnen erklang zu meiner Rechten. Als ich zur Seite sah, erkannte ich Joe mit einem älteren Herrn an Bord. Etwas weiter hinter ihnen befand sich das vierte Motorboot.

»Mach dich bereit, ins Wasser zu gehen«, schrie mir mein Steuermann zu.

»Alles klar.« Ich nickte und hoffte, dass er mich gehört hatte.

Als wir nah genug an Land waren, hörte ich hinter mir ein scharfes »Los!«. Sofort sprang ich auf und schwang mich, ohne zu zögern, ins Wasser. Hier waren die Wellen nicht so schlimm. Doch nicht so schlimm bedeutete lediglich, dass sie nicht drohten das Boot zum Kentern zu bringen. Trotzdem hatte ich Mühe, gegen sie anzukämpfen und das, obwohl das Wasser lediglich hüfthoch war. Immer wenn für einen winzigen Bruchteil alles eben war, ging mir das feuchte Nass bis knapp über die Oberschenkel. Was bedeutete, dass die Wellen fast ein Meter hoch waren und stetig wuchsen. Uns blieb nicht mehr viel Zeit.

Unter lautem Donnergrollen arbeitete ich mich vor. Erste Jugendliche liefen mir mit vor Panik geweiteten Augen entgegen. »Langsam«, schrie ich ihnen zu, aber sie hörten nicht auf mich. Wie die Verrückten versuchten sie die Boote zu stürmen, doch das erste wendete bereits und wies sie zurück. Panische Rufe kamen mir entgegen. Es dauerte nicht lange, als mich die erste junge Frau erreichte. Ich schätzte sie auf sechzehn oder siebzehn. Gerade noch rechtzeitig bekam ich sie am Handgelenk zu fassen, als eine Welle über uns zusammenbrach und drohte uns unter sich zu begraben. Beinahe hätte es mich mitgerissen. Es kostete mich sämtliche Kraftaufwendung, um lediglich drei Schritte mitzutaumeln, bevor ich festen Stand gewann und gemeinsam mit dem Teenager zum Halten kam.

»Danke«, stieß sie aus. Ihre Lippen waren bläulich, die grünen Augen vor Schreck geweitet.

»Nicht dafür.« Angespannt führte ich sie zum Motorboot und half ihr hinauf. Die Zeit rannte uns davon. Zum ersten Mal seit Langem hatte ich einen Grund, wieder nach Hause zu kommen und ausgerechnet jetzt stellte sich die Natur gegen mich.

Kapitel 18

Norah

Mit leerem Blick starrte ich auf das aktuelle Tanzpaar. Ich wusste nicht, warum ich überhaupt hier war, warum ich mein Kleid trug, warum ich mich selbst quälte. Es würde keine Vorführung meinerseits geben. Ohne Partner war das nicht möglich.

Zittrig strich ich über den anschmiegsamen, weichen Stoff. Meine Figur wurde darin erstaunlich gut betont. Das Kleid war eng anliegend, sodass ich befürchtet hatte, dass ich keine Luft darin bekommen würde. Doch dem war nicht so. Es fühlte sich vielmehr danach an, als handelte es sich bei dem Kleidungsstück um eine zweite Haut. All dies brachte nichts. Weder mein Outfit noch das farblich dazu abgestimmte Make-up in Erdtönen. Smokey-Eyes waren es nicht wirklich und dennoch lag die Betonung auf meinen Augen, die so perfekt geschminkt worden waren, dass meine Wimpern endlos lang wirkten. Jedes Mal, wenn ich blinzelte, kitzelten die Spitzen meine Wangen. Zudem fühlten sich meine Augenlider bedeutend schwerer an als zuvor.

Aber das war nicht länger von Bedeutung. Wie ein Häufchen Elend saß ich auf der Tribüne und lauschte den Ankündigungen der anderen. Ein Paar war besser als das andere. Wer den winzigsten Fehler beging, konnte sich sicher sein, dass der Sieg nicht länger greifbar war, denn heute musste Perfektion vorgelegt werden. Weniger war inakzeptabel.

Traurig strich ich mit den Fingerkuppen hauchzart über meine Wangen. Es fühlte sich so an, als hätte jegliche Mimik mein Gesicht verlassen. Vermutlich hätte es mich sogar nicht gewundert, wenn meine Wangen so schlaff geworden wären, dass sie meine Schultern hätten berühren können, weil ich die Mundwinkel dermaßen hängen ließ. Wie ein Mops. Faltig und eingefallen.

Ich schloss die Augen und atmete tief durch, während die Musik der Tänzer die Halle beschallte. Ein Team nach dem anderen zeigte seine Performance. In genau diesem Augenblick hätte ich hinter dem Vorhang stehen sollen, statt auf die Tanzfläche zu starren und gegen die Tränen anzukämpfen, die hinter meinen Augen einen unerträglichen Druck ausübten. Ich hätte mich dehnen müssen, hätte aufgeregt von einem Fuß auf den anderen springen oder Mika auf die Palme bringen sollen. Vielleicht hätte ich mich über ihn aufgeregt, weil er weiterhin Mr Obercool gewesen wäre, den nichts zu tangieren schien. Ich hätte ihn angekeift. Doch statt zurückzuschießen, hätte er mich in den Arm genommen und angewiesen tief durchzuatmen. Aber das tat er nicht. Denn er war nicht gekommen.

»Das waren Amelia und Rickander«, erklang die geschmeidig klingende Stimme des Moderators. Die Jury machte sich Notizen, während das Tanzpaar strahlend davontänzelte. Wenn ich es richtig mitbekommen hatte, dann hatten sie perfekt getanzt.

Traurig sah ich ihnen nach. Ein Funke Neid war auch mit im Spiel. Mir entging eine einmalige Chance. Doch statt daheim zu sitzen, zupfte ich an meinem kurzen Paillettenkleid in den verschiedensten Grüntönen und saß in der obersten Reihe der Zuschauertribüne. Vielleicht war ich ja masochistisch veranlagt.

Als mir bewusst wurde, dass nur noch wenige Paare vor mir dran waren, wurde mir schlecht. Keine halbe Stunde mehr und mein großer Moment wäre da gewesen. Der, den ich mit Ron antreten sollte. Dann mit Mika. Jetzt hatte ich niemanden mehr, außer meiner Familie. Doch sie kannten sich nicht aus. Sie wussten nicht, wie ich mich fühlte, wie es war, kurz vor einem derart wichtigen Wettkampf zu stehen. Klar, Piper war mit ihrer Schwimmmannschaft auch bei Turnieren gewesen, aber sie war nie über die Kreismeisterschaften hinausgekommen. Das hier war was vollkommen anderes.

Dieser Tag entschied über mein kommendes Jahr.

»Hey.«

Sofort sah ich auf, aber da war kein attraktiver Surferboy. Statt des ersehnten Ritters stand dort der Ron-Weasley-Verschnitt. Enttäuscht ließ ich mich wieder zurücksinken. »Was willst du?«

Er trat von einem Fuß auf den anderen. »Darf ich mich zu dir setzen?«, fragte er und deutete auf den Platz neben mir. Da ich mich auf den obersten Rang zurückgezogen hatte, befanden sich nur vereinzelte Zuschauer auf dieser Höhe.

Ich rang mit mir, entschied mich jedoch dafür, die Erwachsene zu sein und nickte. Als er sich neben mir niederließ, fühlte es sich befremdlich an. Früher war alles so einfach zwischen uns gewesen. Teilweise hatte ein Blick genügt und wir hatten die Gedanken des jeweils anderen gekannt. Heute kannten wir sie nicht einmal dann, wenn derjenige sie aussprach.

»Also bist du auch sitzen gelassen worden?«, fragte Ron. Als ich ihm einen spitzen Blick zuwarf, biss er sich sofort auf die Unterlippe und zog die Schultern hoch.

»Wieso auch?«, fragte ich skeptisch.

Ron seufzte. »Ich habe mich vertanzt«, erklärte er. »Cora war nicht begeistert.«

Ungläubig starrte ich ihn an. Als mir allmählich dämmerte, was er damit meinte, spürte ich, wie bittere Galle in mir aufstieg. Aus Furcht, laut zu werden, wagte ich es nicht, etwas auf seine Worte zu erwidern. Anscheinend fühlte sich Ron durch mein Schweigen bestätigt, denn er richtete sich etwas auf und begann munter weiterzureden.

»Es tut mir leid. Alles. Wirklich. Im Nachhinein weiß ich, dass es scheiße von mir gewesen ist, dich sitzen zu lassen, aber du musst mich auch verstehen. Cora war wirklich toll und ich dachte, dass sie mich so mag wie ich sie.« Ron errötete und nahm dabei fast dieselbe Farbe an wie sein Haar. »Ich hätte zu dir halten sollen. Wenn sie wirklich an mir interessiert gewesen wäre, hätte sie es akzeptiert. Aber das habe ich nicht erkannt. Ich war blind vor Liebe.«

»Liebe«, wiederholte ich und verzog verächtlich das Gesicht. »Du kanntest sie wie lange? Eine Woche?«

»War es bei dir und Mika anders?«, entgegnete Ron spitz und verzog sogleich das Gesicht. »Tut mir leid, das wollte ich nicht sagen.«

Ich starrte auf meine ineinander verschränkten Finger. Meine Ellenbogen hatte ich auf den Knien abgestützt, den Oberkörper etwas nach vorn gelehnt. Tief atmete ich durch die Nase ein und durch den Mund wieder aus, in der Bemühung, die Kontrolle zu bewahren. Denn neben dem Schmerz über den Verlust unserer Freundschaft und dem innigen Wunsch, mich von meinem ehemals besten Freund wegen Mika trösten zu lassen, war da noch etwas anderes. Zorn über seinen Verrat, Wut aufgrund seiner Worte und Enttäuschung, weil ich endlich erkannte, was ich immer für ihn gewesen war: die zweite Wahl.

»Bitte, geh«, flüsterte ich und warf ihm einen flehenden Blick zu, den er gekonnt ignorierte.

»Hör mal, wir beide waren das perfekte Tanzpaar. Wenn wir trainieren und mit Madame Loria reden, können wir bestimmt ein weiteres Jahr hierbleiben und für die nächste Meisterschaft antreten«, sagte Ron aufgeregt.

»Lass mich allein«, murmelte ich etwas entschiedener.

»Wir werden uns schon wieder annähern. Da bin ich mir sicher. Ich meine, wir sind Freunde seit der Krabbelgruppe. Jeder macht mal Fehler. Das packen wir, ganz bestimmt!« Er strahlte mich an und hatte es noch immer nicht verstanden. Vielleicht wollte er es auch gar nicht.

»Ich werde es dir ein einziges Mal sagen.« Langsam setzte ich mich auf und wandte mich Ron zu. Es kostete mich alles an Selbstbeherrschung, das ich aufbringen konnte, um nicht gleich loszubrüllen, sondern einen sachlichen Tonfall beizubehalten. »Es gibt kein Wir, keine gemeinsame Zukunft und keine Freundschaft. Lange Zeit habe ich gedacht, dass es vielleicht an mir lag. Dass ich mehr um dich hätte kämpfen müssen, um das Uns zu bewahren, aber das war ein Irrtum. Das, was zwischen uns war, kann als

Einbahnstraße gewertet werden. Ich bin es leid, wegen dir zu verzichten, mich selbst zurückzunehmen und am Ende doch getreten zu werden. Alles habe ich gemacht, habe auf dich gewartet und dir bei allem geholfen, egal, ob ich schneller war als du oder nicht.«

Ich atmete tief durch und zügelte mich, da ich zunehmend lauter geworden war und die ersten Neugierigen zu uns sahen.

»Bitte geh«, forderte ich ruhig.

»Aber ...«

Ich schüttelte traurig den Kopf. »Du warst immer ein Teil meines Lebens, Ron. Ein sehr schöner sogar. Wir hatten viel Spaß gemeinsam, aber ich hoffe, dass du verstehen kannst, dass ich keine Freundschaft möchte, von der ich nicht überzeugt bin. Vielleicht könnte es irgendwann wieder so werden, wie es war. Vielleicht auch nicht. Womöglich wirst du mich erneut wegen einer anderen Frau fallen lassen.«

»Das werde ich nicht«, unterbrach er mich und starrte mich flehend an. »Bitte. Wirf nicht alles wegen eines einzigen Fehlers weg«, flehte er.

»Ron.« Ich seufzte. »Du hast uns weggeworfen, nicht ich.«

»Was ist mit dem Wettkampf? Wie willst du einen Ersatz finden?« Er kniff den Mund zu einer festen Linie zusammen.

Ich wandte mich ab und sah zu dem nächsten Tanzpaar, das soeben mit seiner Choreografie anfing. »Tanzen ist nicht alles im Leben«, murmelte ich.

»Dieser Mika hat es dir ganz schön angetan, habe ich recht?« Ron schnaubte verächtlich. »Wegen dem lässt du mich sitzen? Wo steckt er überhaupt?«

»Das geht dich nichts an.« Die Ader an meiner Schläfe fing zu pochen an. Ich wollte nicht darüber reden, aber Ron kannte kein Erbarmen.

»Er hat dich bestimmt wegen einer anderen im Stich gelassen. So ticken Männer nun mal. Jeder Blinde hat gesehen, wie du ihn angeschmachtet hast, wenn ihr am Strand eure Tänzchen vollzogen habt. Er hat dich nicht einmal angesehen.«

Entsetzt starrte ich Ron an. »Du hast uns beobachtet?« Als er nicht antwortete, sondern verlegen zur Seite sah, kam die Erkenntnis. Spioniert. Er hatte versucht unsere Choreografie zu erlernen. Die Schuldgefühle in seinem Blick waren Beweis genug für mich. »Wie viel habt ihr kopiert?«, fragte ich heiser.

Er zögerte, ehe er eine Grimasse schnitt. »Alles.«

Ich verfluchte mich dafür, dass ich nicht beobachtet hatte, wie sie getanzt hatten. Entsetzen durchflutete mich und mündete in bodentiefer Übelkeit. »Geh.«

»Aber …«

»Verschwinde oder ich schmeiße dich von der Tribüne«, fauchte ich und warf Ron einen dermaßen giftigen Blick zu, dass er aufsprang und zur Treppe floh.

»Aber …«

»Geh!«

Ohne ein weiteres Wort zu sagen, floh er die Stufen nach unten. Sein Rotschopf verschwand in der Menge. Tränen brannten mir in den Augen, aber ich ließ nicht zu, dass sie mir über die Wangen liefen. Zittrig atmete ich tief durch die Nase ein und vergrub das Gesicht hinter den Händen. Noch tiefer konnte ich nicht sinken. Mehr zu verlieren hatte ich nicht.

»Solltest du dich nicht aufwärmen?«

Erschrocken fuhr ich zusammen und riss meine Hände vom Gesicht. Das war nicht möglich und doch war es so. Kein Geringerer als Mika joggte die Treppenstufen hoch auf mich zu. Er blieb stehen und hielt sich gelassen mit einer Hand am Geländer fest, bevor er sich zu mir runterbeugte.

»Was war das gerade?«, fragte er und deutete zurück. Allem Anschein nach meinte er Ron, aber mir war nicht danach, ihm Rede und Antwort zu stehen.

»Wo kommst du her?«, fragte ich stattdessen und räusperte mich, als mir bewusst wurde, dass sich meine Stimme überschlug. Ich versuchte ihn so böse es ging anzufunkeln, aber es fiel mir schwer. Nicht nur, weil ich mich insgeheim freute, ihn zu sehen, sondern auch, weil er in der schwarzen Hose, dem smaragdgrünen Hemd und dem ebenso dunklen Jackett umwerfend aussah.

Irritiert runzelte mein vermeintlicher Tanzpartner die Stirn. »Sollte ich nicht lieber fragen, warum ich dich erst suchen musste? Wir müssen in wenigen Minuten auf die Bühne und haben uns noch nicht einmal gedehnt. Zumindest ich nicht.«

Überfordert starrte ich ihn an. Als er sich ungeduldig aufrichtete, wurde ich wütend. Er hatte kein Recht dazu, mir irgendwelche Vorwürfe zu machen. »Du wolltest mich fallen lassen«, knurrte ich. »Als ich fast eine Stunde lang auf dich gewartet habe, wusste ich, dass du es tatsächlich getan hast. Wieso bist du jetzt doch gekommen? Sag mir nicht, dass du ein Gewissen hast.« Ich wusste, dass ich wie eine Zicke klang, aber ich konnte nicht anders. Der Schmerz saß zu tief.

»Wie meinst du das?« Mika blinzelte und wirkte erstaunt. Doch davon ließ ich mich nicht beirren.

»Tu nicht so unschuldig. Du wolltest heute gar nicht kommen. Ich habe gehört, was du über die Qualifikationstänze gesagt hast.« Ich zitterte. Es kostete mich sämtliche Willenskraft, um die Tränen zurückzuhalten. »Du hast zu Joe gesagt, dass ich es schon noch merken würde, wenn du nicht auftauchen würdest.«

»Norah, das ist ein Missverständnis«, stammelte Mika. Dabei sagten seine Augen etwas anderes. Er sah mich schulbewusst an. Als hätte ich ihn ertappt. »Wir haben nicht mehr viel Zeit«, murmelte er. »Können wir später darüber reden? Ich kann dir alles erklären, aber nicht jetzt.« Einladend hielt er mir die Hand hin. Dabei sah er mich entschuldigend an. Als ich nicht sofort reagierte, biss er die Zähen so fest zusammen, dass sich sein Kiefer deutlich abzeichnete. »Norah, bitte. Ich hatte nie vor dich sitzen zu lassen. Das musst du mir glauben. Aber wir haben keine Zeit, uns jetzt darüber zu unterhalten.«

Ich zögerte. Als in dem Moment die Musik einsetzte, gab ich mir einen Ruck und legte meine Hand in seine. Es war nicht der richtige Zeitpunkt, um an meinem Trotz festzuhalten. Für die nächsten zehn Minuten musste ich professionell sein. Danach konnte ich ihn noch immer zur Rede stellen.

Gemeinsam liefen wir die Stufen runter. Ich beeilte mich, was mir auf den recht hohen Absätzen nicht so gelang, wie ich es mir gewünscht hätte. Als wir unten ankamen, war der aktuelle Tanz im vollen Gang. Wir schoben uns, Entschuldigungen murmelnd, durch die Menge bis nach vorne zur Tanzfläche.

Als wir diese endlich erreicht hatten, war das Lied unseres Vorpaares vorbei. Uns blieb nicht viel Zeit.

»Vertrau mir«, flüsterte mir Mika zu, bevor er mich auf die Tanzfläche führte.

Peinlich berührt bemerkte ich das verwunderte Getuschel, das seitens der Gäste, aber auch der Jury einsetzte. Alle sahen sie zu uns. Es war nicht üblich, dass die Tanzpaare aus den Zuschauerreihen kamen. Eigentlich hätten wir hinter dem Vorhang warten müssen, bis das Vor-Paar die Fläche verlassen hatte und uns signalisiert worden war, dass wir an der Reihe waren. Es gab strickte Anweisungen, was den Ablauf des Abends betraf, und wir hielten uns nicht daran. Das würde bestimmt Minuspunkte geben.

Doch jetzt war es zu spät und blöd am Rand rumzustehen wäre ebenfalls unklug gewesen. Also folgte ich Mika bis zur Mitte des Parketts. Meine Knie zitterten und fühlten sich wie Wackelpudding an. Mir wurde so schlecht, dass ich Angst hatte, mich jeden Moment übergeben zu müssen. Hunderte von Augenpaaren waren auf uns gerichtet. Als ich die Kamera sah, befürchtete ich jeden Moment in Ohnmacht zu fallen. So kannte ich mich gar nicht. Lampenfieber war für mich ein Fremdwort. Und doch war es genau das, was ich soeben empfand.

»Bereit?«, fragte Mika und drückte sanft meine Hand. Es sollte vermutlich aufmunternd sein. Doch nach allem, was geschehen war, wollte mir sein Trost nicht helfen.

»Nein«, gestand ich und sah zu ihm auf. Fast rechnete ich damit, dass er mich vorwurfsvoll musterte, aber das tat er nicht. Er lächelte.

»Ich auch nicht«, gestand Mika heiser. Sein Blick bohrte sich in meinen und ich glaubte wieder neben dem Mann zu stehen, den ich kennengelernt hatte.

Atemlos versank ich in seinen leuchtenden Augen, während ich hörte, wie wir angekündigt wurden. »Ron hat uns beobachtet«, flüsterte ich ihm zu. Mika runzelte die Stirn. »Sie haben unsere Choreografie kopiert«, fügte ich als Erklärung hinzu.

Sofort entspannte sich seine Miene. »Keine Sorge, das haben sie nicht. Joe hat die beiden beobachtet. Sie haben das getanzt, was ich dir zum Aufwärmen gezeigt habe.«

»Das heißt, du hast gewusst, dass er da war?« Verwundert starrte ich ihn an.

Mika zuckte mit den Schultern. »Anfangs nicht. Aber als mir auffiel, dass der Rotschopf uns immer wieder beobachtet hat, habe ich den Spieß sicherheitshalber ein wenig umgedreht und darauf geachtet, dass wir draußen anders trainieren als in der Halle.« Er zwinkerte mir zu.

»Du Fuchs!« Anerkennend betrachtete ich den Mann, von dem ich angenommen hatte, ihn zu kennen. Dabei zeigte er immer mehr Fassaden von sich, die mir bislang verborgen geblieben waren.

»Showtime.« Mika zwinkerte mir zu, bevor er mich plötzlich herumwirbelte und geschickt auffing, ehe ich das Gleichgewicht verlor. Mein Herz machte einen Sprung. Doch ich ließ mich mit dem Rücken gegen seine Brust sinken und schloss die Augen – unsere Ausgangsposition. Sogleich legte er seine Arme um mich. Sanft wie ein Flügelschlag hielt er mich umfasst. Die Finger strichen kaum merklich über meine weiche Haut. Ein stummes Zeichen, dass er bei mir war und dass alles gut werden würde. Ich hoffte es.

Als die ersten sanften Klänge unseres Liedes einsetzten, richteten wir uns zeitgleich auf. Geschmeidig wie eine Ballerina streckte ich mich nach oben und fühlte mich an unsere Trainingseinheiten erinnert, als ich mich der Sonne entgegengereckt hatte.

Mika ließ mich los, als der erste richtige Takt erklang. Geschmeidig glitt ich davon, in langsamen, anmutigen Bewegungen. Ich wusste ohne hinzusehen, dass Mika mein Spiegelbild war. So entfernten wir uns voneinander, neigten uns wie Blumen im Wind, bis die Musik schneller wurde. Wirbelnd vollzogen wir eine zweieinhalbfache Pirouette, sodass wir einander Angesicht zu Angesicht gegenüberstanden. Daraufhin schossen wir in schnellen Drehungen aufeinander zu, bevor Mika stehen blieb und ich den Schwung zum Sprung nutzte. In der Luft riss ich mein rechtes Bein vor und das hintere zurück. Mika reagierte sofort, sodass er mich noch inmitten meines Spagates auffing. Während er sich Runde um Runde mit mir drehte, zog ich die Beine ein und machte mich klein, nur um mich zu strecken und in sekündlich wechselnde Hebefiguren schleudern zu lassen.

Alles wurde schneller, wilder, leidenschaftlicher. Ich sank an Mika hinab zu Boden. Bevor ich diesen berührte, schlang er seine Hände um meine Taille und hob mich Pretty Woman like in die Luft. Doch dort blieb ich nicht. Stattdessen ließ ich mich mit dem Kopf voran fallen, umfasste dabei seine Taille und vollführte an seinem Körper entlang einen Radschlag. Kaum dass ich mit den Zehenspitzen den Boden berührte, ergriff Mika mein Handgelenk und zog mich in einen schnellen, engen Tanz, bei dem unsere Körper zu einer Einheit wurden. Alles spürte ich von ihm. Jeden Muskel, jedes Zucken, jeden Herzschlag, der im selben Takt zu meinem schlug.

Schweiß rann mir den Nacken hinab. Obwohl ich mich nur leicht aufgewärmt hatte, riss ich das Bein zu einem weiteren Spagat hoch oder vollführte Drehungen, bei denen meiner Schwester allein vom Zusehen übel wurde.

Es wurde immer schwerer, dem drastisch schneller werdenden Takt zu folgen, aber wir hatten geübt. Am Strand. Auf der Wiese. Im Wasser. Wir waren einander so nah gekommen und doch blieb dieser Mann für mich ein verschlossenes Buch. Ein Geheimnis, das nicht zu ergründen war. Nur in den gestohlenen Sekunden unseres Tanzes glaubte ich zu wissen, wer er war oder wer er sein könnte.

Alles dauerte eine Ewigkeit und verging dennoch in Sekundenbruchstücken. Ich glaubte zu fliegen, glaubte zu schweben und endlich wieder das zu spüren, das ich seit Tagen vermisst hatte.

Zumindest so lange, bis der letzte Takt verklungen war. Ich hielt die Arme als Endfigur um Mikas Nacken geschlungen, während er mich an der Hüfte festhielt. Zeitgleich hatte ich die Beine zum Männerspagat ausgebreitet. Ich zitterte. Obwohl ich diese Position nur für wenige Sekunden halten musste, konnte ich es kaum erwarten, mich wieder hinzustellen und das Adrenalin abklingen zu lassen. Ich hatte alles gegeben, aber ob es genug gewesen war, konnte ich nicht beurteilen.

Als ich zu Mika aufblickte und die Beine zu Boden senkte, hörte ich nicht die Stimme des Moderators, nicht den Applaus der Zuschauer, nicht einmal meinen Herzschlag. Denn als ich in sein Gesicht sah, bekam ich keine Luft mehr. Er lächelte nicht. Im Gegenteil. Er war blass, wenn nicht sogar aschfahl.

»Mika?«, hauchte ich. Vorsichtig trat ich einen Schritt zurück, doch er hielt mich noch immer fest umklammert, den Blick starr auf mich gerichtet. »Was ist mit dir?« Schweiß lief ihm über die Stirn. Er hatte nie sonderlich geschwitzt, als wir gemeinsam trainiert hatten. Selbst dann nicht, als wir mittags am Strand geübt hatten. »Mika?« Ich legte die Hände auf seine Brust und fuhr zusammen. Ohne darüber nachzudenken, schob ich das dunkelgrüne Jackett zur Seite und erkannte darunter das wiesengrüne Hemd. Zumindest war es das einmal gewesen. Jetzt erstreckte sich ein gigantischer dunkler Fleck von seiner rechten Brust bis zu seinen Rippenbögen.

Plötzlich sackte Mika in sich zusammen. Gerade noch rechtzeitig fing ich ihn auf und dämpfte seinen Fall, sodass er halbwegs weich zu Boden ging.

»Hilfe!« Hektisch sah ich mich um. Durch die Scheinwerfer fiel es mir schwer, in die Gesichter des Publikums zu schauen, weshalb ich zu der ebenfalls erleuchteten Jury blickte. »Holt einen Krankenwagen«, verlangte ich. Meine Stimme überschlug sich und klang irritierend schrill.

Stühle wurden gerückt. Menschen eilten von überallher auf uns zu. Ein Notarzt ging in dem Moment neben mir in die Hocke, in dem ich Mika behutsam auf den Rücken drehte. Er wurde immer blasser. Schweiß trat aus seinen Poren. »Bleib bei mir«, flehte ich. Als etwas auf Mikas Wange tropfte, wurde mir bewusst, dass ich weinte. »Halte durch. Hilfe ist unterwegs.«

»Ich bin Chirurg«, erklang plötzlich eine Stimme hinter mir. Ein älterer Mann gesellte sich mit ernster Miene zu uns.

Als ich zu Mikas mittlerweile entblößter Brust sah, wurde mir schlecht vor Angst. Überall war Blut. Es breitete sich immer schneller aus und lief in langen tentakelförmigen Linien an Mikas Seite hinab zu Boden. Eine große, tiefe Wunde klaffte unterhalb seiner Rippenbögen. Hände tauchten auf und berührten die Stelle. Mika stöhnte. Beinahe spürte ich seinen Schmerz. Es zerriss mich.

»Kommen Sie.« Eine Frau berührte mich an der Schulter. Ich schüttelte den Kopf. Erst langsam, dann schneller.

»Nein.« Entschieden blieb ich sitzen und kämpfte gegen die Übelkeit an. Der Geschmack von bitterer Galle klebte mir auf der Zunge, aber ich schaffe es, mich nicht zu übergeben.

»Sie können ihm jetzt nicht helfen.« Eine zweite Person gesellte sich zu der Frau. Dieses Mal ein Mann. Als er mich unter den Achseln packte, versteifte ich mich.

»Nein, ich muss bei Mika bleiben«, beharrte ich, wagte es aber nicht, mich mit Gewalt aus dem Griff zu befreien, aus Angst, dass ich dadurch gegen Mika stoßen und seine Lage verschlimmern könnte. Also machte ich mich so schwer wie möglich, indem ich sämtliche Muskeln anspannte, aber es nützte nichts. Kaum dass ich auf den Beinen stand, drängten sich immer mehr Menschen zwischen uns. Es fiel mir schwer, Mikas Gesicht zwischen den ganzen Körpern zu erkennen. Noch schwerer wurde es, als sich meine Sicht aufgrund der Tränen trübte. Hektisch blinzelte ich diese weg, aber es kamen neue, die mir über das Gesicht bis zum Kinn liefen und von dort zu Boden tropften.

»Mika«, hauchte ich. Meine Stimme zitterte. Auf eine Antwort hoffte ich vergebens. Dann wurde die Situation schlimmer, denn ich begann zu hören, was die Männer einander zuriefen.

»Zu hoher Blutverlust.«

»Wo bleibt der verdammte Rettungswagen?«

»Er kollabiert!«

Entsetzt beobachtete ich die Ärzte bei der Arbeit. Ich war mir sicher, dass sämtliche Überwachungsmonitore in diesem Augenblick wild geflackert und schrille Töne ausgespuckt hätten, wenn wir bereits im Krankenhaus gewesen wären. So aber hörte ich lediglich die hektischen Ausrufe und spürte mein brechendes Herz.

»Mika«, flüsterte ich ein letztes Mal, bevor mich jemand wegführte. Ich bekam es kaum mit. Der Schreck saß zu tief, um zu begreifen, was geschah. Schmerz und Selbsthass durchfluteten mich. Ich war zu egoistisch gewesen, um die Anzeichen zu sehen, denn ich war mir sicher, dass es welche gegeben hatte. Hatte er das Gesicht verzogen, als er mich hochgehoben hatte? War sein Körper unnatürlich steif gewesen? Hatte er gekeucht? Ich wusste es nicht. Und das war das Schlimmste daran.

»Verdammt, ich bin ihre Schwester! Lassen Sie mich gefälligst durch.

Norah!« Piper stürmte auf mich zu. Hinter ihr erkannte ich meine Eltern, beide fein herausgeputzt im Kleid und Hemd. Erst jetzt fiel mir auf, dass die meisten anderen Gäste hinausgebeten worden waren. Bis auf die Retter auf der Bühne befanden sich nur noch vereinzelte Personen im Saal, die jedoch von dem Sicherheitsteam bestimmend hinausgedrängt wurden. Piper riss mich sofort an die Brust. Ich ließ es geschehen, ohne die Umarmung zu erwidern. Stattdessen starrte ich ausdruckslos zu den beiden Männern von der Security, die meine Schwester ratlos musterten, bevor sie sich einem anderen Paar zuwandten, das sich weigerte die Handys rauszurücken. Vermutlich hatten sie das Ganze gefilmt. Widerlinge. Es war für mich unbegreiflich, wieso es solche Menschen gab, die sich an dem Leid anderer ergötzten und das nur, um ein paar Klicks zu bekommen. Doch ich war nicht in der Lage, wütend auf sie zu sein. Stattdessen konzentrierte sich mein Zorn einzig und allein auf mich selbst.

»Ich habe nichts gemerkt«, stieß ich aus und schluchzte. »Mir hätte etwas auffallen müssen. Irgendetwas«, wimmerte ich. »Es hätte Anzeichen für seine Schmerzen geben müssen. Wie habe ich bloß so blind sein können?« Die Antwort lag auf der Hand: Ich war zu sehr mit mir selbst beschäftigt gewesen. Mit dem Tanz. Mit der einmaligen Chance auf die nächsthöhere Ebene.

Mir wurde erst bewusst, dass ich auf dem Boden hockte, als Mom mir zärtlich durch das Haar strich und Piper mein Gesicht gegen ihre Schulter drückte. »Es wird alles gut«, versprach sie mir leise. Doch auch ihre Stimme zitterte und strafte sie Lügen. Ich spürte, wie sie schwer schluckte, bevor sie weitersprach: »Die Ärzte werden Mika wieder hinkriegen. Ganz bestimmt.«

»Und wenn nicht ...«

»Dann bist du nicht schuld. Hörst du? Dich. Trifft. Keine. Schuld.« Piper drückte mich von sich und sah mir ernst in die Augen. »Wiederhol, was ich gesagt habe.«

Ich starrte sie an. Doch bevor ich reagieren konnte, hörte ich etwas. Sirenen wurden lauter, gefolgt von schnellen Schritten. Alles ging wie in Zeitlupe und zeitgleich so schnell, als wäre lediglich ein Wimpernschlag vergangen. Türen wurden aufgerissen. Weitere Menschen stürmten auf Mika zu. Unfähig mich vom Fleck zu bewegen, starrte ich zu dem Mann, der sich wegen mir in dieser misslichen Lage befand. Endlich konnte ich ihn wieder sehen und wünschte sogleich, es nicht zu können. Blut. Viel mehr als noch zuvor.

»Auf drei«, rief einer der Neuankömmlinge. Menschen positionierten sich um Mika herum und griffen nach ihm. Nach seinem blassen, blutbeschmierten Körper, der leblos dalag. Wie eine weggeworfene Puppe.

»Eins.«

Sie umfassten ihn. Mein Herz brach, als sein Kopf zur Seite fiel. Direkt in meine Richtung. Er war so blass, so leblos. Als mir bewusst wurde, dass er sterben könnte, drehte sich alles noch stärker.

»Zwei.«

Alles kam in mir hoch. Jede Erinnerung, jeder gemeinsam verbrachte Augenblick, jedes Lächeln, jedes Wort, jeder Gedanke. Unser Streit. Die Art, wie er mich angesehen hatte, als wir gemeinsam getanzt hatten. Es könnte vorbei sein. Alles. Vielleicht würde ich seine Stimme nie mehr hören, seinen Körper im Tanz nie wieder an meinem spüren. Und ich war schuld.

»Eins.«

Sie hoben ihn hoch und legten ihn auf die Transportliege. Dann eilten sie raus, um ihn zum Krankenwagen und damit zur Klinik zu bringen. Ich schaffte es nicht, ihnen nachzusehen. Stattdessen starrte ich auf das viele Blut.

»Nora?«, hauchte Mom.

Ich hörte sie. Hörte, wie sie Pipers Worte wiederholte, die nicht in meinem Verstand ankommen wollten, weil sie nicht der Wahrheit entsprachen. Als mein Vater mich berührte, reagierte ich nicht. Konnte es nicht. Wollte es nicht. Stattdessen beugte ich mich vor und erbrach mich, bis nichts mehr da war, außer bitterer Galle und der Erkenntnis, dass es Wichtigeres im Leben gab, als falschem Stolz und dummem Misstrauen nachzuhängen.

Und der Ahnung, dass diese Einsicht womöglich zu spät kam.

Kapitel 19

Mika

Das Erste, was ich wahrnahm, war monotones Piepen. Immer in denselben Abständen, derselben Laustärke und derselben quälenden Tonhöhe. Das Zweite war der sterile Gestank, den nur Krankenhäuser innehatten. Vielleicht noch Altenheime, aber diese hatten meist neben den unverwechselbaren Grundnoten von Desinfektionsmittel einen weiteren Geruch: den nach alten Menschen. Etwas, das hier fehlte.

Das Dritte war etwas, das ich nicht gleich einordnen konnte. Es war warm und weich. Zeitgleich jedoch fest und unnachgiebig. Wie viel Zeit verstrich, bis ich verstand, dass es eine Hand war, wusste ich nicht. Es dauerte noch länger, bis ich begriff, dass ich nicht nur berührt wurde, sondern dass meine Finger obendrein mit denen einer anderen Person verschränkt waren. Vermutlich war es eine Frau. Zumindest fühlte sich die Haut weich an und die Knochen schmal, fast schon filigran.

Meine Finger zuckten lediglich, als ich versuchte die Hand zu heben. Ich nahm eine Bewegung wahr, dann ein leises Stöhnen. Es klang gequält und vertraut. Als es mir gelang, die Augen zu öffnen, erkannte ich eine verschwommene Gestalt, die sich den Rücken rieb. Erschöpft verschloss ich den Blick vor meiner Umwelt, nur um mich mühsam der Realität zu stellen und zu der Person neben mir zu schauen. Es kostete mich sämtliche Willenskraft, um nicht wieder in den tiefen Schlaf zu gleiten, aus dem ich soeben erwacht war.

»Mika?«, fragte jemand. Ich wusste nicht, ob ich schlecht hörte oder ob die Person leise gesprochen hatte. Doch als sich die Stimme überschlug und immer wieder meinen Namen ausstieß, wusste ich, dass meine Ohren vollkommen intakt waren. Dann war die Gestalt plötzlich verschwunden. Die Wärme an meiner Hand war ebenfalls fort. Sofort vermisste ich sie. Der Versuch, eine Faust zu ballen, misslang mir, sodass sich das Gefühl von Nähe noch schneller verflüchtigte.

»Rufen Sie einen Arzt. Er ist wach«, hörte ich jemanden sagen. Dann war die Frau wieder bei mir und eine tiefe Ruhe überkam mich, als sie die Finger mit den meinen verschränkte. »Mika, hörst du mich?«

Erst jetzt fiel mir auf, dass mir die Augen erneut zugefallen waren. So gern ich weitergeschlafen hätte, mühte ich mich ab, sie wieder zu öffnen und in das Gesicht über mir zu schauen. Vage erkannte ich einen Mund und zwei Augen, deren Farbe ich nicht genau ausmachen konnte. Mühsam verzog ich meine Lippen zu einem Lächeln und hob zittrig die freie Hand. Es kostete mich mehrere Versuche, bis ich mit den Fingerkuppen über die weiche Wange über mir strich. »Norah«, hauchte ich. Noch immer fiel es mir schwer, sie optisch zu erkennen. Dafür war es ihre Stimme, die ich endlich wiedererkannte und das Gefühl in meiner Brust, wenn sie bei mir war.

»Scht, nicht reden«, bat sie. Etwas tropfte auf meine Wange. Sofort waren ihre Finger da, die es wegwischten. Als sie schluchzte, wurde mir bewusst, dass es eine Träne gewesen sein musste. Ich wollte nicht, dass sie weinte. Es schmerzte. Das einzige Gefühl, das ich von meinem sonst tauben Körper wahrnahm.

»Nicht«, hauchte ich. Ich verzog leicht das Gesicht. Meine Kehle schmerzte und meine Stimme klang kratzig rau. Als wäre es die eines Fremden. »Du hast keinen Grund zum Weinen.«

»Habe ich nicht?« Sie stieß einen gequält klingenden Laut aus. »Die Ärzte haben gesagt, dass es schlecht um dich steht. Ich hatte Angst, nie wieder mit dir reden und mich nicht mehr bei dir für mein Verhalten entschuldigen zu können.«

Ihr Geständnis traf mich hart. »Es gibt keinen Grund für Entschuldigungen«, murmelte ich. Erste Erinnerungsfetzen kehrten zu mir zurück. Bilder von grellem Licht und viel zu lauter Musik. Von dem Gefühl, jeden Moment den Boden unter den Füßen zu verlieren und dem eisernen Willen, nicht aufzuhören, bis der letzte Takt verklungen war.

»Doch, den gibt es«, widersprach sie sanft. Das Bett neigte sich unter ihrem Gewicht, als sie sich neben mich setzte. Jede ihrer Bewegungen war kontrolliert und vorsichtig. Sie wollte mich nicht verletzen, was mich tief in meinem Inneren berührte. »Ich habe dein Gespräch mit Joe gehört und überreagiert.«

Irritiert runzelte ich die Stirn, ließ es aber gleich bleiben, weil es zu viel Kraft kostete. Für einen Moment schloss ich die Augen und fragte mich, was genau sie meinte, bis es mir allmählich dämmerte und ich mich zwang sie wieder anzusehen. »Es ging nicht um dich.«

»Ihr habt über das Tanzen gesprochen. Über Fehler und Verhaltenszüge, die zu mir gepasst haben. Oder über das gemeinsame Tauchen.« Nora atmete hörbar ein. »Ihr habt meinen Namen genannt.«

Das Verlangen, sie in den Arm zu nehmen, wurde unerträglich groß. Ich wollte ihr die Tränen von den Wangen streichen und ihr das Versprechen geben, dass es ein Missverständnis war. Doch das konnte nicht. Und dafür hasste ich meinen geschwächten Körper umso mehr.

»Ich dachte ...«

»Es ging um Laura«, unterbrach ich sie sanft. Als sie nichts sagte, konzentrierte ich mich so stark darauf, in ihr Gesicht zu sehen, dass meine Augen zu brennen anfingen. Mühsam stützte ich die Unterarme auf der Matratze ab und versuchte mich aufzusetzen, aber Norah war schneller. Ihre warmen Hände legten sich auf meine Schultern und drückten mich behutsam in die Kissen zurück.

»Du darfst dich nicht bewegen. Sonst könnte es sein, dass die Tortur von vorne anfängt und ich dich endgültig verliere«, flüsterte sie erstickt.

»Das wirst du nicht.« Ich ergriff zittrig ihre Hand und führte sie mühsam an meine Lippen, um einen Kuss auf ihren Handrücken zu drücken. »Nie wieder.«

»Mika«, murmelte sie und strich mir mit der freien Hand durch das Haar.

»Bitte verzeih mir, dass ich so ein Idiot war.« Als Norah den Mund öffnete, ahnte ich, dass sie widersprechen wollte, weshalb ich den Kopf schüttelte und weitersprach, bevor sie es tun konnte: »Nein, ich war wirklich einer und das weiß ich auch. Ich weiß noch immer nicht, warum ich mich so benommen habe. Vermutlich, weil ich ein Dummkopf bin. Aber egal, warum ich so in der Vergangenheit gehandelt habe, ich möchte es in Zukunft besser machen.« Ich verschränkte meine Finger mit ihren und schenkte ihr ein Lächeln. Zumindest hoffte ich, dass es wie eins aussah. Derzeit fühlte es sich mehr nach einer Grimasse an. »Ich bin unfassbar dankbar dafür, dass du hier bist. Das ist nicht selbstverständlich.«

»Natürlich ist es das«, protestierte sie sofort. »Was wäre ich für eine Tanzpartnerin, wenn ich jetzt nicht bei dir wäre?«

»Sei mehr«, bat ich. Meine Stimme klang selbst in meinen Ohren seltsam rau. Norah starrte mich an. Ihr Mund öffnete und schloss sich wieder, ohne dass sie was gesagt hatte. »Gib mir eine Chance, dir zu beweisen, dass ich mehr für dich sein kann.« Flehend sah ich sie an.

»Du weißt, dass es verdammt gemein von dir ist, mich um so etwas zu bitten, wenn du im Krankenbett liegst und Gefahr läufst, jeden Moment zu kollabieren?«, fragte sie heiser. Ihr Mund hatte sich zu einer festen Linie verzogen.

Sogleich spürte ich, wie sich mein Magen Übelkeit erregend zusammenzog. Mir entglitten sämtliche Gesichtszüge. »Du hast recht«, murmelte ich und wandte den Kopf ab. »Das ist wirklich nicht fair.« Enttäuschung durchflutete mich. Aber da war noch etwas anderes. Tief in mir drin wusste ich, dass ich es verkackt hatte und dass es einzig und allein meine Schuld war.

»Mika.« Sanft legte Norah die Hand unter mein Kinn und zwang mich sie wieder anzusehen. Betrübt kam ich ihrem stummen Wunsch nach. Als ich das Lächeln auf ihrem Gesicht sah, schöpfte ich Hoffnung, ohne es überhaupt zu wollen.

»Ja?«, presste ich heraus, kaum mehr als ein Hauchen.

»Habe ich Nein gesagt?«, fragte sie und fing zu grinsen an.

Mein Herz machte einen Sprung. Sofort drückte ich leicht ihre Hand und spürte, wie die Glücksgefühle in mir Salsa tanzten. »Danke«, sagte ich erleichtert. Mühsam führte ich ihre Hand an meinen Mund und hauchte einen Kuss darauf. »Ich würde gern Dates mit dir haben«, flüsterte ich. »Am Strand spazieren gehen. In einem tollen Restaurant essen. Vielleicht ins Kino. All die Umwerbung, die du verdienst.« In meinem Kopf sah ich all die Bilder, die irgendwann sein könnten. Eine Zukunft, die ich nach meiner Trennung nie wieder für möglich gehalten hatte. Die ich auch nie gewollt hatte.

»Das klingt toll.« Norah streichelte über meine Wange und strich mir immer wieder eine widerspenstige Strähne aus dem Gesicht. Ihre Augen funkelten, die Wangen waren leicht rosig. Sie war wunderschön.

Mir schoss plötzlich ein Gedanke durch den Kopf, den ich nicht wieder loswurde: So wollte ich aufwachen. Neben ihr. Jeden Tag. Mit ihr tanzen, lachen und streiten. Mich mit ihr versöhnen und über die Zukunft philosophieren. Ihr das Leben bieten, das sie verdient hatte. Keinen Moment wollte ich länger ohne sie verbringen müssen. Nie wieder. Immer mehr wurde mir bewusst, was ich für sie empfand. Etwas, das längst da war. Etwas, von dem ich gewusst hatte, dass es in mir schlummerte, aber dessen Ausmaß mir bislang verborgen geblieben war.

»Eine Frage hätte ich jedoch«, flüsterte sie.

Sofort schrillten alle Alarmglocken in mir. »Ja?«

Sie biss sich auf die Unterlippe und wirkte zerstreut, ehe sie tief die Luft ausstieß. »Warum hast du dich nicht bei mir gemeldet?«

Sofort spürte ich, wie das schlechte Gewissen erneut in mir hochkam. »Das wollte ich, wirklich.« Als sie mich ungläubig musterte, seufzte ich. »Wir hatten jeden Tag zahlreiche Einsätze. Einer gefährlicher als der andere. Morgens wurde ich von meinen Kollegen durch solche Anrufe geweckt und abends konnte ich vor Erschöpfung kaum geradeaus gehen. Es tut mir leid, Norah. Ich hätte mir irgendwie die Zeit nehmen und dir schreiben müssen.«

Sie schüttelte leicht den Kopf. »Und das Telefonat?«, fragte sie leise.

Irritiert runzelte ich die Stirn. »Welches meinst du?«

»Ich habe mit angehört, wie du über mich gesprochen hast. Mit Joe. An dem Tag, an dem wir uns zuletzt gesehen haben.« Ich erkannte die Trauer in ihrer Stimme und bemerkte den Schmerz in ihrem Blick. Erst begriff ich nicht, was sie meinte, bis es mir wie Schuppen von den Augen fiel. »O Gott, Norah«, stieß ich entsetzt aus. »Damit warst zu keinem einzigen Zeitpunkt du gemeint!«

»Nicht?« Sie runzelte skeptisch die Stirn.

»Nein«, wiederholte ich sanft. Am liebsten hätte ich sie umarmt, sie geküsst und ihr alles erzählt. Über Laura, meine Vergangenheit mit ihr, den Tänzen, den Wettkämpfen. Einfach alles. Aber ich war so unendlich müde. »Erinnerst du dich an den Anruf, den ich von Joe übernommen habe?« Misstrauisch nickte sie. »Das war Laura. Meine Exfreundin. Sie hat irgendwie erfahren, dass ich wieder tanze. Eine ganze Weile lang hat sie mich terrorisiert, nachdem wir Schluss gemacht haben. Ich hatte wegen der Doppelbelastung der Tauch- und Schwimmschule wenig Zeit für sie, weshalb sie sich vernachlässigt gefühlt hat.« Bei den Gedanken an die Vergangenheit verzog ich das Gesicht. »Im Grunde hatte sie sogar recht: Ich habe sie wirklich oft tagelang nicht wirklich beachtet, weil ich zu beschäftigt war. Muss wohl ein Tick von mir sein.«

Ein zaghaftes Lächeln schlich sich auf Norahs Lippen. »Anscheinend«, stimmte sie mir kaum hörbar zu. »Aber ich kann mir nicht vorstellen, dass dich allein die Schuld trifft. Meistens gibt es zwei Seiten einer Medaille.«

»Natürlich.« Ich seufzte und doch war ich erleichtert, weil Norah anscheinend noch immer an das Gute in mir glaubte. »Sie hat mich oft hintergangen und Dinge getan, mit denen ich nicht einverstanden war. Manchmal hat sie Entscheidungen getroffen, ohne mit mir vorher zu sprechen. Im Grunde ist es gut, dass sie eigenständig war, aber manchmal habe ich mich gefühlt, als wäre ich lediglich ein Accessoire.«

»Das tut mir leid«, flüsterte sie.

»Braucht es nicht. Es gibt einen, der es macht und einen, der es mit sich machen lässt. Leider habe ich eine Weile gebraucht, um mir einzugestehen, dass es nicht passt.« Ich lächelte milde. »Jeder baut mal Mist.«

»Mhm.« Norah wirkte noch immer zaghaft. Sie musterte mich unter dem dichten Wimpernkranz heraus.

Ernst begegnete ich ihrem Blick. »Was mit Laura war, hat absolut nichts mit dir zu tun. Du musst mir glauben, dass ich niemals schlecht über dich reden würde. Das könnte ich gar nicht. Bitte, Norah. Vertrau mir.«

Sie antwortete mir nicht. Verzweiflung überflutete mich, während ich an damals dachte. Wie ich Laura aufgrund meiner Unachtsamkeit verloren hatte. Allem Anschein nach hatte ich nicht aus meinen Fehlern gelernt, wenn ich an die vergangene Woche dachte.

»Es ist okay«, flüsterte sie.

Verwundert blinzelte ich. »Wie bitte?«

Norah schenkte mir ein umwerfendes Lächeln. »Ich verzeihe dir, Mika. Mach dir keine Gedanken mehr darum, ja? Das Wichtigste ist, dass du wieder auf die Beine kommst, schließlich schuldest du mir noch ein Date.«

»Norah«, hauchte ich. Meine Augen brannten vor Erleichterung. So vieles wollte ich ihr sagen, so vieles begreiflich machen. Plötzlich geschah alles ganz schnell. Zu schnell.

Die Monitore zeigten auf einmal drastisch aussehende Symbole an. Dann stießen sie laute, schrille Warntöne aus. Zeitgleich bekam ich keine Luft mehr. Mühsam riss ich den Mund auf und röchelte, aber egal, was ich tat, ich hatte das Gefühl zu ersticken. Entsetzt sah ich zu Norah, die sofort aufsprang.

»Mika!« Sie wandte sich der Tür zu, aber eine Krankenschwester stürzte bereits ins Krankenzimmer. Sie warf einen flüchtigen Blick zu den Computermonitoren, während sie sich die Handschuhe überzog. Als eine zweite Frau den Raum im Laufschritt betrat, sagte die erste etwas. Das Einzige, das ich verstand, war das Wort Doktor. Die zweite drehte sich auf dem Absatz um und stürmte wieder raus. Die im Zimmer verbliebene Frau trat zu mir und schob Norah dabei zur Seite. Unsere bislang ineinander verschränkten Finger verloren sich und Kälte trat an die Stelle ihrer warmen Haut.

Bedauern durchflutete mich, während der Schmerz in meiner Brust schlimmer wurde. Immer wieder wurde mir schwarz vor Augen, aber ich kämpfte gegen die Bewusstlosigkeit an. »Norah«, krächzte ich. Tränen liefen über ihr wunderschönes Gesicht. Ich lächelte. Dieses Mal war ich mir sicher, dass mein Versuch in einer Grimasse endete. »Ich …« Jäh wurde ich durch einen heftigen

Hustenanfall unterbrochen, was durch die Atemlosigkeit in einem Keuchen endete. Als ich meine Hand senkte, erkannte ich Blutsprenkel.

Die Krankenschwester riss mein OP-Hemd auf. Ihre Miene versteinerte sich. Doch ich sah nicht hin. Ich wollte es nicht. Stattdessen starrte ich Norah an, während ich aus dem Augenwinkel wahrnahm, wie weitere Personen in das Zimmer stürmten.

Ein letztes Mal streckte ich die Hand nach Norah aus. Norah ergriff sie sofort. Ihr Schluchzen schmerzte mehr als mein Körper. »Ich …«, krächzte ich, aber es kam kein weiteres Wort heraus. Das, was ich ihr unbedingt hatte sagen wollen, blieb mir im Hals stecken. Dabei musste sie es wissen. Musste erfahren, was ich für sie empfand.

Norah sagte etwas, aber ich konnte nicht verstehen was. Vage erkannte ich, dass jemand versuchte sie aus dem Zimmer zu führen. Aber sie wehrte sich. Ich glaubte zu hören, dass sie schrie. Sicher war ich mir nicht.

Fremde Körper trennten uns voneinander. Die Lunge versagte mir endgültig den Dienst. Meine Hand fiel zur Seite und hing schlaff das Bett hinab. Ich versuchte die Finger zu bewegen, aber es gelang mir nicht.

Ich blinzelte.

Einmal.

Norah wurde aus dem Zimmer gezerrt. Ihre Stimme war verzerrt. Dennoch erkannte ich anhand der Tonlage, dass sie seelischen Schmerz empfand. Wegen mir. Schon wieder war ich Grund für ihr Leid. Etwas, das ich nie mehr hatte sein wollen. *Vergib mir,* dachte ich.

Zweimal.

Ein männliches Gesicht beugte sich über mich. Der Mund bewegte sich, aber es kam nichts bei mir an. Benommen öffnete ich den Mund, aber meine Zunge war schwer. Vielleicht war sie es, die mich erstickte. *Vergiss mich nicht,* bat ich stumm. Egoistisch. Es tat weh. So sehr weh.

Dreimal.

Finde dein Glück. Das war mein innigster Wunsch. Nicht dass ich überlebte oder dass ich wieder gesund wurde. Norah hatte es verdient, ihren Frieden zu finden. Tränen brannten mir in den Augen und liefen mir über die Wange, als mir bewusst wurde, dass Norah womöglich nie erfahren würde, dass ich sie liebte. Also dachte ich es so stark ich konnte. Ich hoffte, flehte, dass sie es spüren würde, dass mein Geist den ihren erreichen könnte, damit sie wusste, dass sie nie allein war und es nie sein würde.

Ich liebe dich.

Schwärze.

Kapitel 20

Norah

Mit ausdrucksloser Miene starrte ich auf den geschmückten Sarg. Mahagoni, sofern ich es richtig erkannte. Genau wissen tat ich es jedoch nicht. Viele Menschen waren gekommen. Mehr, als ich gedacht hatte. Mein Herz schlug schmerzhaft. Frauen weinten bitterlich, während Männer sie in die Arme schlossen oder allein dastanden und überall hinsahen, außer zu dem endgültigen Zeichen des Todes.

Er war gestorben. Tödlich verwundet, als er andere Menschenleben gerettet hatte. Niemand hatte ahnen können, dass der Sturm so schnell über das Meer kommen würde. Genauso wenig hatte ich damit gerechnet, auf eine Beerdigung gehen zu müssen.

Unwohl trat ich von einem Fuß auf den anderen und zupfte das schwarze, knielange Kleid zurecht. Ein längeres in Schwarz hatte ich nicht gefunden, weshalb ich mich für eine dicke, blickdichte genauso dunkle Strumpfhose entschieden hatte. Ich schob eine verirrte Strähne zurück und sah mich unauffällig um. Erst als ich Joe fand, atmete ich auf. Zumindest ein Gesicht, das ich kannte. Suchend drehte Joe den Kopf von einer zur anderen Seite. Als sich unsere Blicke trafen, kam er gezielt auf mich zu. So ernst hatte ich ihn noch nie erlebt. Bislang hatte ich nicht einmal gewusst, dass er solch eine Seite besaß. Sonst war er immer fröhlich und zu Scherzen aufgelegt. Gleichgültig, ob sie passten oder nicht. Doch jetzt war er anders.

»Norah«, murmelte er. Wir umarmten uns.

»Es tut mir leid«, flüsterte ich und kämpfte gegen die Tränen an, als ich an Mika dachte.

»Mir auch.«

Ich ließ ihn los und betrachtete ihn. Er war unnatürlich blass. Eine kleine Narbe befand sich an seinem Kinn. Sie war neu. Als mir bewusst wurde, dass er ebenfalls beinahe gestorben wäre, wurde mir schlecht. Obwohl wir nicht so viel Zeit miteinander verbracht hatten wie ich mit Mika, war Joe mir dennoch ans Herz gewachsen.

»Wann fängt es an?«, fragte Joe leise und stellte sich zu meiner Linken auf, den Blick ausdruckslos in Richtung Sarg gerichtet.

Unauffällig linste ich auf meine Armbanduhr. »In etwa fünf Minuten.« Joe nickte, erwiderte aber nichts. Warum auch? Es gab nichts zu sagen. Die Zeit verstrich quälend langsam und doch raste sie zugleich.

»Verehrte Gäste«, erklang plötzlich die Stimme des Pfarrers. Er trat näher und bedeutete allen, dass es jetzt losging. »Wir haben uns heute hier versammelt, um einem Mann die letzte Ehre zu erweisen, der sein Leben für das vieler anderer gab.« Der Pfarrer blickte betrübt zum Holz, bevor er zu uns sah. »Er hatte Angehörige und Freunde, die ihn alle geliebt haben. Es ist ein schwerer Verlust. Insbesondere, wenn die Menschen zu früh geholt werden, die noch so viel Gutes vor sich hatten.«

Eine winzige Träne lief mir über die Wange. Schnell wischte ich sie weg und stellte mich aufrechter hin. Unfreiwillig wanderten meine Gedanken zu Mika und dem Tag, an dem er mir unter Schmerzen seine Liebe gestanden hatte. Vorgestellt hatte ich es mir so nicht. Nicht unter diesen Bedingungen. Es war mittlerweile zwei Wochen her, dass die Ärzte festgestellt hatten, dass sie etwas übersehen hatten. Ein winziges Metallstück, das seinen Körper bis zum Herzen hochgewandert war.

Ich schloss die Augen und verdrängte die Gedanken an den schlimmsten Tag meines bisherigen Lebens. Stattdessen konzentrierte ich mich auf die Worte des Pfarrers.

»Er wurde nicht auf dem Wasser geboren und doch hat er seine Berufung gefunden. Wollen wir alle seine Großherzigkeit in Ehren halten und sein Andenken bewahren, in dem wir so leben, wie er es sich für uns gewünscht hätte: mit Hoffnung, Liebe und Hingabe. Denn das war es, was diesen besonderen Menschen ausgemacht hat. Seine ausgeprägte Nächstenliebe.« Die Stimme des Pfarrers brach. Er räusperte sich, bevor er fortfuhr.

»Er war sein Cousin«, raunte mir Joe zu.

Entsetzt kniff ich die Lippen aufeinander. Bislang hatte ich nicht gewusst, dass Angehörige eine Trauerfeier abhalten durften. Doch soweit ich wusste, gab es hier nur einen Pfarrer. Ich sah den Mann in Schwarz nach dieser Erkenntnis mit anderen Augen. Obwohl er professionell auftrat, war er blass. Bislang hatte ich angenommen, dass es sein normaler Teint war. Seine Unterlippe zitterte kaum merklich, ebenso die Hände, was er mit sanfter Gestik zu überspielen versuchte.

»Möchte noch jemand letzte Worte an den Verstorbenen richten?«, fragte er. Eine ältere Dame kam hervor und berichtete, wie die Kindheit des Toten verlaufen war. Bei manchen Dingen musste ich lächeln, bei anderen hingegen hätte ich am liebsten geweint. So viel hatte dieser Mensch zu geben gehabt. Doch nun hatte er keine Gelegenheit mehr, es zu tun. Nie wieder.

»Robb«, stieß plötzlich jemand hinter mir aus. Ein Arm legte sich um meine Taille. Sofort trat ich einen Schritt zurück und stützte den Neuankömmling.

»Du solltest nicht hier sein«, wisperte ich.

»Er hieß Robb«, murmelte Mika, statt mir zu antworten. Als ich zu ihm aufsah, sah ich Tränen auf seinen Wangen. Er verzog gequält das Gesicht. »Mein Retter hieß Robb.«

***

»Pass auf, Junge«, schrie der Mann, dessen Namen Mika noch immer nicht kannte, gegen den Sturm an. Sie hatten sechs Jugendliche an Bord nehmen können. Mehr war aufgrund der zunehmend höher werdenden Wellen nicht möglich gewesen. Doch mit einem Blick zurück erkannte Mika, dass ein weiteres Rettungsschiff in der Nähe war und von dort Schnellboote auf die Insel zufuhren.

»Wir müssen zurück und die Leute in Sicherheit bringen«, schrie Mika seinem Begleiter zu.

Dieser nickte. »Aye.«

So schnell sie konnten rasten sie über das Wasser zurück zum Schiff. Immer wieder sprangen sie dabei auf und ab. Jede Landung fühlte sich an, als würden sie nicht auf dem Meer, sondern auf dem Boden aufkommen. Es wurde schlimmer, als der Sturm drastisch stärker wurde und die See noch wilder werden ließ. Mehrmals wäre Mika beinahe über Bord gegangen, doch er hatte sich jedes Mal im letzten Moment fangen können.

Schreie wurden laut, gefolgt von platschenden Lauten. Mikas Hände schmerzten. Die Knochen traten weiß hervor, so stark hielt er sich fest. Doch all dies nützte nichts, denn die nächsten Wellen kamen und trafen sie mit einer Kraft, dass das Motorboot herumgerissen wurde – und direkt hinein in die Klippen.

Es gab einen lauten Knall, als sie auf das Gestein trafen. Mika konnte nichts sehen außer Regen, Meerwasser und Blut. Dass er nicht länger im Boot saß, realisierte er erst, als sein Körper gegen die Felsen prallte. Er keuchte und spürte sogleich einen stechenden Schmerz in der Seite. Als er an sich runtersah, erkannte er, dass sich ein spitzes Stück des Motorbootes in seinen Körper gebohrt hatte. Scharfkantig und tief. Mühsam umklammerte er das, was er zu greifen bekam. Doch es nützte nichts, immer wieder glitten seine Finger an der moosbewachsenen Fläche ab. Vage erkannte er schemenhafte Gestalten im Wasser und auf Booten. Dann wurde er gepackt und mitgezerrt.

Er schrie vor Schmerz auf, doch das eisige Salzwasser ließ ihn verstummen. Hustend und würgend kämpfte Mika um sein Überleben, während ihn jemand mit kräftigen Zügen von den gefährlichen Spitzen der Gesteine wegzerrte.

»Der Junge ist verwundet«, erklang die volltönende Stimme seines Retters. Es war der Mann, dessen Namen er nicht kannte. Mikas Glieder wurden schwerer. Er kämpfte um sein Bewusstsein. »Ihn zuerst«, befahl der Steuermann entschieden. Jemand packte ihn. Mika schrie, als der Schmerz ihm durch Mark und Bein ging – dann befand er sich auf hartem, nassem

Unterboden. Er hustete und sah gerade noch, wie sein Retter von einer Welle vom Boot gerissen wurde – und in den Tiefen nahe dem steinernen Tod unterging.

Robb Perkes starb im Alter von achtundvierzig Jahren bei dem Versuch, Leben zu retten.

Epilog

Sechs Monate später

»Mika? Wir müssen los.« Ich verstaute die Flossen vom Schwimmunterricht für die Kinder in dem dafür vorgesehenen Gitterschrank. Dabei konnte ich mir das Lächeln nicht verkneifen, das mich bei den Erinnerungen an meine Schwimmstunden bei Mika überkam. Allein der Gedanke an das letzte Mal vor zwei Tagen, nachdem wir gemeinsam geduscht hatten, sorgte dafür, dass meine Wangen anfingen zu glühen.

»Bin schon da.« Das Haar noch feucht von der Dusche kam er zu mir. Mit einem frechen Grinsen auf den Lippen schlang er mir den Arm um die Taille und zog mich zu sich, ehe er mich zärtlich küsste.

»Wofür war der denn?«, fragte ich atemlos, nachdem er mich losgelassen hatte.

»Darf ich meine Freundin nicht einfach so küssen?« Verschmitzt grinste er mich an, bevor er der Uhr an der Wand einen Blick zuwarf. »Wir haben noch Zeit.«

»Ja, aber du weißt, dass meine Schwester es hasst, wenn wir unpünktlich zum Essen kommen.«

Mika lachte leise. Es klang wie Musik in meinen Ohren. »Oder liegt es daran, dass sie nicht allein mit Joe sein will?« Verspielt zupfte er an einer verirrten Strähne, die mir ins Gesicht gefallen war. Sie musste sich beim Aufräumen aus dem Zopf gelöst haben.

»Die beiden wollen sich immer noch nicht eingestehen, dass sie auf einander stehen.« Genervt verdrehte ich die Augen und schob Mikas Hand weg, um mir das Haar neu zusammenzubinden. »Irgendwie süß, aber auch ätzend.«

»Wir beide haben auch eine gefühlte Ewigkeit gebraucht, um ein Paar zu werden.« Mika streckte sich, wodurch das dunkle Shirt etwas hochrutschte. Beiläufig gönnte ich mir einen Blick auf seine ausgeprägte Bauchmuskulatur. »Weiß Piper, dass wir nicht viel Zeit haben? Madame Loria reißt uns den Kopf ab, wenn wir zu spät zum Unterricht kommen.«

Sofort umspielte ein Lächeln meine Lippen. »Ja, das habe ich ihr gestern geschrieben. Begeistert war sie nicht, aber sie weiß, wie wichtig das für uns ist. Die ersten Auftritte fangen bald an.« Mein Herz schlug noch immer schneller, wenn ich an die Qualifikationstänze dachte. Einerseits wegen Mikas Zusammenbruch, aber auch aufgrund dessen, was wir in so kurzer Zeit erreicht hatten.

Mit dem dritten Platz hatten wir es zwar aufs Treppchen geschafft, jedoch nicht in die nächste Runde. Das war dem Sieger vorbehalten gewesen. Aber wir hatten dieses Jahr die Chance, über uns hinauszuwachsen. Wir hatten mehr Zeit für einen noch besseren Auftritt und eine außergewöhnlichere Choreografie. Verdammt, ich war so dankbar, dass Mika von sich aus erklärt hatte, dass er weitermachen wollte. Mit mir.

»Ich freue mich schon darauf, dich in dem pinken Kleidchen zu sehen«, schnurrte er und trat wieder näher. Sein Blick war dunkler geworden, das Grinsen verschmitzt.

»Wir haben keine Zeit«, nuschelte ich, als er mir die Hände auf die Hüfte legte und mir einen zärtlichen Kuss auf den Hals hauchte. Genüsslich schloss ich die Augen und lächelte, während ich mit den Fingern über seine Brust strich. Einen Moment gönnte ich uns, ehe ich ihn entschieden von mir wegdrückte. »Wir müssen jetzt *wirklich* los.«

Mika gab ein unwillig klingendes Brummen von sich, ehe er meine Hand ergriff und mit mir die Schwimm- und Tauchschule verließ. Auf dem Weg nach draußen verschloss er sämtliche Türen. Gemütlich spazierte ich wenig später über den warmen Sandstrand. Unterdessen kümmerte sich Mika um die Alarmanlage und den Eingang.

»Fertig?« Strahlend wandte ich mich ihm zu. Als seine ozeanfarbenen Augen im Sonnenlicht noch heller leuchteten, schlug mein Herz wie verrückt. Selbst nach all den Monaten fiel es mir schwer zu glauben, dass dieser Mann tatsächlich an meiner Seite war. Bei allem.

»Jederzeit.«

Wir schlenderten den Weg hoch in Richtung des Parkplatzes. Immer wieder warf ich einen Blick über die Schulter und betrachtete das ruhige, glitzernde Meer. Ich konnte mir nicht vorstellen, dass ich mich jemals an diesem Anblick sattsehen würde.

»Alles in Ordnung?«

»Ja«, hauchte ich und wandte mich Mika zu.

»Woran denkst du?« Er lächelte und wirkte so unfassbar glücklich. Eine Frohnatur, die nichts trüben konnte. Andere Menschen wären unter all den Dingen zusammengebrochen, die er erlebt hatte, aber er nicht. Im Gegenteil. Noch immer nahm er regelmäßig an Rettungsaktionen teil und bereitete mir damit jedes Mal furchtbare Sorgen. Aber es war ein Teil von ihm. Er war ein Helfer. Ein Ritter in glänzender Rüstung.

Mein Ritter.

»Daran, dass ich noch nie in meinem Leben so glücklich war wie mit dir«, hauchte ich ehrlich.

Sofort blieb er stehen und ergriff meine Hand. Ich tat es ihm gleich und legte den Kopf leicht in den Nacken. Zärtlich strich er mit dem Daumen über meinen Handrücken. »Ist dem so? Obwohl du keinen Kontakt mehr mit Ron hast?«

»Er ist wieder nach Amerika geflogen.« Ich zuckte mit den Schultern. »Das ist besser so.« Mika musterte mich besorgt. Er wusste, wie schwer es mir gefallen war, die langjährige Freundschaft endgültig zu beenden. Doch darüber wollte ich nicht nachdenken. Stattdessen stahl ich mir einen kurzen Kuss, ehe ich Mika händchenhaltend weiterzog. »Mach dir nicht immer so viele Sorgen um mich.«

»Ich liebe dich. Da ist das ein unabkömmlicher Teil davon.« Mika zwinkerte mir zu, woraufhin ich auflachte und die Augen verdrehte.

»Ist es nicht.«

»Doch. Keine Widerworte.« Er grinste breit.

Diese Gelassenheit tat mir gut. Mika tat mir gut. Obwohl wir einander noch immer näher kennenlernten, fühlte es sich so an, als wäre er mein ganzes Leben über ein Teil von mir gewesen. Gott, klang das kitschig. Dennoch lächelte ich bei diesem Gedanken. »Glaubst du, dass Piper und Joe ein Paar werden?«

Mika runzelte die Stirn. »So wie die ständig miteinander diskutieren, würde das eine explosive Beziehung sein.«

»Mit vielen Versöhnungen«, fügte ich hinzu und kicherte, woraufhin Mika mir in die Seite knuffte.

»Sei nicht so frech«, sagte er grinsend.

»Ist doch so.« Unschuldig klimperte ich mit den Wimpern.

»Aber ja.« Mika nickte leicht. »Ich denke, dass es dazu kommen wird.«

Wir erreichten das Auto und stiegen wenig später ein. Während ich mich anschnallte, dachte ich an meine Schwester und wusste, dass auch sie endlich glücklich war. Gleichgültig, ob sie es zugab oder nicht, Joe bedeutete ihr etwas. Von Mika hatte ich erfahren, dass es Joe nicht anders erging. »Sie brauchen einen Schubs in die richtige Richtung.«

»Halt dich da raus.« Mika warf einen Blick über die Schulter, ehe er rückwärts ausparkte. »Das kriegen die beiden allein hin.«

Ich zog einen Schmollmund, nickte jedoch. Er hatte recht. Leider. »Hat sich deine Ex eigentlich noch mal gemeldet?«

Mika verzog das Gesicht. »Laura? Nein. Gott sei Dank.«

Erleichtert lehnte ich mich zurück. Nicht dass ich geglaubt hätte, dass Mika mich hintergehen könnte. Doch der Gedanke daran, dass seine Ex noch immer versuchte ein Teil seines Lebens zu werden, hatte mir nicht eine Sekunde lang gefallen. Verständlicherweise, fand ich. Sie hatte zwar ein paarmal angerufen, aber Mika hatte ihr deutlich zu verstehen gegeben, dass sie ihn in Ruhe lassen sollte.

Ich ließ das Fenster auf meiner Seite runterfahren, ehe ich den Arm ausstreckte und die warme Luft zwischen den Fingern spürte. Mit einem Lächeln auf den Lippen schloss ich die Augen, als Mika mir die Hand auf den Oberschenkel legte. Endlich war ich in meinem Leben angekommen und eins mit mir selbst. Ich war glücklich, meine Schwester ebenso.

Mehr hatte ich nie gewollt.

ENDE

Danksagung

Vielen Dank an alle, die mich auf meinem Weg bis hierhin unterstützt haben.

Dieses Buch ist mir leicht über die Finger gekommen. Es war das Gefühl von Freiheit in einer Zeit, in der es keine zu geben scheint. Stichwort: Corona.

Ich bin froh, dass bisher all meine Lieben das vergangene Jahr gesund überstanden haben. Entsprechend bedanke ich mich bei ihnen, dass sie mir nicht nur in dieser Zeit zur Seite standen, sondern mich auch weiterhin ermutigt haben, neben meinem Jobwechsel weiterzuschreiben.

Dieses Buch ist im Gedanken an den Sommer entstanden. Dabei ein großer Dank an meinen Mann, der es trotz all der Umstände ermöglicht hat, dass wir in Urlaub fahren und ich meinen Gedanken freien Lauf lassen konnte.

Danke an Larissa für die tolle Betreuung.
Danke an Impress für die Chance, ein weiteres Buch veröffentlichen zu dürfen.
Danke an Yvonne für das wirklich grandiose Lektorat.

Aber auch ein riesiges Dankeschön an meine Mädels.
An Katrin, ohne die ich in letzter Zeit nicht so viel geschrieben hätte.
An Chii für all die Gespräche und Ermutigungen.

An Alex und Kristina für den regelmäßigen Austausch in unserer Gruppe.

Ich bin froh, so tolle Menschen in meinem Leben begrüßen zu dürfen.

Und ein besonderer Dank gilt dir, lieber Leser. Dafür, dass du mein Buch gekauft, gelesen, vielleicht sogar geliebt und rezensiert hast. Ich hoffe, dass du schöne Stunden mit Norah und Mika hattest.

Rockstar-Romantik hoch zehn!

Sophie Fawn
RHYTHM AND LOVE: LUNA UND DAVID
ISBN 978-3-551-30152-9
Softcover
Auch als E-Book erhältlich

Seit zwei Jahren jobbt Luna nun schon neben der Schule in einem Hotel und das meist ohne größere Zwischenfälle. Bis sie sich in einen der Hotelgäste verliebt. Davids warme, nussbraune Augen kann sie einfach nicht vergessen. Was sie nicht weiß: Er ist der gefeierte Frontmann einer erfolgreichen Rockband …

Verena Bachmann
STEP BY STEP. HERZSCHLAG IM DREIVIERTELTAKT
ISBN 978-3-551-30172-7
Softcover
Auch als E-Book erhältlich

Tanzen gehört so gar nicht zu den Talenten von Schulsprecherin Hayne. Und trotzdem steht die Vorzeigeschülerin nun vor der Herausforderung, eine Choreographie für das Frühlingsfest der Schule vorzubereiten und obendrein auch noch einen geeigneten Tanzpartner zu finden. Mädchenschwarm Arthur kommt ihr da mit seinen Tanzkünsten gerade recht.

Teresa Sporrer
LIEBE IST WIE EIN ROCKSONG
ISBN 978-3-551-30178-9
Softcover
Auch als E-Book erhältlich

Sex, Drugs & Rock'n'Roll – ein Motto, das die 18-jährige Musikstudentin Taylor in vollen Zügen lebt. Schließlich ist ihr Weg als Tochter zweier weltberühmter Rockstars quasi schon vorherbestimmt. Oder nicht?

IMPRESS

WWW.IMPRESSBOOKS.DE

Impress

Die Macht der Gefühle

Unser Versprechen für mehr Nachhaltigkeit

- Klimaneutrales Produkt
- Papiere aus nachhaltiger Waldwirtschaft
- Hergestellt in Europa

FSC www.fsc.org
MIX
Papier aus verantwortungsvollen Quellen
FSC® C083411

Impress
Ein Imprint der Carlsen Verlag GmbH
Juni 2021

Lektorat: Yvonne Lübben
Umschlagbild: elements.envato.com / © mimagephotography / freepik.com / © pikisuperstar / © kjpargeter / © dgim-studio / © user18031113
Umschlaggestaltung: formlabor, Makita Hirt
Satz und Umsetzung: readbox publishing, Dortmund
ISBN 978-3-551-30377-6
www.impressbooks.de